澄心清意

澄心文化

阅读致远

人类状况百科全书 杰夫·戴尔评论集 上

Otherwise Known as the
Human Condition
Selected Essays and Reviews

[英]杰夫·戴尔/著

王和玉/译

浙江文艺出版社

译　序

王和玉

杰夫·戴尔的《人类状况百科全书》是一部艺术评论与散文精选集，原书由美国著名的格雷沃夫出版社于2011年出版。该书全面收录了作者1989年至2010年间发表在《观察家报》《每日电讯报》《艺术评论》《卫报》《纽约时报书评》等不同期刊上的优秀作品。全书分为五个部分，分别是影像评论、文学评论、音乐评论、其他评论和个人感悟。正如序言中所说，杰夫渴望在一本书中体现自己的广泛兴趣，就自己关注的不同问题随心所欲地写作。在《人类状况百科全书》中，他追寻着加缪在阿尔及利亚的影子，回忆着20世纪80年代在布里克斯顿自己依靠救济金生活的困窘，讨论理查德·艾维登和露丝·奥尔金，反思爵士乐的地位，评论杰出艺术家伊德里斯·汗，思考雕刻家罗丹的空间艺术，迷恋拉玛曼尼美妙的歌声，谈论他的文学偶像丽贝卡·韦斯特，描述作家雷沙德·卡普钦斯基，也探讨了高级时装、酒店里的性爱。

对于杰夫而言,写作不是一份职业,而是一种自由自在的生活方式。相比之下,他更喜欢在一些特定的时刻随意写下触发自己感想和兴趣的细微琐事。该书所收集的评论和散文不仅全面反映了杰夫对不同艺术形式的独特欣赏方式和美学追求,也充分证明了他的写作风格,即彻底地逃避任何专注的、专业化的或连续性的写作范式。"写作这一过程让我感到无拘无束,随心舒适。……我没有因为读者的需求而改变自己的初衷。……这些文章是我自己最喜欢阅读和引以为豪的作品。"

《人类状况百科全书》收集了杰夫20年来的散文、评论和不幸经历,书名特别宏大。读者也许期待通过阅读获取有关人类状况更广博的知识。在所收录的文章中,杰夫的确探索了一系列的人类文化现象,内容跨越各个领域,从爵士乐、布鲁斯音乐、电影、摄影、幽灵自行车、一战、文学作品,到后来回忆哪儿能买到最好吃的甜甜圈和羊角面包、怎样喝到一杯完美的咖啡等日常生活的描述。这些零散的主题和细节内容表面上似乎有些不切题,但这一点恰恰体现了杰夫所倡导的写作理念,与他的美学思想高度一致,即回避传统的"宏大叙事",从一些小事和细节中挖掘世界运行的真相、人类的生存状况。所谓"宏大叙事",只是日常生活的记忆之墓,因为真实的历史少不了个体的参与和细节的记录。杰夫相信,作家最重要的品质和态度是真诚,"只要足够真诚,不同文化背景里的人,都能跨越障碍，辨认出这些真相"。现代社会的一个总体趋势，就是"消灭附近"。人们关注的东西，不是越来越小，就是越来越抽象，但很少有人关注自己身边的人和事，并将之真实地记录下来。今天的信息世界，不缺事实和感知，也不乏观点和争论，但稀缺的是对周边真切的体会和理解世界的独特方法。而杰夫正是用自己的个人阅历和对世界的理解，串联起那些细碎的日常，真诚地诉说自己感知世界的独特体验和视角。

杰夫凭借其极富创造力的浪漫小说以及一些杰出而无法归类的非虚构类作品赢得了大西洋两岸热情书迷的长久青睐。与此同时，他一直在对音乐、文学、摄影、旅行和时事新闻等众多有趣的主题进行着机智而尖锐的批评。杰夫用自己独特的艺术呈现方式，将这些主题变成了一种不可抗拒的报告文学。他大部分的时间都在满世界游走，不断扩充自己的经历，拓宽认知边界。这位有着嬉皮气质的英国作家十分热爱美国文化，他不是在路上体验生活，就是在书里品评艺术。迄今为止，杰夫一共完成了五部小说、十余部非虚构作品，还有很多妙趣横生的专栏、艺术批评和旅行杂文。无论写什么，杰夫的呈现方式总是出其不意、令人惊叹。这些作品为他带来了毛姆文学奖、福斯特奖、美国国家评论协会奖等诸多文学荣誉，也为他赢得了迈克尔·翁达杰、大卫·米切尔、村上春树、扎迪·史密斯、阿兰·德波顿等众多同行的广泛认可。

作为创作者，杰夫不仅写作题材涉猎极广，而且写作风格也灵动睿智。20多岁时，他第一次读到了约翰·伯格的《观看之道》，如同受到了精神洗礼，重塑了自己的世界观和文艺观。在之后的创作生涯里，约翰·伯格的影响几乎无处不在，杰夫的创作风格变得既轻盈又深刻。在谈论罗丹的雕塑作品时，杰夫直言，正是伯格的著作《艺术与革命》将其引入罗丹的石头世界。28岁时，杰夫出版了自己的处女作，即文艺评论集《讲述的方式：约翰·伯格的作品》。此后，杰夫始终不拘一格，是一个无法界定、与众不同的作家。"不要给自己设限，把握写作任何话题的自由，勇于穿越各种边界"，"用观看一幅画的方式去聆听音乐，用音乐的节奏去解读一张照片的瞬间"。作家身份之外，杰夫还在美国多所大学任教创意写作课，越来越多的美国大学写作中心都愿意将他的名字列入文学课教授的名单。杰夫的"文学教授"也担任得别具一格，他坦言："形式上的区别根本不用我教，形式可以变幻多端，但优秀作品总是具有一些共同的品质。我希望学生们阅读经典，回归传统。创作不能受正统形式的约束，采用任何形式都可能写出好作品。"

杰夫的写作处处渗透着黑色幽默和嘲讽，他会通过文字若无其事地释放自己兴奋与厌倦的情绪，真实地展示自己内心的挣扎、纠结和倦怠。这种焦虑懒散的写作状态被杰夫称作酝酿写作的最佳时刻。"如果你没有准备过度，那就是还没有准备充分。"对于写作过程中这种看似徒劳的消耗，杰夫称之为"完全有必要的精力浪费"。劳伦斯曾经一怒之下，开始书写托马斯·哈代。这本书无所不谈，但唯独不提哈代。杰夫不仅套用了"一怒之下"的情绪书写劳伦斯，而且延续了劳伦斯那种奇特的行文方式，通过别具一格的传记《一怒之下：与D.H.劳伦斯搏斗》向劳伦斯表达了最真诚的敬意。本文集也收录了对劳伦斯作品的评论："当劳伦斯试图通过一系列的冲击和批判逐渐实现自己的'内在命运'时，他慢慢觉得自己不再'属于任何特定的阶层'……到处都是……家园。"杰夫直言不讳地宣称："如果我不得不选择一本书来代表文学对我的意义、对我人生的影响，那本书必定是《儿子和情人》……直到今天，它仍然是一盏明灯。"

就作品而言，杰夫完成的非虚构作品比小说要多。但杰夫用轻松幽默的行文风格解构了虚构与非虚构的边界。对于杰夫来说，批评家的反思性作品和小说家对生活经验的再现之间没有本质区别，它们都是一种互相启发的方式，让人类的感知更加敏锐。杰夫的作品既勾勒出了我们的现实世界，又突破其界限，将之延展和放大。《人类状况百科全书》更像一个哲人的思考文集，集中体现了他对于摄影、文学、音乐的理解和洞察。譬如在第二部分的最后一篇长文《战争的道德艺术》中，杰夫分析了大量涉及

战争题材的作品,明确地指出:

> 我们只有超越非虚构小说的限制,借助不同类型的叙事艺术、不同形式的认知模式,并重新调整充满道德说教和政治观点的叙事方式,才能真实地记录目前史无前例的喧哗和混乱,对这一特定的历史时期表示尊重或抗议!

在《拳击文学》一文中,杰夫提倡突破语言常规进行大胆创新,他赞美本尼迪克特的散文达到了完美的境界。"要想作品成功并赢得读者,语言表达就必须分裂……换言之,语言的力量与它的自残能力密不可分,前者实质上依赖于后者而得以实现。"正如拳击手在"自己的手被打断的那一刻,体验到了一阵得意忘形的快感"。

与一般的艺术评论不同,杰夫在评论摄影作品时并非将评论局限于拍摄技巧和照片质量,而是能涵盖更加广阔的内容。在评论乔尔·斯坦菲尔德的摄影作品集《在此处》的最后一张作品"乌托邦幻象"时,他不仅回顾了美国乌托邦运动发展和没落的过程,还探索了这种乌托邦冲动何以在美国产生的原因。作为摄影评论,该文还通过对比分析展示了文本对于照片意义呈现的价值。

> 不能被阅读的图片和能被阅读的文字之间存在着

距离,正是这距离让这本影集产生了一种概念张力。一旦无法清楚展示的照片故事在文字的辅助下得以清晰地呈现,二者之间就架起了一座桥梁。

在评论理查德·米斯拉赫所拍摄的海湾战争后的沙漠风景时,杰夫不仅说明了这些记录的战争痕迹如何真实地体现了土地的脆弱,具有强大的震撼力量,同时也梳理了美国西部荒野摄影作品的历史发展和审美倾向。更重要的是,杰夫在体裁上将评论与游记糅合在一起,让读者跟随他的步伐一路西行,感受荒芜的沙漠和日渐消失的历史……

书名篇《人类状况百科全书》其实是整本文集中的一篇个人感悟,杰夫回忆了如何发现、钟情和迷恋于Doughnut Plant品牌甜甜圈的故事。在喝咖啡、吃羊角面包的琐碎记录中,杰夫常常会出其不意地穿插一些简单的评论和注解,如"一个地方究竟在哪里,并非由它的地理位置决定,而是取决于我们如何接近它";也有轻松的自我调侃,"其实每天我要买的东西都一样,只是一直中意那个调制美味卡布奇诺的女服务员而已";有对时过境迁的感叹,"曾经让你满心欢喜的地方现在反而隐藏着可怕的幽灵,它随时会让你失望";还有对陈旧习惯的无奈,"不管身居何处,人们总是被迫一遍一遍重复同样的东西。从某种角度看,或者从任何一个角度来讲,人们所做的一切不就像在埃弗拉路上来来回回吗"。当他在东京旅行也想找到梦想中的甜甜圈时,杰夫意识到,"不管身处哪座城市,我们总试图将其重塑为理想中的模样"。读着这些真诚而意味深长的文字,你会深刻感受到杰夫不俗的智趣和迷人的魅力。正是因为这些智慧的火花,让人会心一笑、掩面深思、频频回读;也正是因为这些思想的珍珠,让杰夫笔下的个人日常化为不逊色于任何史诗的《人类状况百科全书》!如果因为东京治愈了杰夫对甜甜圈的痴迷,让他忘记了太平洋战争,将日本国旗看成世上最动人的旗帜,那么对生活和美食的真切体验、向往和热爱,对周边的关注与热爱,是否能最终帮助人类跨越文化、种族和历史的隔阂,走向和谐共享的美好未来呢?

王和玉
2020年5月写于广州
广东工业大学外国语学院

致伊桑·诺索斯基

目录

序言
1

第一部分 影像评论

雅克·亨利·拉蒂格与《发现印度》
003

罗伯特·卡帕
008

如果我死在战区
013

露丝·奥尔金的《欧洲胜利日》
024

理查德·艾维登
034

恩里克·麦廷尼德斯
044

乔尔·斯坦菲尔德的《乌托邦幻象》
053

埃里克·索斯:奔流之河
063

理查德·米斯拉赫
070

威廉·盖德尼
082

迈克尔·阿克曼
112

米罗斯拉夫·蒂奇
118

可取之处：托德·希多
131

伊德里斯·汗
139

爱德华·伯汀斯基
149

透纳和记忆
157

美国式崇高
164

石头的觉醒：罗丹
175

头戴荆冠的耶稣画像
198

第二部分 文学评论

D.H.劳伦斯：《儿子与情人》
213

F.S.菲茨杰拉德：《美丽与毁灭》
223

F.S.菲茨杰拉德：《夜色温柔》
237

拳击文学
253

理查德·福特：《独立纪念日》
261

詹姆斯·索特：《猎人》与《光年》
272

2

丹尼斯·约翰逊:《烟树》
282

伊恩·麦克尤恩:《赎罪》
289

洛丽·摩尔:《门在楼梯口》
295

唐·德里罗:《欧米伽点》
301

《龚古尔兄弟日记》
308

丽贝卡·韦斯特:《黑羊与灰鹰》
320

约翰·契弗:《日记》
336

雷沙德·卡普钦斯基的非洲生活
347

塞巴尔德、轰炸和托马斯·伯恩哈德
355

关于他人的成就:苏珊·桑塔格
367

战争的道德艺术
373

第三部分　音乐评论

我的最爱
399

拉玛曼妮
408

威豹乐队与超现代性人类学
412

当代我的版本
421

3

爵士乐日渐式微?
432

樱桃街
452

第四部分 其他评论

文森特雕塑与布鲁斯音乐
459

爱与赞赏：加缪的阿尔及利亚
464

法国奥拉杜尔村
478

写在离别前
487

闯祸达人
496

万千美装
511

2004年奥运会
525

性爱与酒店
538

我们会为何而活
545

第五部分 个人感悟

Airfix模型——一代人的回忆
559

一个人一生中的漫画
570

紫罗兰的骄傲
584

独生子
592

解雇
608

屋顶上
628

打开我的藏书
640

读者的障碍
648

我作为不速之客的生活
655

侥幸
662

人类状况百科全书
670

当然
691

文章来源与致谢
711

序　言

杰夫·戴尔

当作家获得了一定声誉后，有时会被说服出版自己的"偶发作品"（即他们在报纸和杂志上发表的零散文章）。一般情况下，作者只会勉强而谦虚地表示同意——马丁·艾米斯（Martin Amis）就"带着应有的谦卑"——因为这种拼凑之作被认为是一种相当低级的作品，几乎都算不上正儿八经的著作——出版了自己的第一本作品集《弱智的地狱》（*The Moronic Inferno*）。

但就我自己的情况，以及我对该书所收集的作品的看法而言，还是有所不同。因为在我开始为杂志和报纸撰稿的同时，我就希望这些零散的文章有一天能以书的形式出版。我特别希望如此，是因为我几乎从不读报纸或杂志。如果在报纸上看到自己欣赏的作家的作品，我很少会去读。但当我浏览即将出版的书籍的目录时，吸引我眼球的恰恰是那些我曾经忽略的、最初发表时我还未阅读的作品集。因为我更喜欢以书的形式阅读别人的零散文章，所以我也希望看到自己的作品以这种方式被呈现出来，这绝非只是为了满足虚荣心。上世纪90年代末，当我第一次与英国的编辑探讨这一可能性时，他就问过我，这些片段是否相互关联，能否找到某种方式将这些零散的文章拼凑成一本明确围绕特定主题的连贯作品。例如，有没有可能把我的摄影作品评论编成一本书，或者将那些谈论美国作家的文章结集成一部专著？

当然，这也是一种可能的选择。但从我个人的观点来看，这样不算最理想的做法，因为确切地说，我更加渴望在一本书中体现自己所关注的问题范围之广，不受约束。我希望这本书——1999年以《盎格鲁-英国人的态度》（*Anglo-English Attitudes*）的形式出版——能够证明：我全部的职业生涯如何彻底地逃避任何专注、专业化或连续性，除非是我自己的愿望使然；相比之下，我更喜欢在任何特定的时刻随意写下我碰巧感兴趣的任何东西。需要补充说明的是，对我而言，写作一直是一种无职业的自由生活方式。

在我看来，这种表面上的杂乱甚至可能会给整部作品带来某种统一性或连贯性。我认为，文章的种类**越是**繁杂，显然就越是有必要将其看作是一个人的作品——因为它们唯一的共同点就在于：这些都是由同一个人**创作**。如果说在我文学创作的（非）职业生涯中有哪一点让自己感到骄傲的话，恰恰是我写了那么多不同种类的作品。将这些零散的文章集合成一部作品，无疑能进一步证明我的兴趣是多么自由和广泛。这样的作品集也表明，我一直忠实于自己的导师约翰·伯格（John Berger），并一直以他为榜样进行创作。我曾经写过一本专门评论伯格写作风格的小书《讲述的方式》（*Ways of Telling*），其中阐明了自己的观点。我以为，伯格能够以各种不同的方式就众多不同的主题进行写作，这不仅表明了他的能力，也正是他作为一名作家的成功之处。这也是我多年来一直努力为自己争取的那种成功和自由。在介绍自己评论法国作家和思想家的文集《巴黎之语》（*The Word from Paris*）一书时，约翰·斯特罗克[①]建议说，文学记者"如果有一片已知的属于自己的领地，而不是声称自己拥有广泛的专业知识，从而有资格撰写有关任何人或任何事的文章，那他们就会在职业上做得很好"。如果斯特罗克是对的——几乎可以肯定他是对的——那么让我感到非常幸运的是，这么长时间以来，我显然一直走在错误的轨道上。

人们常常把作家自己真正的作品（即他们为自己创作而得的作品）和他们为钱而写的东西区别开来。在这种情况下，理想的状态当然是能够把所有的时间都用来为自己

[①] 约翰·斯特罗克（John Anning Leng Sturrock，1930—2017），英国作家、编辑、评论家。——编者注（本书脚注若无特殊说明，则均为编者注）

写作。但这儿也要再次申明，我的情况完全不同。我为大部分新闻报纸和杂志撰写的文章也完全都是为自己而写作。艾米斯曾经坦陈自己的作品《弱智的地狱》是用"左手"写就的。换言之，收集在这本书里面的文章是为向他约稿的出版物的特定读者量身定做的。而我这本书中的作品都是用右手完成的，我没有因为读者的需求而改变自己的初衷（当然，我这里用了修辞语言来说明这一点，实际上我天生就是左撇子，只能用左手写字）。说实在的，我一直都如此，在写作时很少考虑特定出版物的假定读者有什么特殊需求。决定这些文章的形式和风格的要素始终是主题或意境，而不是它们的出版目的或者读者偏好。通常情况下，这些作品不会为任何机构特意设计。我把它们写下来，然后寄出去——就像人们常说的那样，冒险投稿——也像我完成一篇短篇小说后将它寄给出版机构一样，希望最终有人会接受它们。

如果发生什么事情让我深受感动——这种经历可能会给诗人带来灵感——我的本能就是在一篇文章中清晰地表达和分析这一事件。写作这一过程让我感到无拘无束，随心舒适。这些文章是我自己最喜欢阅读和引以为豪的作品。离开大学时，我以为当作家就意味着写长篇小说，或者是专门评论其他作家的长篇小说。几年后，在我一直认为是自己智识发展最快速的时期（也就是靠救济金生活在布里克斯顿的那段时期），我发现了罗兰·巴特、瓦尔特·本雅明、尼采、雷蒙·威廉斯（Raymond Williams），更重要的是，还有伯格，这让我意识到还有另一种成为作家的方式，一种让我渴望的创作方式。一如阿道司·赫胥黎那样，我认为自己属于"那种足够聪明的散文家，能够创作一种非常有限的虚构作品，得以蒙混过关，步入作家的行列"。此外，对我来说，长期从事长篇小说创作的作家的生活，从来没有像创作各种不同类型的作品（或者分时期创作不同的虚构作品）的作家的生活那样吸引我。有什么能比第一天写一篇关于长篇小说或展览的评论，接着第二天又去莫斯科报道一架米格-29型飞机更精彩的创作生活呢？这样看来，我这位衣服肘部有皮革补丁、抽着烟斗的文字工作者，似乎是一件已经远离我们的遥远文学时代的遗物或化石。从另一方面来看，这种自由职业的风格体现了当代作家根深蒂固的传统思想。如果说这本文集以某种方式代表了我的创作风格，让读者得以洞窥20世纪末21世纪初一个作家的思想，这算不算狂妄之语？

二十岁那年，当我读到哈兹里特[①]的文章《与诗人的第一次接触》（*First Acquaintance with Poets*）时，立刻意识到自己就想追随这个"虚度一生，只会读书、看画、看戏剧，然后聆听、思考、写作自己最喜欢的东西"的作家的

---

① 威廉·哈兹里特（William Hazlitt, 1778—1830），英国散文家、评论家、画家。

生活方式。还有什么比这更好的事呢（当然，你完全可以用"电影"代替"戏剧"）？这种生活的一个关键要素在于，你一直在学院之外闲逛，无意进入所谓的"学院派"，这样就不会受到专业（主流）强加给你的限制或者生硬的方法带来的一些阻碍。我越来越能适应自己天性的变化无常，也喜欢上了自己不断变化的方式。很多时候，对一件事情的兴趣导致我接着对另一件事产生好奇。事实上，我是如此执着于新的兴趣，以至常常不再注意先前使我神魂颠倒的东西。就是在这种觉醒和放弃的兴趣转换过程中，一种偶然随意的叙述方式有望在接下来的书页中被呈现出来。

本书收集的作品选自在英国出版的两部散文集：《盎格鲁-英国人的态度》（包含1984年至1999年创作的文章）和《经营房间》（*Working the Room*，包括1999年至2009年的文章）。希望十年后，当我六十多岁的时候，还能创作足够多的新作品以出版第三部文集。所以，我在这个特别空闲的位置上也有任期——更确切地说，我占据了好几个位置呢。这是我一生的工作，也是我全部的生活。我几乎每天都在惊叹，竟然还可以选择这种方式度过一生！

我的工作方式在过去二十年里没有改变，但是我工作环境的一个方面发生了重要变化。在过去十年里，我被邀请为好几本书作序，包括再版的文学名著，也有摄影专著和专题册。我很乐于这样做。要特别感谢编辑们，他们不知通过什么渠道，听说我对丽贝卡·韦斯特①、理查德·艾维登②或其他人感兴趣，并给我机会介绍他们的作品，让我有幸和他们分享一本书的封面。我认为这是一个读者能享受到的最大特权了，即使这稍稍削弱了"不速之客"的形象——正如我在本书后面的一篇文章中所声称的那样。

于伦敦，2010年6月

---

① 丽贝卡·韦斯特（Rebecca West，1892—1983），英国作家、记者、文学批评家。
② 理查德·艾维登（Richard Avedon，1923—2004），美国摄影师。

第一部分　影像评论

雅克·亨利·拉蒂格①与《发现印度》②

可别指望我能爱上一张照片。

——贾瓦哈拉尔·尼赫鲁③

这张照片是雅克·亨利·拉蒂格于1953年在法国的昂蒂布角拍摄的。那时,近六十岁的拉蒂格已经从事摄影半个世纪了。照片拍的是一个女人,我不知道她是谁。看起来非常豪华的酒店(也许是别墅)的露台上,女人身着泳装,头戴滑稽的假发,斜靠在带有气垫的躺椅上。假辫子由条状的彩纸编织而成,这种普通的彩纸在一般派对商

---

① 雅克·亨利·拉蒂格(Jacques Henri Lartigue,1894—1986),法国摄影师、画家。
② *The Discovery of India*.
③ 贾瓦哈拉尔·尼赫鲁(Jawaharlal Nehru,1889—1964),印度开国总理。——译者注

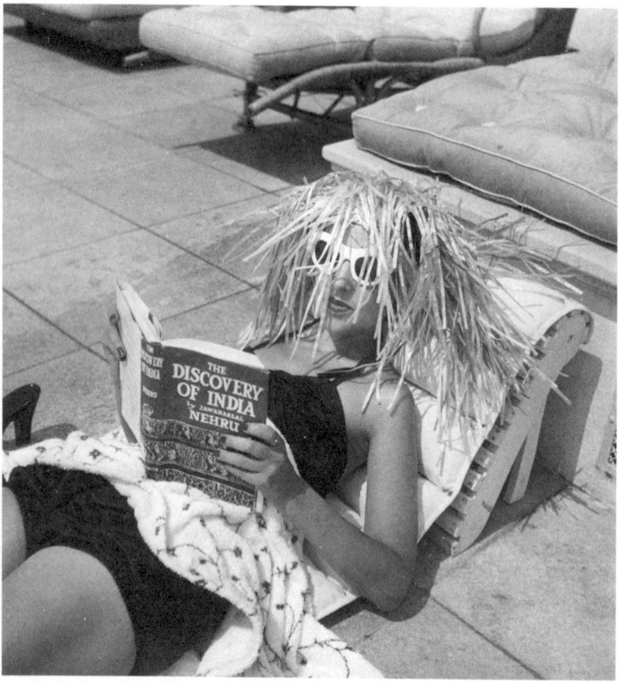
THE
DISCOVERY
OF INDIA
NEHRU

店就能买到。女人戴着一副巨大的塑料太阳镜,看不到她的眼睛。但照片暗示了一个可爱的挑逗性动作——女人正抬眼瞧着摄影师。这同时意味着照片中的女人正斜眼看着我,看着观众,压根儿没有阅读手里那本极其严肃的书——尼赫鲁的《发现印度》。这本书看起来似乎有八百页长,足有一吨重。假如女人读的是消遣读物《BJ单身日记》(*Bridget Jones's Diary*),照片就完全不会像现在这样。不过,《BJ单身日记》那时还没出版呢!但这种安排正好体现了照片的另一层用意,即它完全可能是昨天或是今天拍摄的,在白色太阳镜再次流行的今天尤其如此。

照片中书的编排是摄影者天才的体现,这是一种发明新事物的机智,或是一种把握瞬间的才能。事实上,若将图片中的任何要素省略,不管是假发、眼镜、涂色的指甲或者是唇膏,都会彻底削弱照片的效果。实际上,这是所有优秀照片的共同点,即一切要素都至关重要,哪怕是微不足道的细节。我个人认为,决定一张照片质量的另一个关键要素是选择什么东西不该**出现在**图像中。有时加入一些特定东西,不仅会削弱图片的质量,甚至会毁掉图片的整体效果。就这张1953年拍摄的照片而言,特别值得一提的一点就是没有出现香烟和烟灰缸。香烟通常被当作魅力的附属品,体现着诱惑和时尚。问题是,香烟若出现在照片中,必定会使图片带上时间的烙印,无法令其历久弥新。正如吸烟的坏习惯会加速一个人面部衰老的过程,让人青春不葆。说实话，照片中若有任何香烟的痕迹，我一定会扭头而去。但事实上，我对这张图片恋恋不舍，照片中的女人让我目不转睛。

那么，她究竟是谁呢？

这次，我竟然忘记了自己对于摄影的一条规则。我一向以为，若对图片观察得足够仔细，一定会找到问题的答案，哪怕答案会以其他问题的形式出现。不管照片中的女人是谁，她肯定是个美人儿。坦诚地说，对于这一点，我其实没有十足的把握。原因很简单，我没能看清她的脸。但她的美丽毋庸置疑。我之所以这样断言，显然是因为我爱上了这个女人。依我猜测，拉蒂格说不定也爱上了她。很多男人都拍摄过他们爱恋的女人，但这张照片描绘的是你坠入爱河的**那一瞬间**。

这就解释了为什么女人抬起头来与我、观众、摄影师的目光交汇的那一刻是如此重要。这是眼神交汇的第一刹那，是以后每一次的目光相遇都会包含的时刻。如果这张图片拍摄的是与拉蒂格厮守十年的女人，那就证实了我的看法。那种眼神以及目光的相遇，仍然包含那种很久以前第一次露出却没被拍下来的表情的那股冲击力。就个人而言，虽然我只看过照片，却可以说是对她一见钟情。也正是因为这一点，拉蒂格成为众多时尚摄影师效仿的典范。推销衣帽的最好方法，就是让人爱上照片中穿衣戴帽的女人。这是一种最有效的潜意识诱惑，摄影师的任务就是努力催生这种诱惑。但对拉蒂格而言，照片中的一切都是真实的。那么这张图片要推销的究竟是什么物件呢？是愚蠢的假发、滑稽的太阳镜，还是《发现印度》的精装本呢？问题本身正是作品的神奇和魅力所在。

正如我开头所说，这些古怪的配件的每一个都至关重要。书的出现至少暗示了一种异国情调；假发和太阳镜让图片带有一丝朦胧却明显的色情意味。如果你想看的是不戴假发和眼镜的女人，那无异于要开始脱她衣服了！并不是说照片本身有明显的色情意味，只是你急切地想看看她到底是什么样子。换言之，那幅画拿一个问题反复捉弄观众，你不过是想要找到该问题的答案而已。问题的关键是，照片为何如此构成、如此设计？我迫切地想要知道答案。若能查阅一本现有的关于拉蒂格的书，也许能解决问题。但我更喜欢少一些学术性的更直接的方法。当然，我也希望这一方法不至于太冒犯。"对不起，小姐。我不知道为什么……"

写于2005年

罗伯特·卡帕[①]

艺术作品要求我们用**友好的**目光做出回应。所以，看到这张照片，我的第一反应就是明确的表态：我不会再喜爱别的照片了。

我第一次看到这张图片是在一张明信片上，其背面写有说明："1943年西西里战争结束后的意大利士兵。"同盟国在那年7月入侵了意大利，西西里首府巴勒莫于7月22日沦陷，8月17日，整个西西里都已经被盟军控制。照片的拍摄时间距离欧洲战场的胜利实际上还有将近两年，但罗伯特·卡帕的作品预示和描绘了欧洲战争的结束。

我再次邂逅这张照片，是在阅读有关卡帕作品的一本书时。这次，图片有了一个不同的文字说明："1943年7

[①] 罗伯特·卡帕（Robert Capa，1913—1954），匈牙利裔美国摄影记者。

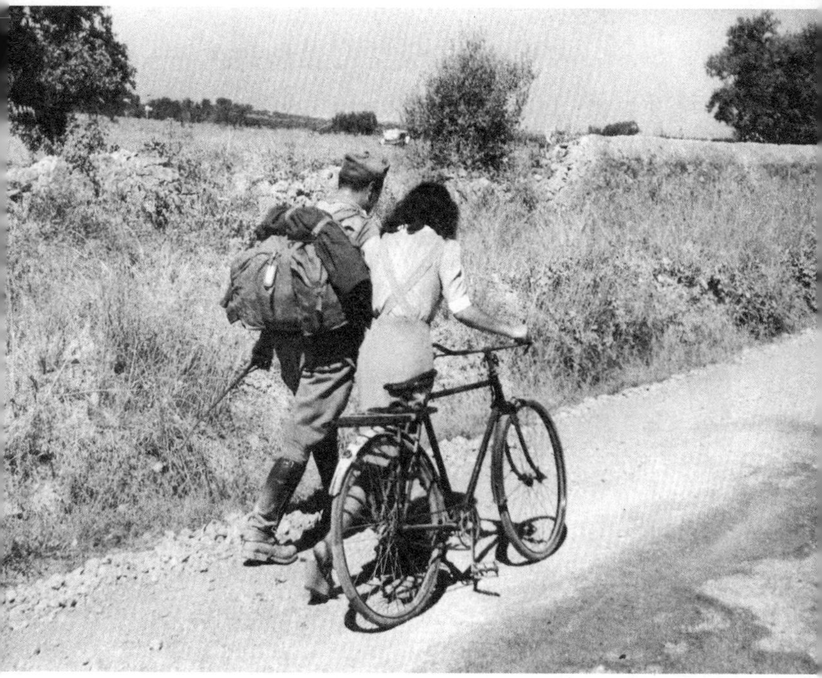

月28日,西西里岛,尼科西亚附近。一群正向战俘集中营进军的纵队,一名意大利士兵落在被俘的战友们后面。"显然,这一描述更加具体和清晰。但这两个说明文字中,究竟哪一个最准确地表达了图像的真实性呢(哪怕不符合当时的拍摄环境)?

乍一看,图片的全部含意似乎会随着说明文字的改变而发生变化。但仔细想来,无论图片周围的场景如何变换,卡帕其实都在有意地将这对年轻夫妇从环境中隔离开来。两个说明文字实际上都有误导性,因为二者都未提及照片中的女人。正如斯坦贝克(Steinbeck)所言,卡帕的"照片不是意外"。照片的视觉真实性使照片拍摄的环境脱离了图片框架的边界,即人的视野之外。遵循卡帕的思路,我也宁愿"收割"照片中的叙事,只关注图片形象所包含的故事,将其中的说明文字进行个人化的转述。

卡帕的照片让我回忆起另一张照片:安德烈·柯特兹[①]拍摄的"正在离去的俄国红色轻骑兵,1919年6月,布达佩斯"。两张照片遥相呼应,互为补充。柯特兹的照片拍摄的是士兵离开的过程:一男一女互相看着对方,这可能是彼此的最后一次凝视。在《另一种讲述方式》(*Another Way of Telling*)中,约翰·伯格谈到了这种彼此传递

[①] 安德烈·柯特兹(André Kertész,1894—1985),匈牙利裔美国摄影师。

眼神的意义：为了应对将来的不测，两人都努力将这一美好的片刻镌刻为永远的记忆。柯特兹的照片里，男女彼此的凝视体现了一种无声的希望；而卡帕的照片描绘的恰好是希望实现时的场景。这不仅是柯特兹照片中两人的希望，也是所有被战争分开的恋人的梦想。

炎热的地中海景观，自行车轮胎上的灰尘，太阳照在她被晒黑的手臂上。他们的影子混杂在一起，蝴蝶在参差交错的树篱上飞舞。田野边缘破败的墙并非是被炸弹突然摧毁，而是岁月缓慢磨损所致。在这片土地上一起慢慢变老是可能实现的。所有的声音——蝉的鸣叫声、靴子踩在路上的响声、自行车缓慢的摩擦声——都与坦克和大炮发出的震耳欲聋的声音形成了鲜明的对比。也不知自行车是他的还是她的，中间有一个横梁。若没有自行车，照片的效果就会被削弱；若没有女人的长发，作品的意境就全毁了。头发的模样说明她仍然是他离开时的样子，毫无变化，对他一直忠贞不渝。

注意到这些细节使我的内心充满期待，我也想**成为**那个照片中的士兵。由于这想法毫无实现的可能，我决定去西西里骑自行车度假。我想了解他们之间的故事。他们何时见面？他们做爱了吗？他们像这样行走了多久？他们是要去哪里？这旅程有多长？照片本身会促使我们提出诸如此类的问题。就算我们用心观察，仔细倾听，照片也很难提供答案。你听……

他们不在乎前面的路有多长。距离越远，他们就越能长久地像这样互相厮守。她会问起发生在他身上的事情；他一开始也许会犹豫，但并不着急。她开始记起他的沉默，他的笔迹和寄来的信早已暗示了他这种交流方式。最后，他会告诉女人自己失去了哪些朋友，经历了哪些可怕的往事。他还迫不及待地打听，朋友和亲戚们回到村庄或城镇后有无新的消息。

她会说说她哥哥。哥哥也在军队里，而且受过伤。她还会谈到他的父母，讲一些发生在教师和屠夫的狗身上的趣事。他们会这样一直往前走着，偶尔碰碰彼此的肩膀。两人都非常关注对方的举止，担心一些小的细节会让对方失望。也许在行走了一段后，当他们在路边休息时，或者当他躺在星空下睡觉时，女人会问男人："我还像你离开的时候那样漂亮吗？"

她知道他会给出什么答案。她感觉他用粗糙的手将自己的头发拂到耳后。女人看到男人开口说道："不，你变得更漂亮了，简直太美啦。"

难道他们不谈意大利的失败吗？也不谈战争的结束吗？也许他们也会聊聊这些吧，但绝非现在，也不是此刻……

写于1991年

如果我死在战区

《安魂曲》(Requiem)[①]是对"来自不同国家的135名摄影师"的致敬,他们在报道越南、柬埔寨和老挝的战争时牺牲。画册被制作成纪念品,最后几页写满了所有逝者的名字,整个风格模仿了华盛顿特区的越南"墙"。画册的意义绝不只是将不同程度的恐怖照片整合并编辑在一起。事实上,《安魂曲》是一本伟大的摄影**书籍**,一本具有视觉语法和叙事连贯性的经典画册。

第一组照片是20世纪50年代由摄影师埃弗莱特·迪克西·里斯(Everette Dixie Reese)拍摄的经典风景照,宁静而充满异域风情。战争中拍摄的照片能显示"千码之外凝视"的镜头下被战争毁灭的美国战士。里斯拍摄了一

[①] 该画册由霍斯特·法斯(Horst Faas)和蒂姆·佩奇(Tim Page)编辑。——原注

名苍老的越南男子，他的目光穿透了一千年，与我们相遇。另外一幅宁静的图片拍摄的是佛教僧侣，代表西方智慧的理想。该图片同时也暗示，这里是世界上河流经常泛红的地方。一块12世纪的石头浮雕显示，高棉军和安查姆军队在1177年发生了一场战斗。皮埃尔·贾汉[①]拍摄的一张照片上，一个法国哨兵的头盔令他看起来像一个入侵的征服者。在某种意义上，他的确是入侵的征服者。一张红河三角洲的航空照片显示了一幅像极了伪装图案的风景。在里斯拍摄的照片中，军用飞机开始出现在云端；紧接着在1954年，法国果真就出动了伞兵。画册中，摄影记者让·派朗德（Jean Peraud）提供了第一张战斗图片。实际上整本画册的主要内容都是战争。短短几页后，画册就呈现了罗伯特·卡帕在红河三角洲的死亡。

卡帕在越南的死亡为整本书提供了至关重要的连续性，第二次世界大战的影像和该画册中的图片借此被连接为一个整体。卡帕很多有名的照片——从诺曼底入侵到巴黎解放——展现了士兵们从镜头的边缘开始跋涉，从一场战斗迁徙到下一场战斗的过程。他拍下的最后一组照片显示，1954年5月25日，在踩上地雷前几分钟，一队士兵在齐腰高的草地上行军。他们可能就是1944年卡帕拍摄过的同一群士兵，其中一人甚至在做熟悉的敬礼姿势的同时

[①] 皮埃尔·贾汉（Pierre Jahan，1909—2003），法国摄影师。

举起了来复枪。然后卡帕被炸成了碎片。那一队士兵继续前进,然后在无形中莫名其妙地陷入了东南亚日益加深的冲突中。

为了保持这一隐含的连续性,越南战争一开始看起来很像第二次世界大战。在越南冲突的早期阶段,作家们倾向于带着一种诗情画意的态度看待这场战争。这是从1914年至1918年的第一次世界大战中衍生出来的一种乐观情绪,维尔弗莱德·欧文①的作品充分体现了这一点。同样,第二次世界大战时发展起来的滤镜和摄影技巧也在越南战争中被摄影师们频频采用。拍摄者关注的重点是普通个体士兵,而且通常抓拍的都是危险时刻。这一点毫不奇怪!毕竟,除了植被、地形和肤色等细节之外,人类在战斗最后阶段的经验和体会基本上是一致的。虽然士兵的制服不同,但在其他方面没有太多区别。达纳·斯通②拍摄了1968年哈坦③被摧毁的山顶哨所的南越军队。这张照片完全可以看成是在五十年前的帕斯尚尔战役中拍摄的。与第三次伊普尔战役的很多描述相同,《安魂曲》有一部分也被冠以"泥潭"的标题。罗伯特·埃里森(Robert J. Ellison)拍摄的三名海军陆战队队员面前弹药库爆炸的全彩

---

① 维尔弗莱德·欧文(Wilfred Owen, 1893—1918),英国诗人、军人。被视为第一次世界大战最重要的诗人。
② 达纳·斯通(Dana Stone, 1939—1971),美国摄影记者。
③ 哈坦,越南地名。——译者注

色照片,与尤金·史密斯①拍摄的经典影像特别相似,后者拍摄的是四个陆战队员在硫黄岛的爆炸中退缩的场景。《安魂曲》中的图片不仅能帮助我们回忆过去,还能警示未来。泽田教一②拍摄了一名死去的士兵被拖到装甲车辆后面的照片。这张照片预示了保尔·沃森(Paul Watson)于1993年拍摄的那张更可怕的图片,即一名美国士兵被拖到摩加迪沙的街道上的场景。

随着战争的推进,画册逐渐形成了自己的视觉风格。卡帕曾经说过,一幅强有力的图片远胜于一张技术上完美的照片。但在越南,这两种图片的区别日渐模糊。最明显的是凯瑟琳·勒罗伊③发表在《观看》(*Look*)上的"血淋淋"的照片(使用专业术语准确地描述之)。凯瑟琳·勒罗伊仔细地加工合成了图像,但对大多数摄影者而言,这一点并不可取。他们认为图片的直接表现力高于一切,反对出于**非**艺术形式的考量对图片进行加工或者调整。这不仅仅是因为战争的迫切需要,更确切地说,**非**战斗摄影技术的发展为他们描绘越南的危险提供了很多方便。到20

---

① 尤金·史密斯(W. Eugene Smith, 1918—1978),美国新闻摄影家。
② 泽田教一(Kyoichi Sawada, 1936—1970),日本摄影师。曾获1966年普利策奖。
③ 凯瑟琳·勒罗伊(Catherine Leroy, 1944—2006),法国新闻摄影记者。

世纪60年代中期,罗伯特·弗兰克[①]有意忽略传统的摄影技巧,这本身已发展为一种有序的美学。在《旁观者——街头摄影史》(*Bystander: A History of Street Photography*)一书中,科林·韦斯特贝克[②]谈到了加里·维诺格兰德[③]的探索和努力:"若放弃了卡蒂埃-布列松[④]一直坚持的一本正经的法国理性,摄影还能留下些什么?其本质何在?"还有什么比战争题材更适合来探索这个问题的答案呢?在梅莱村的四个小时里,任何理性的痕迹都可能被消灭。第二次世界大战有形状,有目的,无论是在更大的叙述影像中,还是在一些零散的个体图片中,这一点都非常明显。宏观的叙事图像包括卡帕的"诺曼底登陆"和乔治·罗杰[⑤]拍摄的"贝尔森的解放"等系列图片,而零散的单张照片组合起来便构建了连贯的叙事。随着越南战争的持续,人们逐渐发现这场战争彻底混乱无章、毫无意义。达纳·斯通在一次柬埔寨行动中失踪,三年前他就写信给父

---

① 罗伯特·弗兰克(Robert Frank, 1924—2019),瑞士摄影师、纪录片导演。
② 科林·韦斯特贝克(Colin Westerbeck, 1900—),美国摄影策展人、作家。
③ 加里·维诺格兰德(Garry Winogrand, 1928—1984),美国街头摄影师。
④ 卡蒂埃-布列松(Henri Cartier-Bresson, 1908—2004),法国著名摄影家。被誉为当代世界摄影十杰之一。
⑤ 乔治·罗杰(George Rodger, 1908—1995),英国摄影师。

母说"风险与收益完全不成比例。我现在得到的照片似乎和以往获得的大量照片相差无几。当我慢慢习惯战争后,最初的有趣和兴奋便变得乏味而可怕"。

那时已是1967年。按照苏珊·默勒(Susan Moeller)在其专著《拍摄战争》(*Shooting War*)中的说法,三个主题领域的战斗图像已开始从视觉方面界定战争,其中最主要的一个就是"男人在稻田里跋涉"。她也许还可加上一条"在暴雨中"。美国日益荒谬地加入东南亚战场,亨利·胡特[①]拍摄的画面已暗示了这一事实。照片拍摄的是一群美国士兵在一片稻田里行走,天空乌云密布,大雨滂沱,士兵却高举武器,以免被齐腰的水弄湿。顺便说一句,有一名士兵碰巧用一只手举着来复枪。这姿势不可避免地让人想起十一年前卡帕拍摄的士兵图片。这也进一步加深了我们的印象,即镜头对准的是同一群人,他们从一个战场跋涉到另一个战场,从一场战争转移至另一场战争,永无止境。在另一张胡特的照片中,一个士兵已完全淹没在水中,水面上只能看到手和武器。

默勒提到的另外两个主题领域是炮火中大声叫喊的人和跃出直升机的士兵。事实上,这些直升机已经成为越南战争的虚拟标志。于是,通过媒体协会的渲染,亨德里克

---

① 亨利·胡特(Henri Huet,1927—1971),法国战争摄影师。

斯①和滚石乐队的歌曲几乎无声地萦绕着直升机旋翼叶片，充满了这本画册。换言之，这些直升机的照片形成了一种可见的声道。作为越南战争的影像，它们非常容易识别，因为这些看起来很像电影中的剧照。虚构的影像从蒂姆·佩奇②、布伦斯③等人的照片中获得证据；反过来，虚构的普遍性又进一步证实了真实世界的可信度。

参与者和观察者之间、真实性和代表性之间的差距不断缩小，而体现这种逐渐消失的区别是《安魂曲》画册的核心。画册中的摄影师经常谈论，要把照相机当作枪一样使用。在即将投降的时刻，士兵们摧毁了枪支和弹药。与此同时，摄影师皮埃尔·斯科内尔弗④也当即摧毁了相机和胶卷。有好几个摄影师同时携带着武器和照相机；还有一些人牺牲时像士兵一样，如萨姆·卡斯坦⑤遇难时手里拿着一把枪，而不是相机。

依靠仅能维持生计的资源，以游击战的方式工作，为了民族解放而战斗，拍摄者在记录发生的一切。引用威

---

① 亨德里克斯（Jimi Hendrix，1942—1970），美国吉他手、歌手、作曲家。
② 蒂姆·佩奇（Tim Page，1944—　），英国摄影师。
③ 拉里·布伦斯（Larry Burrows，1926—1971），英国摄影记者。
④ 皮埃尔·斯科内尔弗（Pierre Schoendoerffer，1928—2012），法国电影导演、编剧、作家、战地记者、摄影师。
⑤ 萨姆·卡斯坦（Sam Castan，1935—1966），美国新闻记者、编辑。

廉·图奥①的评论,他们在越南战场的同行们永远是"战斗第一,摄影第二"。遗憾的是,经历了战争及其后来的毁灭性打击,只有几千张底片和照片幸存下来。关于摄影师自身的事迹,我们也几乎一无所知。在这本书结尾的传记中,以下条目以不同版本反复出现:"找不到从战争中幸存下来的个人照片或信息。"

另一方面,美国人的运作方式与政府相似,他们越来越反对政府的政策。军队依靠技术力量,所以美国摄影师拥有无限的摄影器材。根据默勒的说法,"布伦斯带了太多(胶卷),以至于他的袜子里也被塞满了"。军方的大规模轰炸与新闻媒体的大量摄影相互匹配。这里我想分享一下自己的个人印象,当然算不上军事策略的分析。可以这么说,第一次世界大战的目的是为了让人们记住这场战争,而美国人发动越南战争好像纯粹是为了生产战争影像。照这样理解,画册中题为"升级"的那一部分,其实不仅含蓄地表现了战争日益扩大的规模,也暗指了其逐渐明晰的可见度。

北越人悄悄死亡,而"他们的摄影事迹也未见记录"(再次引用威廉·图奥);拍摄另一边冲突的摄影师却获得了相当的声誉。这些摄影师一直在尝试拍出好的作品,能与大师卡帕的照片媲美。如果你不反对的话,我认为卡帕

---

① 威廉·图奥(William Tuohy, 1927—2009),美国记者、作家。

简直就是为画册中所有的后续作品提供了模板和基础。卡帕曾提出过一条著名的建议：接近（危险）的程度等同于照片质量。许多在越南拍摄的记者遵循这一建议，并将之视为努力的目标。正如一位作家所说，拍摄者不断"临近死亡"。对于这些摄影师来说，"千码之外"的镜头被放大到三至四英尺。士兵们觉察到了布伦斯渴望接近拍摄对象的强烈冲动，开玩笑说他绝对是有史以来近视最严重的摄影师。

当然，这并不意味着，仅仅因为摄影师已不在人世，这本画册中的那些男女摄影家拍摄的照片质量就必然更好，或者因为蒂姆·佩奇和唐·麦卡林[1]等人幸存了下来，所以他们的摄影作品就稍逊一筹，但拍摄者的死亡的确为其作品涂抹上了一层浓厚的悲情色彩。摄影师的工作，特别是他们的最后一卷胶片，还有在他们牺牲前几小时或几分钟拍摄的照片，都具有不同寻常的意义。这些图片，恰如经过先进技术包装的民间想法：死亡之前的最后一件事会在人的视网膜上留下深刻的烙印。萨姆·卡斯坦的最后一卷曝光的胶片被一名北越士兵拿走了，后来这名士兵被杀后才又被取回。在此种情境下，尤其是面对弘道峰[2]的

---

[1] 唐·麦卡林（Don McCullin, 1935—　），英国战地记者、摄影师。
[2] 弘道峰（Hiromichi Mine, 1940—1968），日本摄影师。

一张被水火损毁的神父庆祝弥撒的照片,你仿佛感到死人的眼睛又睁开了,在他们躺下的泥坑里眨巴了一下。更重要的是,《安魂曲》画册呈现的全部是已经去世的摄影师的作品,这一事实深刻地影响了该书的叙事把握。

布伦斯拍摄了一张四名海军陆战队士兵抬着另一个人尸体的照片。照片在杂志《生活》(*Life*)上发表时,必须对它进行剪裁,否则,一个闯入镜头的摄影师会出现在照片中。当然,该照片没有出现在这本画册中。对于《安魂曲》而言,其他摄影师接近镜头似乎是照片内在意义的一部分。迪基·查佩勒[①]的一张照片显示,一名南越士兵正准备处决越共囚犯,一个伙伴悠闲地站在他左边,双手插在口袋里微笑着。这一场景与奥登(W. H. Auden)在"美的缪斯艺术"中所描述的情况完全一样。接着在两页后,我们看到一位牧师跪在查佩勒的身体旁,她的头浸在血泊中。第一张照片中,我们看到的是她看到的画面;再看第二张照片,我们似乎同意了灵魂离开身体的观点(亨利·胡特如是说)。也就是说,拍摄者出现在照片中,并代替了拍摄的主题。罗兰·巴特总结了照片的特殊紧张状态:"他已经死了,他即将死去。"《安魂曲》将之颠倒过来,并应用于摄影师,"他们已死,他们将死"。胡特拍摄的另一张戏剧性的照片显示,拉里·布伦斯的脖子上挂着

---

① 迪基·查佩勒(Dickey Chapelle,1918—1965),美国摄影记者。

摄像机，帮助战士们通过疏散直升机的下风口进行战斗，其中还有一名受伤的同志。那是在1970年拍的。第二年2月，当他们乘坐的直升机在胡志明小道上空被击落时，摄影师布伦斯和胡特一起死去。显而易见的是，基于这本画册无情、可怕的概念和编排逻辑，我们在弗朗索瓦·苏利[①]（另一位已去世的摄影师）引用的战争老歌中最终找到了自己的所在。正如弗朗索瓦·苏利在《新闻周刊》上所说的："每个人都会轮到的，今天是你，明天就是我。"

写于1998年

[①] 弗朗索瓦·苏利（François Sully，1927—1971），法国新闻记者、摄影师。

露丝·奥尔金[①]的《欧洲胜利日》

虽然照片抓拍的是一个瞬间,但它们所描绘的事件可能涵盖几年,甚至几十年。然而,很少有人像露丝·奥尔金的作品《欧洲胜利日》那样充满历史感。这张图片拍摄的是1945年5月8日德国投降日那天时代广场聚集的人群。

为了把这段历史从图像中还原出来,我们需要至少追溯到1914年,重温那张男人们"参差不齐"排着长队应征入伍的照片的画面。菲利普·拉金(Philip Larkin)的诗歌《MCMXIV》[②]中有如下描述,这些咧嘴微笑的面孔让他们看起来像是在庆祝"8月份公共假日那般开心"。这

[①] 露丝·奥尔金(Ruth Orkin, 1921—1985),美国摄影师。
[②] 即《1914》,1914即一战爆发的年份,一般在旧式座钟或者在阵亡士兵的墓碑上才能看到这首诗。——译者注

87 years of fine
whiskey-making make
this whiskey good
IMPERIAL
ASTOR
CBS

样的照片与1919年拍摄的照片形成互补,照片中,一队纪念一战烈士的士兵踏步走过伦敦的烈士纪念碑,由此证实了应征入伍时度假般的开心变成了一场灾难。而从另外一层意义上来说,灾难并未就此终止:第一次世界大战的结束事实上为第二次世界大战创造了条件。《凡尔赛条约》不过是结束了一场旷日持久战的第一阶段,而这场战争一直持续到1945年,中间伴随着断断续续的停战。

第二次世界大战结束后,英国虽然在军事上取得了胜利,但在经济上却遭受重创、濒临毁灭。与此同时,美国却毫不含糊地取得了完全胜利,成了绝对赢家。于是,权力中心越过大西洋转移到了彼岸。连丘吉尔也不得不承认,"这个时刻的美国,实际上站上了世界之巅"。虽然只有击败日本才能站上那个巅峰,但奥尔金的照片昭示着:美好的未来伸手可及、为时未远。在夏莉·哈扎德[①]的小说《大火》(*The Great Fire*)中,她就描绘了二战刚结束后伦敦的惨状。即使在1948年,"一切都像是在战时那样破旧不堪,阴森可怖,满目疮痍"。与之形成对比的是,1946年阿尔贝·加缪(Albert Camus)到达纽约的时候,他的印象是"遍地都是财富"。这种财富在奥尔金的这张照片中得到了显著的渲染。尽管丘吉尔仍一心企图维持英

---

① 夏莉·哈扎德(Shirley Hazzard,1931—2016),澳大利亚裔美国小说家。

国的帝国地位，但从此刻开始，美国品牌和商业通向帝国的步伐将势不可当。

奥尔金的这张照片也包含了一定容量的摄影史。沃克·埃文斯①曾把街头路标和广告牌列为美国20世纪30年代摄影词语的一部分。[奥尔金对历史事件的藏于幕后式的拍摄也是一种站在标牌后的视角，它预见了1958年罗伯特·弗兰克拍摄的好莱坞标牌以及后来迈克尔·奥姆罗德（Michael Ormerod）拍摄的德士古②公司招牌。]爱德华·史泰钦③和阿尔弗雷德·斯蒂格利茨④两人在世纪初都拍摄过熨斗大厦⑤，照片出来后立刻就被列入了纽约地标摄影目录中。在奥尔金拍摄的照片中间，办公大楼的轮廓宛如尖翘的船头，蔚为壮观，可与熨斗大厦媲美，看起来仿佛是一艘驶向未来的远洋航轮。航轮的名字叫什么？关于这个，前面的人物雕像令问题的答案变得显而易见：守卫自由女神！虽然我们看到的是一个实际的地点，但纽约各种地理上散乱分布的符号仿佛被压缩成了一个城市综合

---

① 沃克·埃文斯（Walker Evans, 1903—1975），美国摄影师、记者。
② 德士古，美国石油公司。
③ 爱德华·史泰钦（Edward Steichen, 1879—1973），美国摄影师。
④ 阿尔弗雷德·斯蒂格利茨（Alfred Stieglitz, 1864—1946），美国摄影师。
⑤ Flatiron Building，建造时称为福勒大厦（Fuller Building），在1902年完工，当时为纽约市最高的大楼之一。

体，浓缩了既神秘又真实的"美国特质"。照片中，屋顶上的人甚至有某些清晰可辨的美国特质。那个穿着白衬衫、戴着爵士帽的家伙，展示了只有美国人才有的肢体语言。发现盖茨比"一举一动的机智灵动"中那种独有的美国特质，F. S. 菲茨杰拉德想弄明白这是不是由于他年轻时没做过搬重物的工作（但若真是如此，我们不禁要问，像时代广场这样的地方最初是如何建成的呢?）。

（德意志）第三帝国玷污了关于群众的观念。纽伦堡各种训练有素的群众集会可怕地证明了一个民族如何可以抛弃珍贵的启蒙理想，心甘情愿地跳到从众本能的黑暗深渊中去。时代广场上的群众不是有意被组织安排的，但是这种场景的安排方式广泛传开了，因为其目的就是为了让人记录其中的片段（瞬间）。从这方面看，奥尔金是记录此事件的最佳人选。她最著名的照片记录的是一位年轻的美国女性走在罗马的大街上，后面跟着一长队直愣愣地瞪着眼睛看她的男人。这是一幅经典的街头随拍（即兴）摄影作品——但这是由摄影师和她的一位模特朋友事先安排好的场景，这些色眯眯的意大利人其实是运动爱好者，当时他们只是自得其乐而已。

时代广场上的这批群众性情温厚，欣喜若狂。《纽约：摄影之都》（*New York： Capital of Photography*，书名本身就是战后美国信心爆棚的最好例证）的编辑麦克斯·考兹洛夫（Max Kozloff）聪明地把奥尔金的照片与威基[1]1940年的照片并置起来，后者当时拍摄的是科尼岛上挤得像沙丁鱼一样的人群。威基给照片的解释性标题也可以用到奥尔金的照片上——"他们来得很早，走得很晚"——并且，可以加上一句，"他们乐此不疲"。二战纪念日过去了60年，新闻报道和阶段性媒体事件彼此融合，几乎变得不可分离。在顺应这个趋势的过程中，奥尔金以哥伦比亚广播公司（CBS）的手法记录了这一事件。

哥伦比亚广播公司的徽标看起来有点古怪和过时，但某种别的东西赋予了这张照片一种当代气息：照片右边的那位女性。她能站在这个有利位置的这个事实本身就是一个重大的成就。她可能是瓦萨学院女生中的一员，她们的生活在玛丽·麦卡锡[2]的小说《她们》（*The Group*）中有所记录。如此，她便成了后来进行细腻新闻摄影报道的大师——准确地说，是如琼·狄迪恩[3]和珍妮特·马尔科姆[4]那样的女性大师——的角色模型；虽然，她显然只是奥尔金自身的代表。正如20世纪30年代一位著名的纪实摄影

---

[1] 威基（Weegee），原名亚瑟·费利格（Arthur Fellig，1899—1968），美国摄影师、摄影记者。
[2] 玛丽·麦卡锡（Mary McCarthy，1912—1989），美国作家、评论家。
[3] 琼·狄迪恩（Joan Didion，1934— ），美国作家。代表作《奇想之年》（*The Year of Magical Thinking*）。
[4] 珍妮特·马尔科姆（Janet Malcolm，1934— ），美国作家。

师多萝西·兰琪（Dorothea Lange）所推崇的那样，奥尔金拍摄时总是躲在暗处，但她把她自身的代表摄入照片中："她是构成整张照片的一部分，虽然她只是在默默观察而已。"然而，让这张照片充满当代气息的，不是她的在场，而是她的姿态。她在干什么？如果把她从这张1945年的照片中剪下来，贴到某个当代新闻事件——比如，圣彼得大教堂教皇约翰·保罗二世（John Paul II）的葬礼——的照片上，你肯定会觉得她在用手机打电话。

既然奥尔金的照片展示的是人们用摄影来记录一个事件的片段，以便让它能够被记录下来，那么我就开始思考，是否有照片是在展示这个记录——这张照片——的制作过程。后来，我确实也找到了几张，至少我自己认为找到了。最好的一张出自一位不出名的摄影师之手，它展示的是从自由女神像后面拍摄的场景。和威基的科尼岛照片一样，这张照片中的人们脱下帽子向镜头挥手致意。但是，即使你知道阿斯托酒店的位置——或者曾经的位置，因为酒店后来被拆除了——你也看不太清楚酒店的标牌。而要找出这位不知名的摄影师站的准确位置——在奥尔金的视野范围内找到他——比想象的要更加棘手。

在仔细观察了这两张照片后，我的目光停留在奥尔金照片里面那个酒店标牌字母"O"上面的电影院。电影院

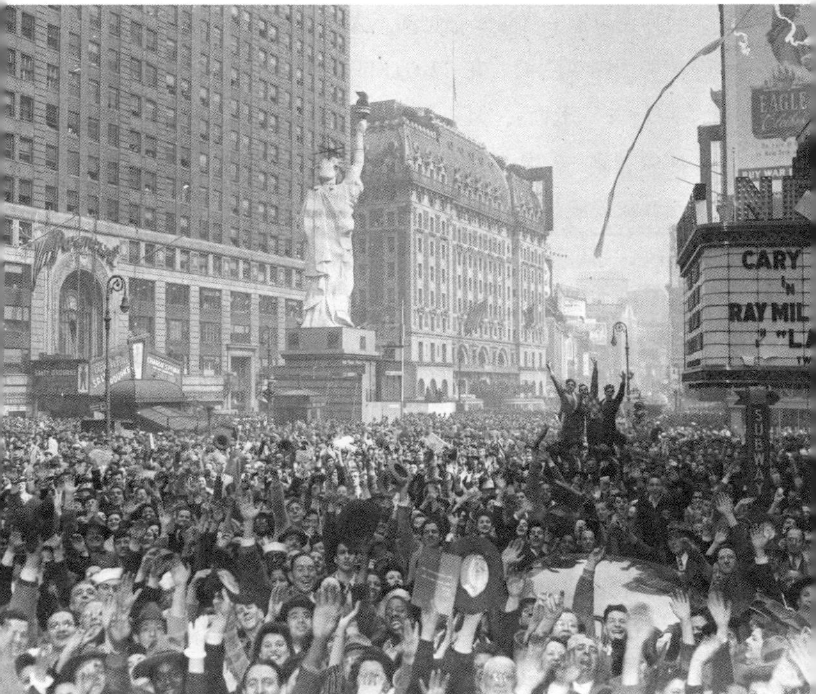
CARY
IN
RAY MIL
SUBWAY

正在上映由阿兰·拉德①主演的一部叫"索蒂奥"什么的电影。在另一张照片上，在左边远处人群的头顶上，可以看到这部电影完整的名字——《索蒂奥洛格》(Salty O'Rourke)。调整各个视角就像追踪肯尼迪总统刺杀案中子弹的弹道轨迹一样——证据却不太吻合。我曾认为杀手是躲在美国国旗后面〔在"HOTEL"（酒店）一词里面反写的字母"E"上面〕，但是那不合逻辑，因为照片是从自由女神像右侧——从奥尔金的视角看则是左侧——拍摄的。这就意味着照片必然是在"IMPERIAL"（帝国）标牌下面拍摄的。如果是这样，那为什么我们看不到电影院放映的加里·格兰特②和雷·米兰德③出演的电影呢？或许新闻摄影师们被挡住了视线。确实如此——从那个穿着白色衬衫、戴着呢帽的家伙的胸膛和他的同事之间的空隙看过去，你只能看到电影标牌上的几个字——"格兰特"（GRANT）的"格兰"（GRAN）和"米兰德"（MILLAND）的"兰"（LAN）。现在，我们可以从两个方面去观察这个事件了，它变得完整了。通过间接的互证，这两张照片把我们框进了事件的瞬间，让我们把握了那一刻，没有任何缺憾。但是，这个瞬间将持续多久？它又将延伸到多远的未来呢？

---

① 阿兰·拉德（Alan Ladd，1913—1964），美国演员、电影和电视制片人。
② 加里·格兰特（Cary Grant，1904—1986），英国演员。
③ 雷·米兰德（Ray Milland，1905—1986），英国演员。

奥尔金的照片描绘了人们欣喜若狂的一天。自由女神号航轮乘风破浪，驶向未来，但是在此过程中——不像奥尔金在罗马街头拍摄的那位女性——它留下了日益增加的仇恨。随着美利坚帝国的膨胀，其帝国符号的意义也发生了变化，特别是在阿拉伯世界。到了20世纪70年代，在叙利亚诗人阿多尼斯看来：

> 纽约是个女人，
> 根据史上的说法，
> 她一只手拿着一块叫作自由的破布，
> 同另一只手一起去绞杀地球。

阿多尼斯这首梦幻般的诗被冠以预言性的标题"纽约的葬礼"。对这首诗所描绘的狂妄自大产生某种（心理）反应是不可避免的。我们现在就生活在这种反应的阴影下。"让自由女神像倒塌吧，"诗人继续感叹道，"一阵东风吹来，把帐篷和摩天大楼连根拔起。"奥尔金的照片拍摄于纽约的中心，它屹立于美国世纪的中心——属于美国的世纪始于1914年那兴高采烈的人群，终于2001年9月11日震惊不已的旁观者难以置信地目睹着世贸中心轰然坍塌的一幕。

写于2005年

理查德·艾维登

1960年,理查德·艾维登拍摄了诗人奥登在纽约圣马克广场的照片,当时诗人立于暴风雪中,几个路人和建筑物出现在画面的左边,暴风雪似乎正要将奥登冰冻住。这种被风雪冰封的过程在美国被称为"白化"。那时,艾维登已经为自己独特的肖像照片处理技巧申请了专利。因此,人们很容易把这幅画看作是上帝对艾维登拍摄习惯的认可,这种习惯就是将人们孤立在一片白茫茫的土地上进行拍照。这又一次证明,艾维登著名的拍摄技巧本质上并未否定自然主义;相反,这是对自然主义的推崇和神化。

照片展示了奥登的全身,裹着他身体的那件衣服似乎是一件老式的英式粗呢大衣,也有些像典型的美式厚呢大衣。在拍摄这幅图时,艾维登保持着一定的距离。艾维登的摄影风格通常使他的模特会受到一种视觉上的质疑。说实话,艾维登的模特几乎无法奢望能坐着工作。对于好的摄影方式，奥登公然如是说：

> 近距离拍照是很不礼貌的，
> 除非被激怒了，否则我们不会。
> 情侣们靠近亲吻时，
> 会本能地闭上眼睛，
> 这样才能将他们的脸
> 简化为解剖学数据。

批评者声称，把脸分解为解剖学数据是艾维登一贯坚持并有意为之的做法。至少，正如杜鲁门·卡波特欣喜地观察到的，艾维登对"一张脸纯粹的状态"颇感兴趣。就算这种特点是一种没有个人私利的洞察目的，其他人也认为这种冲动太残忍，更具有操纵性。对于这种批评，艾维登偶尔也会表示认可。1957年，他抓拍了温莎公爵和公爵夫人往后退缩的瞬间，仿佛这世界是一个非常血腥的小地方。根据黛安·阿布斯[①]的说法，照片之所以有这一效果，艾维登自己说是因为他坐的出租车在拍摄的路上撞到了一条狗。正当公爵夫妇因同情和恐惧往后退缩时，他按下了相机的快门。

据说，拍摄照片上出现的衰老而皱巴巴的面孔，在某

[①] 黛安·阿布斯（Diane Arbus, 1923—1971），美国摄影师。

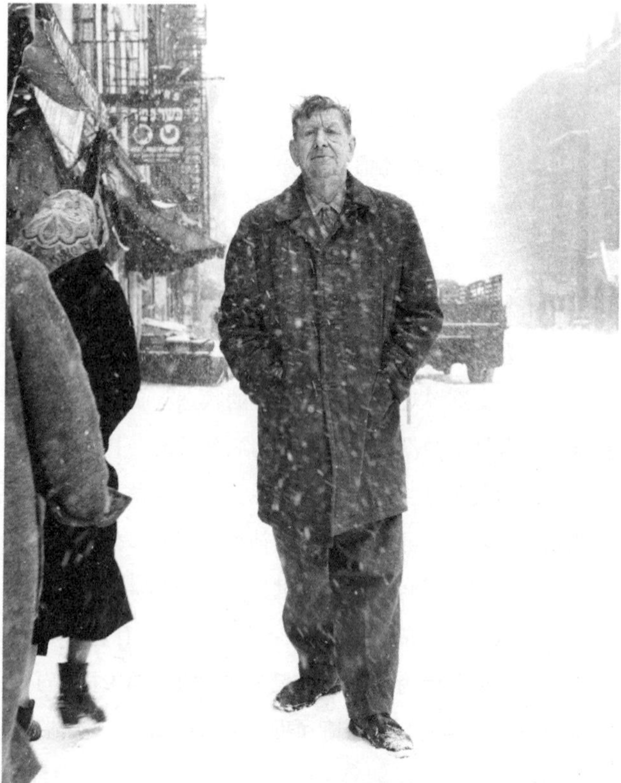

种程度上是艾维登实施的一种报复行为。他在抗议当时充满时尚和魅力的摄影行业,尽管在这一领域他已名声斐然。当时人们评论说他的工作浮在表面,没有深度,这幅作品明确地回应和谴责了这一说法。对摄影的反对不能长久地存在。艾维登正确地坚持这一看法:"表面形式是你能拥有的全部。你只有通过与表面形式打交道,才能最终超越表面,抵达深度理解。"其实时尚照片和肖像摄影是两种拍摄潮流,两者之间一直存在较量。在任何情况下,这两种拍摄活动都将持续发展且相互影响。

现在我会稍稍离题说说法国的街头摄影,这样就能解释这种较量到底是如何展开的。

雅克·亨利·拉蒂格的照片完全是一种自然而恰当的自发性拍摄,这让罗伯特·多瓦诺[①]后来拍摄的巴黎情侣接吻照片立刻变得非常有吸引力。但现在众所周知,《吻》(*The Kiss*)的拍摄场景是摄影师精心设计的。这里经历了一种转变,从拉蒂格意外捕捉的快乐时刻到多瓦诺精心设计的魅力瞬间,我们看到了两种相互矛盾但又相互补充的拍摄冲动。正是这些冲动使得时尚摄影的历史充满了活力。最初不经意的姿势成为后来摆姿势的模板;起初不经意被拍出的奇迹瞬间后来演变为摄影界推崇的一种风格和商品。

---

① 罗伯特·多瓦诺(Robert Doisneau,1912—1994),法国摄影师。

另一种相反的摄影潮流也能在时装摄影的历史中找到证据。一种固定的拍摄模特和服装的方法变得太做作、太静态、太摆弄姿势。这时出现了一位大师,他带着少有的雄心、勇气和远见,为时装摄影行业注入了自发性和自然性。谈到时装摄影史上任何一个著名的人物,你都可能发现,他们曾经提供过一种自由而不是过时的选择。他们想要"摆脱那种所谓的优雅"[强调一下,这话是比顿①说的,不是贝利(Bailey)!]。他们都曾经感觉自己像是"被老练世故的人包围着的街头野人"(欧文·潘②如是说)。时尚摄影的诡异之处在于,这种"自然"一方面通过进一步的发明得以实现,另一方面又可以马上为将来的新发明创造条件。情形反过来就不会如此,因为摄影师意图通过创造影像所传达的效果,总是先于或者优越于不经意的发现。所谓创造,就是拍摄者带着意愿、期待和灵感为模特购买穿戴的衣物,然后开始拍摄。

这也解释了为何任何关于时尚摄影的讨论都不可避免地要追溯到艾维登。正是他不知疲倦、创造性地提出了一种人为的自然法则。他的拍摄非但没有否定这种做法,反而最极端地表现了那种为摆脱做作所进行的人为的努力。

---

① 塞西尔·比顿(Cecil Beaton, 1904—1980),英国摄影师、设计师。
② 欧文·潘(Irving Penn, 1917—2009),美国摄影师,以时装摄影、肖像摄影和静物摄影闻名。

劳拉·威尔逊[1]有一幅作品，反映了艾维登如何拍摄漂流者和工人的场景。这张照片就很好地体现了艾维登的努力。该作品被收集在影集《美国西部》（In the American West）中，照片中有灯光和助手，空白的白纸将拍摄对象与自然栖息地分开，这种隔离效果比动物园的栅栏更有效。因当时的种种限制，他们这群摄影家获得了一种无名的声望。表面的原因是，作为摄影师，艾维登的风格一眼就能被认出来；更微妙的原因是，无限剥离的累积效应并不等同于简单的暴露。给人启示本身即是一种创作手段。

那么，他们到底在创作什么呢？

在戴维·奥克塔维斯·希尔[2]和同代人的作品中，瓦尔特·本雅明被"光明从黑暗中挣扎而出"的拍摄方式所打动。他进一步描述了1850到1880年间，客户们面对"最新流派的技术"的反应。就摄影师而言，他们要面临的是"正在崛起的一个阶层"，这个阶层身上闪烁的光环已经渗透到了男人上衣或松软的领结的褶皱中。本雅明坚信，光环不只是原始技术的产物。与此相反，早期的拍摄主题和技巧是"完全一致的"，但这只持续了很短一段时间，因为"很快，光学的进步使仪器变得可用，黑暗随即

---

[1] 劳拉·威尔逊（Laura Wilson, 1939— ），美国摄影师。
[2] 戴维·奥克塔维斯·希尔（David Octavius Hill, 1802—1870），英国画家。

消失，拍摄的景象如同镜子一样忠实地记录着真实世界"。随之而来的结果便是，光环"通过越来越快的镜头，从黑暗的溃败中被粉碎了"。

谷克多（Cocteau）所说的"那面奇妙而可怕的镜子"随着艾维登而变得圆满了。绝对的白度代替了黑暗，光线在黑暗中挣扎着呈现。在这一主题和技巧的更新和具有颠覆性的一致性中，出现了一种新的以名誉互惠为基础的光环和秩序。著名的摄影师拍摄著名的人物。那些人的光环渗入到领结、衬衫、连衣裙中。而这种光环，在法兰克福学派所钟爱的那种倒转中，常常是领结、衬衫和连衣裙的**产物**。那些穿戴为模特准备，也算是对照片支付的报酬。黛安·阿布斯的传记作家帕特里夏·博斯沃斯（Patricia Bosworth）曾说，在20世纪60、70年代，"每个出入艾维登摄影室的人都是明星"。就算你走进他工作室的时候还不是名人，出来的时候大概也具有某种名气了。不管以何种方式，由艾维登亲自拍摄的肖像照都是高度个性化的身份象征。就像莱斯·道森[①]说起他的岳母那样，艾维登能让你的脸"看起来像一袋扳手"，但这张照片拥有选举的质量，事实上它记录了选举的过程。如此，艾维登拍摄的照片本质上提供了双重的**识别**手段。人们出现在工作室里等待拍摄，好像是为了一个千载难逢的机会。正如他们自

[①] 莱斯·道森（Les Dawson，1931—1993），英国喜剧演员。

己所言，几乎是为了和命运会合。

这又把艾维登和19世纪的摄影师朱莉亚·玛格丽特·卡梅隆①等人联系了起来。艾维登自己也觉得和卡梅隆特别亲近。据本雅明说，当时拍摄照片的过程非常复杂，一切都"使得拍摄对象集中在生活的这一刻，而不是匆忙地随便应付。在一段相当长的曝光的时间里，拍摄对象似乎要生长到图片中去"。这些照片中，"人们衣服上的折痕都散发出一种永恒的气息"。当然，艾维登是以一种分秒曝光的方式工作的，但结果在某种程度上甚至更为惊人：人们脸上的皱纹有一种地质般持久的气息。人们常常感觉到，在拍摄照片的那一刻，大量的时间被压缩了。"最近，"他在1970年说，"我对照片中时间的流逝变得很感兴趣。"所以，在他最著名的一幅作品中，伊萨克·迪尼森②看起来像是出现在大约两千年前的世界上最美丽的女人。

这张照片让人想起了茜玻（Sybil），她祈求永生，却忘记了祈求永葆青春。按照艾维登个人的理解，人们找他拍摄就跟去找算命先生一样。无独有偶。安德烈·布勒东

---

① 朱莉亚·玛格丽特·卡梅隆（Julia Margaret Cameron，1815—1879），英国摄影师。
② 凯伦·白烈森（Karen Blixen，1885—1962），丹麦作家。伊萨克·迪尼森（Isak Dinesen）是其笔名。

(André Breton)、比尔·布兰特[①]和黛安·阿布斯也都这么认为,即摄影师应该拍摄出一种相似性,用布兰特的话来说,就是照片"在身心方面都要能预测拍摄对象的未来"。如果是这样,那么艾维登的预言就是自我实现和自我揭示。性格就是命运,或者说,脸庞上写着人的个性。乔治·奥威尔有一句名言:到了一定的年龄,岁月赠予人们相应的面容。马丁·艾米斯更新了这一说法:要一张什么样的脸,全看你能担负起多少花费。在美国,这看起来像是一种奇特的英国式尊贵:你应该得到你能**负担**得起的东西。但就艾维登而言,不管拍摄对象是什么人,都应该以统一的方式拍摄他们的脸(后面还会细谈"不管"这个词究竟有什么含义)。名声(fame)、脸孔(face)和命运(fate)可以看作同义词,英语里这三个名词的区别仅仅在于最后一个辅音。这是一种信条,它同时忠实于(脸孔)魅力的等级划分和天命(对脸孔)一视同仁的凝视。看着他的照片,会有一种独特的感觉,照片所显示的,正如米兰·昆德拉在《不朽》(*Immortality*)中所说,"是一种非个性,一张脸的去个性化"。"人类标本的序列号是脸,这是一种意外的、不可重复的特征组合。脸既不反映性格,也不体现灵魂,甚至也无法体现我们称为自我的东西;脸

[①] 比尔·布兰特(Bill Brandt, 1904—1983),英国摄影师、摄影记者。

只是标本的编号而已。"

艾维登留下了一张即将去世的父亲的照片。这是一幅毁灭性的画面，照片中的父亲似乎正在融入背景的白色光辉中，或者说在被白色的背景光束收回。这体现了一种不可能的矛盾，正如他儿子所说，照片显示了"我们任何一个人都拥有的本质"。

尽管精力和热情没有减少，艾维登最终还是不可避免地屈服于一种生搬硬套的规则。在人生的最后几年时间里，作为《纽约客》的摄影师，他有时似乎也提不起什么干劲了。他从未失去探索的欲望，但他不断地发现同样的东西。那个希望自己"光凭眼睛就可以工作"的摄影记者受到了高度重视，以至于他确实能够做到不管不顾，一意孤行（这就是我前面所提到的"**不管**"的含义）。即便如此，他去世时仍留下了大量作品，还有经过**长时间仔细观察**后留下的样本。作品和样本的数量都表明，他的去世不只是一个普通个体的离开。事实上，一个时代，一个有可能被艾维登拍摄的时代（恕我啰唆）也就此结束了。在他逝世的那一刻，识别的手段也被永久地改变和削弱了。

写于2007年

恩里克·麦廷尼德斯[①]

事实证明,艺术大师们对于苦难的认识和理解也许是错误的。正如奥登曾经引发的有关《伊卡洛斯》(*Icarus*)的著名评论——这是勃鲁盖尔(Brueghel)的作品,里面呈现了一个从天空掉下来的男孩——所有旁观者都"从灾难中(非常悠闲地)转身而去"。这也恰如恩里克·麦廷尼德斯的作品所记录的那样,灾难和悲惨的事件吸引了大量观众,他们脸上的表情反映了我们对大屠杀令人震惊的迷恋。

近半个世纪以来,麦廷尼德斯拍摄了大量照片,记录他的家乡墨西哥城内外的死亡和灾难事件。刺伤、枪击、自杀、溺水、火灾、反常事故(例如一条高压电缆脱落下

[①] 恩里克·麦廷尼德斯(Enrique Metinides, 1934—),墨西哥摄影师。

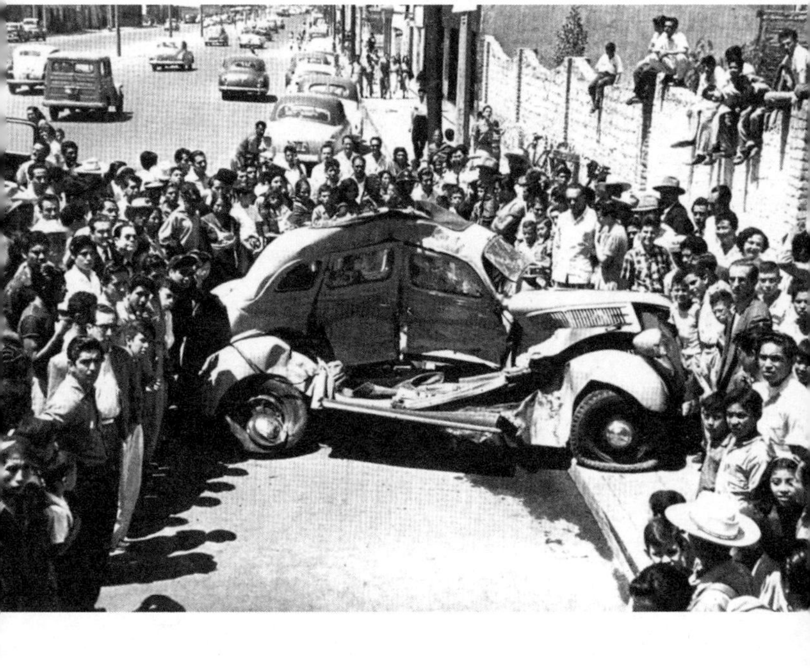

来，击中了正在塔库巴街上行走的路人……)、自然灾难和非自然灾害……麦廷尼德斯的工作简直就是一门速成课程，清楚地展示了人们如何被胡乱弄伤或杀害的各种花样。如果某个地方发生了什么可怕的事情，麦廷尼德斯就会带着他的相机立马赶往那里。他不仅记录事后的残骸废墟，还会向人们展示，这些事发地为何立刻就变为朝圣之所，吸引大家的关注。他职业生涯的大部分时间都在为墨西哥一份发行量不错的小报《拉·普伦萨》(*La Prensa*)工作。在某种程度上，他的作品迎合了人们对灾难和不幸的强烈欲望，这是他从事这一工作的唯一目的。尽管如此，我们现在谈论他对这一拍摄主题的**热爱**，似乎并无不当之处。

麦廷尼德斯生于1934年，12岁时开始拍摄有关车祸的照片。20世纪初，法国的另一位神童雅克·亨利·拉蒂格同样处于12岁的小小年纪，拍摄了汽车时代带来的景象，那些照片有如田园诗一般浪漫。警察让这个早熟的孩子（他们称呼小时候的麦廷尼德斯为厄尔·尼诺[①]）在辖区内闲逛，允许他为在押的囚犯、受伤的人员和死者拍照。麦廷尼德斯拍摄的第一组照片是他最喜欢的电影中的瞬间，那些都是在电影屏幕上抓拍的。接下来发生的事情

[①] El Niño，西班牙语，原意为"小男孩"，也指圣婴、神童或圣明之子。

就像是电影《上帝之城》(*City of God*)中的情节,麦廷尼德斯正在拍摄一起车祸时,《拉·普伦萨》报社的犯罪摄影师走近他,最后决定雇用他当私人助手。早在十几岁的时候,麦廷尼德斯就开始认真地学习摄影,并经常光顾医院、犯罪现场、停尸房、车祸现场等地方,打磨他的拍摄技术,而这些地方正是他后来四十年持续工作和活动的地盘。和威基一样,麦廷尼德斯自己也成了他拍摄的场景的一部分。还有一点特别像威基,他开始使用短波收音机工作(一次多达四台),并且调到警察和救护车的频率,以便能和紧急救援一样迅速地到达事发现场进行拍摄。

麦廷尼德斯一直关注科技的最新发展,以便更好地追踪灾难事件。1997年,当他停止拍照时,就把注意力转向了移动图像,开始监视自己公寓里一大堆电视机里播放的灾难。德里罗[①]在《白噪音》(*White Noise*)一书中对"碰撞声音的序列"进行了分类:"有轿车撞轿车的声音、卡车撞轿车的声音、卡车撞上巴士的声音、轿车撞摩托车的声音、直升机撞轿车的声音,还有卡车互撞的声音。"麦廷尼德斯将这些分类都进行了整理和编辑。

若指责麦廷尼德斯对这类事情的兴趣,说他在利用灾难事件以制造耸人听闻的图片效果,无异于一种带有"痛

[①] 唐·德里罗(Don DeLillo,1936—),美国小说家、剧作家、散文家。

苦伤害"心结的陈词滥调。我们要讨论的这张照片中,旁观者呆滞地看着镜头。若接着向后看,我们可以发现前面出现了一个受伤的骑自行车的人。通过这种相互呆望的形式,照片让人们(或我们)摆脱了虚伪的罪名。在他的最后一部小说《绝世》(Extinction)中,托马斯·伯恩哈德①就无情地揭露过这种虚伪的现实。小说中,叙述者的父母在一场车祸中丧生,他对小报的"残酷无情"感到震惊,因为报纸上用"令人憎恶的照片"报道了死亡场景。

"他们甚至印发了一张我母亲无头身体的大照片。虽然一直都本能地担心有人会走进厨房看到我那时的样子,我还是盯着这幅照片看了很长时间。每篇报道都觉得有必要比下一篇更粗俗。一条喧嚣造势的标题说:'一家人全都消失了'。我在下面接着读到:'三个参加音乐会的人被弄得面目全非,中间的版面为大家提供了完整的报告和图片。'我立刻搜索了一下中间的几页,无耻地翻阅着报纸,找到头版上承诺的有插图的报告,同时盯着厨房的门,生怕自己被当场抓住。我告诉自己,千万不能完全沉浸在这些事故的报告中。否则,趁我不注意的时候,可能会有人走进厨房发现我的可耻行径。"

在伯恩哈德的怂恿下,人们也不妨承认,麦廷尼德斯

---

① 托马斯·伯恩哈德(Thomas Bernhard, 1931—1989),奥地利小说家、剧作家、诗人。

的作品的确有荒诞的一面。这种荒诞从广义上可以被理解为一种反常的幽默。聚集在一起的人群通常都有共通之处。想象一下，有个捕鱼者有幸打捞到了一条破纪录的马林鱼，我们在捕鱼者照片的背景中就能瞥见类似的人群。在这两种情况下，观看成为了一种替代参与的形式。随着名声的提高，他的出现一定是另一种吸引大家也来看看的诱因，而且有可能在观看的过程中被他人拍摄。偶尔，麦廷尼德斯也会展示在孤独中死亡的受害者本身。比如有一张照片拍摄的是一个和丈夫分居的女人自杀的情景，原因是丈夫将孩子带走并和情人住在了一起。这些无声的照片更令人痛苦，因为拍摄这些照片的场景通常都是嘈杂的。"除了宇宙飞船或潜艇碰撞以外的一切东西"，麦廷尼德斯说他无所不拍。但他拍的巴士翻车的照片常常看起来像一颗从太空中坠落的陨石落在墨西哥城。虽然他的照片反映的是残酷的事实，但往往具有一种超凡脱俗的品质，一部分原因是他的表现方式通常都非常奇怪：譬如一辆公共汽车像一条巨鱼从湖里被绞出来，或者是一辆大卡车停在一辆小汽车的车顶上。另一部分原因是这是显示他想要的效果的方式：他是最早在白天使用闪光灯的摄影师之一。由于这两个原因的共同作用，麦廷尼德斯的作品披上了一层电影和宗教的外衣。

　　麦廷尼德斯小时候看过的电影——尤其是帮派电影——深刻塑造了他的标志性美学思想，即将一系列动作简化为单个图像。如果技术可行的话，照片中的整个活动段都可以从麦廷尼德斯白天拍摄的黑点中推断延伸出来。他拍摄的超市里警察和强盗之间的枪战就像一部超浓缩的电影剧本。另一张照片显示了一场大火，很明显是由两个年轻的男子引发的，他们开车时还没有付钱，油枪仍在他们的油箱里。一个像电影明星一般时尚的金发女人被汽车撞得粉碎，她死后身首异处，但看起来却莫名其妙地宁静，活像一尊躺着的人体模型。像这样的照片，似乎可以为亚利桑德罗·冈萨雷斯·伊纳里图[①]提供部分创作灵感，帮助他设计《爱情是狗娘》(*Amores Perros*)里面那些夸张的悲喜剧动作。那些灾难的目击者或者受害者通常将经历描述成"像拍了一场电影一样"。而麦廷尼德斯的许多照片看起来并不像电影剧照，而更像是静物图片。也许这就是为什么这些照片有时会让人想起杰夫·沃尔[②]的形象，沃尔也恰恰是在这一人为提升的现实中进行精细的拍摄。不同之处在于，沃尔的场景非常神秘，而麦廷尼德斯总是想要明确阐明其主题。在这一意义上，他不像一位艺术家，倒是更像一个记者。他的照片不仅是一种特殊信息的来源，揭示着世界万物及其运转方式，同时也以启蒙知识

---

① 亚利桑德罗·冈萨雷斯·伊纳里图 (Alejandro González Iñárritu, 1963—)，墨西哥导演、编剧、制作人。
② 杰夫·沃尔 (Jeff Wall, 1946—)，加拿大艺术家。

的形式，为我们提供了令人毛骨悚然的慰藉。也许这就是人群注视摄影师的原因之一，这些人希望拍摄者能回答为什么会发生这样可怕的事情。在他所选择的媒介范围内，麦廷尼德斯已经尽了最大的努力。这样看来，他的确是个会讲故事的人。

他的故事经常涉及一辆公共汽车。许多人在生活中都会等公共汽车，而对于麦廷尼德斯来说，生活是一场等待发生的意外。基本上，公共汽车将两者结合在一起，并带来毁灭性的影响。任何在墨西哥旅行的人，都会熟悉这些公共汽车在弯曲的山路上飞驰和超速的情景。要想幸存下来，不仅要仰赖于司机和刹车的灵敏，还要靠后视镜中摇摆不定的圣母图像。一想到这一点，人们便会不由自主地产生一种奇怪的交织着希望、恐惧和退缩的意识。在这一块土地上，这种感觉与"深厚的信念"联系在一起——科马克·麦卡锡[①]如是说——"除非被逼得流血，没有什么可以得到证明。圣母、公牛、男人，最终包括上帝自己，无不如此。"

这就是为什么麦廷尼德斯照片中的人呈现出那样的表情，它们看上去既震惊又诧异，但从不表示怀疑。这些照片展示的其实是**有信仰的人**。他们所遭遇的灾难实际上证实了这种信仰：现实充满了血腥，过去是这样，将来也会

---

① 科马克·麦卡锡（Cormac McCarthy, 1933— ），美国作家。

如此。如果情况不是这样的话，世界将变成一个真正可怕的地方——因为再也没有空间创造奇迹。

让麦廷尼德斯沉迷于记录的血腥事件不仅具有悲剧性，也带有荒诞性。通过解释和赋予这些随机多变的灾难以意义，图片的标题为观众提供了一种经验上等同于信念的精神支撑，正是这种信念抚慰了照片中的人群。知道发生了**什么**，也就意味着有必要理解**为什么**事件会发生。

不管是刺杀，还是撞车事件，大多数照片都是在**事件发生后**拍摄的，但结果是很少有照片能被认为是真实的。一架飞机冲进田野，机上所有人都遇难了；另一架飞机坠落在墨西哥-普埃布拉公路上，但没有人丧生。从这两幅同样危险的姊妹照片中，可以获得兼具法医和艺术性的证据，但我们据此可以推断出什么结论呢？在麦廷尼德斯看来，事故既不可避免又可以避免，因为如果不发生事故，事故本来是无从谈起的。这种理解的认识基础是一种机遇与逻辑的交织，也就是认可所谓的命运。麦廷尼德斯不仅向我们展示了命运看起来像什么，而且展示了如何识别它——这一点也正是**艺术家**玩转影像的秘密。

写于2003年

乔尔·斯坦菲尔德[①]的《乌托邦幻象》[②]

1961年,降落城的三位创始人在堪萨斯州的劳伦斯镇相遇,他们都是主修艺术专业的学生。他们在岩石上作画,然后把这些岩石从高高的窗口扔到下面繁忙的街道上。这种疯狂的艺术形式被他们称作"降落艺术"(Drop Art)。

一直到1965年,三位创始人决定要过一种免交租金的生活,即既进行艺术创作,又不受常规工作的束缚。最后他们找到了远在科罗拉多州特立尼达的一块六英亩的山羊牧场,并以450美元的价格购买了这块地。以"重力驱动的艺术"(即"降落艺术")命名

[①] 乔尔·斯坦菲尔德(Joel Sternfeld, 1944—),美国摄影师。美国新色彩摄影代表人物。
[②] *Utopian Visions*.

1995年8月，科罗拉多州，特立尼达，降落城（Drop City）遗址

他们自己的社区很容易,但建设社区的任务却颇费力气。但最近他们参加了巴克明斯特·富勒[1]的演讲,又迎来了一位来自阿尔布开克[2]的圆屋顶建筑商的加入,所以开始使用废旧材料盖房子,这不失为一种有远见的乐观态度。汽车顶上的金属片被剥下,并被连接到了圆顶的网格上,他们买这些才花了几分或一毛钱呢。这些废旧材料不仅为他们提供了住所,也象征着艺术家对社会上充斥的消费主义的一种拒绝和对抗。社区内成员分享钱财、衣服和汽车,过着类似于拾荒者和流浪汉的简朴生活。

起初,这个社区发展迅速。一个拥有12个成员的核心团队,就像创始人所希望的那样,成为了艺术品创作的摇篮。但在当地居民彼得·赖比(Peter Rabbit)的鼓励下,地下和主流媒体的宣传活动持续不断,引来了一大群客人。据说,鲍勃·迪伦、蒂莫西·利里[3]和吉姆·莫里森[4]都曾访问过此地。但20世纪60年代,历史学家所钟爱的那些主要的文献记

---

[1] 巴克明斯特·富勒(Buckminster Fuller,1895—1983),美国建筑师。
[2] Albuquerque,美国新墨西哥州最大城市,或称阿尔伯克基。
[3] 蒂莫西·利里(Timothy Leary,1920—1996),美国心理学家、作家。
[4] 吉姆·莫里森(Jim Morrison,1943—1971),美国创作歌手、诗人。

载已经变得不那么可靠了。等到社区决定放弃开放政策的时候为时已晚,那时创始成员已经离开了社区,而且各种毁灭性因素都业已形成,导致了1973年社区的最后解体。1978年,他们出售了这块地,并利用收益在纽约市租了一个空间来展示他们的作品,后来这些作品都发表在《十字》(*Crisscross*)杂志上。

人去楼空的圆顶房屋一直坐落在布拉斯·桑斯卡车运输公司的地皮上,直到最近才轰然坍塌。

我所知道的最动人的照片,也是最乏味的一张:房间里铺着棕色的地毯,四周是米色的墙壁,空空荡荡,毫无趣味。它出现在乔尔·斯坦菲尔德1996年的著作《在此处》(*On This Site*)的末尾。在前面的每一奇数页面上都有一张反映普通美国生活场景的彩色照片,或是在街头转角,或是在乡村杂货店,或是在城市酒店,或是在一条废弃公路上。乡村杂货店的照片让人回想起20世纪30年代沃克·埃文斯拍摄的照片。而在书的每一偶数页面上,都是对相应图片的简要说明:在皇后区的一个地方,一个女人在她的公寓外被刺死;在密西西比的一家商店里,14岁的艾默特·提尔(Emmett Till)称一位白人妇女为"宝贝",结果被绑架、折磨、杀害;酒店里,大烟草公司的总裁们决定发动一场声势浩大的广告运动,以对抗声称香烟烟雾导致癌症的科学结论;在俄克拉何马州的一条道路上,凯伦·希尔伍德(Karen Silkwood)在车祸中丧生。由于缺乏明显的"兴趣",照片中这些看似随意的地方实际上充满了一种隐藏的叙事性,结果使得图片中出现的地方彻底变成了可怕的暴力场所和残酷贪婪的企业所在地。重要的是,这些照片的目的不是**拍摄**纪念物。相反,这些照片本身**就是**纪念物,然后把这些地方也**变成**了相应的纪念场所。

我在文章开头提到的那张照片被放在书后的附录中,即出现在作者的后记和致谢页之后。这间沉闷的房间位于马斯吉德-艾尔-拉苏尔(Masjid-Al-Rasul)清真寺,"在那里,一个名叫'血液与跛子'的犯罪团伙与洛杉矶敌对帮派的成员于1992年4月26日举行了谈判,并签署了停火协议"。在这一切过去之后,这幅照片的**前景**变得更加广阔,因为照片刚开始只是一种临时的假设。该照片提供了简单的文献,证明了马克西姆·高尔基的信仰:"生活总是很糟糕,因为人们内心永无止境地渴望得到更好的东西。"

以这种否定的方式认可生活的进步,是一种明显的俄罗斯风格。同样的意思由美国人表达,就会是另一个版本。美国人会反过来强调:无论生活多么**美好**,人们也不会停止希望,而是努力奔向更美好的未来。美国的立国神话故事中暗示了一种乌托邦冲动,这一幻想已深深铭刻在美国的历史和地理中。在美国作家苏珊·桑塔格(Susan

Sontag)的著作《在美国》(In America)中,一位波兰移民听说了加利福尼亚的诱惑,就阐述了它典型的美国性,"美国有它的独特个性,有更好的目的地,每个人都梦想去那儿"。通常,这种野心只是停留在无休止地调动消费者需求的层次。同一冲动的另一种表达方式就明确拒绝了这种催生贪得无厌的满足感。其实爱默生和梭罗在他们的遗嘱中已经开始探索如何超越这种贪婪的可能。美国地产行业的另一个关键因素是实用主义,即试图将人们对乌托邦的渴望变为现实。当然,他们依靠的不是按照马克思和恩格斯提倡的革命思路,彻底推翻现有秩序,而是通过建立小的具有"共同目标的社区"使之得以实现。其中有一些人进入了胜利资本主义时代,这是在苏联解体后发生的;而有些人却……我稍后会细谈。

斯坦菲尔德指出了实验性社区发展的三个阶段。第一个阶段发生在1810年到1860年之间,是一种对工厂制度丧失人性的破坏力的直接反应。此后,社区被断断续续地建立起来——尤其是在加利福尼亚——但直到20世纪60年代,随着嬉皮士反文化的兴起,乌托邦运动才出现了另一个高峰。第三阶段已经进行了大约15年,见证了生态别墅区和公共住宅社区的扩展。

《在此处》的姊妹篇《甜蜜的土地》(Sweet Earth)也采用了相同的版式设计。翻开书本,一页是图片,展示一个社区的场景,或者呈现一个或多个社区成员的家园。在对应的另一页,斯坦菲尔德讲述了画面中的社区里发生的故事。有些照片显示,剩下的不过是废墟,明显是规划不善的后果或理想破碎的情景。失败者的故事常常令人捧腹。下面的故事发生在亚利桑那州,说的是"二号生态圈"社区最后阶段的情况:

> 随着情况的恶化……社区成员之间的关系日趋紧张。在实验进行一周年之际,珍妮·古道尔[①]参观走访了当地居民。有关囤积和盗窃食物的指控比比皆是。居民分裂成了两个对立的群体。虽然大部分人的公寓里都有电视,但据说他们觉得自己生活得非常痛苦,原因是他们不堪忍受麦当劳的电视广告。

如果建立社区的原则是一夫多妻或一妻多夫制,或者基于自由恋爱,那么嫉妒和性虐待就会盛行一时。与此原则相反的另一极端就是坚持独身,这在第一批受到宗教启发的定居点中非常普遍,但这又无异于要求人类走向自我灭绝。

许多成立于20世纪60年代的社区最后都成为了自己成功的牺牲品,因为社区吸引了更多人的加入,正是这些人导致了社区的失败。降落城就是一个例证。不管是斯坦

---

① 珍妮·古道尔(Jane Goodall, 1934—),英国动物学家。

菲尔德在科罗拉多州所拍摄的真实社区（或者现实中残存的降落城的废墟），还是T. C. 博伊尔[①]用想象力移植到加利福尼亚的虚构之城（他的小说用了"降落城"这个名字），都逃脱不了被社区成员摧毁的命运。"降落之城？"司机问一个刚刚说要去那里的搭便车的旅行者，"你是说那个属于嬉皮士的地方？那不是每个人都裸体、成天吸毒和开舞会的地方吗？"降落城的诱惑力注定了它的失败。但正如斯坦菲尔德所指出的那样，每一项社会建制都无可避免地要面对大量的失败案例，但"我们绝不会仅仅因为有离婚和破产现象，就简单地废除婚姻制度或公司制度"。

无论如何，错误、闹剧和失败都会使成功更令人振奋。有些地方的社区，如田纳西州萨默镇的农场，它不仅生存了下来，而且还在蓬勃发展，保持了他们所坚持的多样化的伦理道德——自给自足，生态纯净……——而且还生活富足。20世纪60至70年代那些令人兴奋的过度行为让人们积累了一定的经验。现在，一批正在定居的社区都倾向于发表不太激进的声明，成员之间也不会为了某种共同目标而共享收入，或者像信仰邪教一般为之献身。斯坦菲尔德认为，这些生态社区目标适度，这可能使它们成为最持久、最可行的社区生活模式。

[①] T. C. 博伊尔（T. C. Boyle, 1948— ），美国作家。

正如威廉·埃格莱斯顿[①]、乔尔·迈耶罗维茨[②]、斯蒂芬·肖尔[③]等摄影大师一样，斯坦菲尔德也是20世纪70年代彩色摄影的先驱之一。以一种适用于《甜蜜的土地》的热情，他把那个时代称为"早期基督教的彩色摄影时代"。他的《美国景象》（*American Prospects*）于1989年首次出版，这本书既是一本奠基之作，也是美国摄影史上的重要篇章。该书延续了诸如沃克·埃文斯和罗伯特·弗兰克等人的拍摄传统：埃文斯著有《美国摄影》（*American Photographs*），弗兰克著有《美国人》（*The Americans*），这些摄影大师用影像记录了自己在这个国家迁徙奔波的足迹。

《甜蜜的土地》中很少有照片像《美国景象》中的那些图片那样具有整体的清晰度和神秘的悬念。沉默的照片无法发声，必须与伴随的文本一起出现才能被理解。但这一事实是否削弱了该书的价值呢？在某种意义上，提出这样的疑问都显得有些鲁莽，因为这正是斯坦菲尔德自己在作品《在此处》中提出的问题。事实上，面对询问的应该是我们，是欣赏照片的观众。我们迫不得已必须回答的最

---

① 威廉·埃格莱斯顿（William Eggleston，1939— ），美国摄影师。
② 乔尔·迈耶罗维茨（Joel Meyerowitz，1938— ），美国摄影师。被认为是彩色摄影先锋。
③ 斯蒂芬·肖尔（Stephen Shore，1947— ），美国摄影师。被誉为"新彩色摄影大师"。

基本的问题是：你了解自己正在看的作品吗？不能被阅读的图片和能被阅读的文字之间存在着距离，正是这距离让这本影集产生了一种概念张力。一旦无法清楚展示的照片故事在文字的辅助下得以清晰地呈现，二者之间就架起了一座桥梁。

《甜蜜的土地》继续着斯坦菲尔德对他所说的"可知性"的正式探索。但其结果，恰如其分地说，更具有**包容性**。在这些照片中，在这些被记录的地方，曾经有过一段人们奋斗、希望和探索的历史；图片的文字说明是一种好客的邀请，它让我们走进去，分享那些故事。

写于2006年

埃里克·索斯[①]：奔流之河

如果我没记错学过的初级地理知识的话，密西西比河喧嚣地穿过美国中部，河水一直向南流淌，河流上满载木材的运输船只还要在途中捡拾起一大堆灰尘和泥土，直到最后被自己的重量压得窒息，蒸汽耗尽后，才开始将货物倾倒在南部地区。随着冲积河床的不断增加，河流在奔赴海洋的过程中不断向外蜿蜒伸展，最终形成了一个三角洲。

据约瑟夫·布罗茨基[②]说，穿过圣彼得堡的涅瓦河为这座城市提供了大量的镜子。数千平方英尺的河水就像流动的银汞合金，每秒钟都在反射着城市的影像，如同整座城市都在被涅瓦河持续拍摄一般。这种拍摄过程一直延续

[①] 埃里克·索斯（Alec Soth，1969— ），美国摄影师。
[②] 约瑟夫·布罗茨基（Joseph Brodsky，1940—1996），俄罗斯裔美国诗人、散文家。

到芬兰湾，涅瓦河才卸下镜头，停止工作。若遇到晴朗的日子，芬兰湾就会存储无数的绚丽影像。

在我眼里，埃里克·索斯对密西西比河的视觉记录就是前两种图景的结合：第一个场景是客观真实的反映，第二个场景是隐喻性的描述。

美国摄影史上的各种分支流派汇集在一起，构成了一种传统，一部曲折发展的历史。这种传统很重要的一部分就是，拍摄者的足迹遍及美国的每个角落，或者说至少要深入美国的不同地方。这些不远万里的跋涉探险起源于陪同和记录1860年至1885年所进行的开创性调查的摄影师。20世纪30年代，他们为农场安全管理局工作，使得这种拍摄传统再次兴起。其中，拍得最好同时最具有个人风格的照片由摄影师沃克·埃文斯完成。紧接着是战后，罗伯特·弗兰克（于1955年至1956年）以及加里·维诺格兰德（于1964年）受古根海姆资助的旅行拍摄。对索斯来说，最近也是最重要的远足拍摄影师是斯蒂芬·肖尔和乔尔·斯坦菲尔德。显然，是一张斯坦菲尔德在旅行中所使用的**货车**照片让索斯第一次爱上了拍摄的过程，并开始享受一种在流浪漫游的过程中发现事物的乐趣。随着时间的推移，在这一"传统"中产生的作品变得不那么系统，倒是更具个人特色和偶然性。弗兰克之后，随意拍摄的思想逐渐被提升为一种有自身结构的系统原则。

《睡在密西西比河畔》(Sleeping by the Mississippi)中的第一张照片拍摄的是明尼苏达州一座被大雪覆盖的船屋，绳子上挂着的色彩鲜艳的衣服在等待被晾干，它们看上去就像摄影工作室里面的印花布。在接下来的旅程中，美国摄影历史的碎片被拾起和带往别处，并被记录下来。以往积累的历史重量感迫使埃里克·索斯通过边缘取道前行，另辟蹊径而为之。他的作品中仍随处可见早期摄影的痕迹。这些作品在旅程中也得以改变，但并没有——正如这句话所说的——变化到无法辨认的程度。在田纳西州的孟菲斯拍摄吉米（Jimmie）的公寓时（椅子边上有一顶帽子），索斯也许并没有想到埃文斯和弗兰克。同样，在密西西比州的维克斯堡拍摄牧师和玛格丽特（Margaret）的卧室（同上）时，情形也可能差不多。但事实上，埃文斯有一张1936年在亚特兰大拍摄的一家黑人理发店的照片，里面也出现过一顶帽子，似乎等着有人去拿。用摄影领域的语言重新组织这句话，应该表达为"（帽子）似乎等着有人去抓拍它"。当弗兰克在得克萨斯州休斯敦的银行桌子上拍摄帽子时，他就是这样做的，默默地向埃文斯点头示意——如果你愿意，可以将帽子摘下来递给他。正如阿内·萨克努塞姆[①]在《地心历险记》中记载的，这些帽子

---

① Arne Saknussemm，法国科幻大师儒勒·凡尔纳创作的科幻小说《地心历险记》(Journey to the Center of the Earth) 中的人物。

都表明某人以前来过这里，并指明了可能的前进道路。也许这些帽子成为了一种无意识的触发器，它们向索斯微妙地暗示，生活中处处都是照片，等着你去拍摄。

换句话说，索斯拍摄的并不仅仅是某一个具体的地方，还**不可避免地**记录了一种传统。这种传统一直延续到今天。在艾奥瓦州达文波特的糖厂里出现的那张秋天的椅子看起来仍然留有余温——有埃格莱斯顿曾经坐在上面的痕迹（从照片效果来看就是如此）。索斯是不是有意这样设计的其实无关紧要，关键在于，这说明他终究无法摆脱摄影的先例。《睡在密西西比河畔》中的许多图片其实都是照片；**在**这一系列中能看见的照片数量多于索斯**拍摄**的照片。

艺术家向来认为，他们面临着一个传统的结束，更接近河流的出海口，而不是它的源头。照这样的理解，索斯（生于1969年）在阿肯色州的卢克索拉拍摄的照片象征着一个传统似乎已被洗刷干净的地方。因为到处都是美国的碎片，那个地方看起来有些凌乱；随着时间的推移，各种各样的美国摄影师都曾经在此聚集野餐，然后顾不上清理，就继续前行。艺术史和野外露营完全相反，对于艺术家而言，至关重要的是要留下痕迹。那地方过于凌乱，如果你认为他们是故意为之，也没人怪罪你。也就是说，似乎穿过这里的摄影师中恐怕有一个就是杰夫·沃尔。

这不是唯一让人意识到这个加拿大人存在的地方。索斯对肯塔基州希克曼盐碱地的取景角度与沃尔的作品《弯弯曲曲的道路》(*The Crooked Path*)非常类似。二者的区别在于，沃尔照片的背景是某种食品制造场所的墙壁，而索斯照片的背景是一条河流。正如沃尔照片的标题所示，因为一条**延伸进去**的小路，几乎没有被描绘出来的景观才能被识别出来。在索斯的照片里没有小路，但有一条河从画面的背景中流出来，一直延伸到下一张照片——密苏里州一间屋子的墙壁，墙上贴着一张河的照片。这种照片间的连续和流动感至关重要。"每个人都能拍照，"索斯说，"但很少有人能将不同的照片连贯成为整体。这一点恰恰是我要达成的目标。"

索斯的旅程具有明确的节奏和序列，在这一点上，床也起到了相当大的作用。书中倒数第二幅图片是路易斯安那州的威尼斯，"那是你穿过密西西比河开车能去的最靠南的地方了"。图片展示了一张床的框架，大量的东西在它周围和里面生长。床本身躺在一堆树叶和草丛中。索斯指出，像这样的地方可能会消失，因为每过一年，路易斯安那州的部分海岸都会消失在墨西哥湾里。在卡特里娜飓风之后，大家可能已经意识到了这种恐惧，这一可能性提高了索斯的作品作为纪录文献的价值。他的照片为曾经在这里存在的一切保存了证据，而且能唤起一种无形的主观情绪，这无疑是对作品一种抒情而具有幻想的补充。弗兰克说："我们对生活都有一种记忆，这种记忆是在我们的眼睛后面发生的。自1974年以来，在最新的照片中，我实际上一直试图展示我眼睛后面发生的事情。"索斯的标题也促使我们感受到了自己日渐麻木的主观性。这些图片体现的不仅仅是那些地方在某一特定时间的样子，更是一种带有纪录性质的梦幻时间。

梦幻渗透与客观分离这两者的结合在一定程度上易受技术性解释的影响。弗兰克和维诺格兰德使用的照相机非常轻，他们在开车时能够拍照，不用停下来工作。这是一种巨大的解放，但方便也导致了一定的挥霍滥用。斯蒂芬·肖尔还记得，当他为《美国地表》（*American Surfaces*）旅行拍照时，结果把什么都拍摄成了图片。一旦改用大尺寸的相机，他就不得已放慢了速度。索斯的老师斯坦菲尔德也有同感。大尺寸的相机强制性地要求拍摄者多一些耐心，这样摄影师的构图和选择更符合河流的缓慢流动。弗兰克从时间的洪流中捕捉瞬间，而视图相机却将自己紧紧地包裹在瞬间。在一次散漫之旅，即沿着另一条河流——多瑙河——旅行的过程中，克劳迪奥·马格里斯[①]断言："肮脏也有其自身神秘的庄严。"大尺寸底片上面密集的信息不仅使肮脏的环境笼罩在自身独特的庄严气氛中，还能让单调乏味的场景变得如梦似幻。

---

① 克劳迪奥·马格里斯（Claudio Magris, 1939— ），意大利作家、文艺评论家。

不像布罗茨基所描述的涅瓦河，索斯的作品缺乏那种闪烁而质朴的特质，因为这条河流和它所在的传统，在美国的环境中如何呈现它的方式已经存在很久了。像很多伟大的河流一样，密西西比河再也不用匆忙地奔向大海（何必呢，它很早就见识过大海了）。河水承载着几乎要压垮自己的重量——像一条疲倦的带着泥土颜色的蟒蛇拖着它充满记忆的腹部——缓缓流淌。它满载着历史和影像，最期待的事莫过于停下休息。走过了全部的岁月，它就可以在睡梦中抵达墨西哥湾了。

写于2006年

理查德·米斯拉赫[①]

理查德·米斯拉赫拍摄了海湾战争的余波——一片坑洞遍布的沙漠上到处都是轰炸后的运兵车和消防坦克——这是战争开始五年前,在距科威特数千英里的地方。

米斯拉赫在内华达州拍摄了这些照片,此地点被称为"20号亡命之地",美国海军自1944年以来一直将其用作轰炸靶场。我们总是把沙漠看作是大自然馈赠资源最少的地方。若真的没有任何东西存在的地方,实际上不适宜被定义为沙漠。所谓沙漠,就是所有东西都消失后最后留下来的东西。米斯拉赫的照片展示了一幅地貌,它在几千年风吹日晒的作用下变得一无所有。这地方已被岁月和自然碾压成粉,几乎不再存在。除了虚空,这里没有剩下什么

[①] 理查德·米斯拉赫(Richard Misrach,1949—),美国摄影师。他是彩色摄影的鼻祖之一。

其他东西可以被摧毁的。总之，这里变成了一片被毁灭的空荡之地。沙漠已经被折磨损伤到不像沙漠的样子了。

美国西部的大片土地都留给军方专用，但"20号亡命之地"是一个例外，海军对这块土地的使用权已于1952年到期。从那以后，这块地就经常被非法轰炸。1985年，当地居民开始在这个地方露营，着手保护这块几近荒废的地方。当政府决定立法对军方使用土地进行限制时，他们算是取得了部分的胜利。但紧接着，海军又将此地租用了15年。2001年租期一满，米斯拉赫决定将此地开发为国家公园，这是世界上第一个环保纪念场所。至此，就沙漠而言，这块地方终于获得了片刻的抚慰。

一条20英里长的未铺沥青的公路通向此地。一块写着"前面道路已被水冲垮"的路牌被移到了一边。或许是因为在警告洪灾危险之后，道路设施已经恢复，也可能是因为某一车辆不满这一警示，所以故意置之不理。在内华达州，20英里的距离几乎可以忽略不计，简直都无法被称为**距离**。除非你是赤脚跑步，或者像我们一样在裂缝和沟槽中爬来爬去，否则20英里的确不够作为一个衡量距离的有效单位。走得越远，路况越差。到最后，前面到底有没有路，已经无法辨认。左边是低矮的小山，而右边远处，只有一片无边的苍茫和空旷，将我们吞入其中。

我们在一扇紧锁的大门口停下，寂静涌入我们的耳膜。大门后面就是"20号亡命之地"，被长达40英里的铁丝网隔离了开来。我们能见到的只有那排立着的铁丝围栏，它目前唯一的功能只是帮助我们勾勒出地平线的所在。铁丝网缠绕成一定的形状，排列平整，看起来就像三条等高线，但因为不确定自身延伸的高度，这些铁丝线看起来略微有些参差不齐。

就在栅栏的后面，一堆堆排列着并贴好标签的，都是爆炸后的碎石。处处可见炮弹盒、轮胎、废弃车辆、破损金属，无异于一个垃圾场，被置于无名之地的边缘。

军用飞机像闪闪发光的银色斑点在空中飞翔，这使得天空倒是充满生机。飞机太高，无法用眼睛跟踪它的飞行轨迹。随着噪音变大，微小的斑点变成了大型飞机，将天空无情地撕开。朗洛克（Lone Rock）描述说，在隆隆的爆炸声向我们袭来之前，在炸弹辐射范围的中心，有一团无声的闪光和膨胀的泥土，还有飘浮的烟雾。

"20号亡命之地"的图片是米斯拉赫的作品《沙漠之歌》（*Desert Cantos*）的一部分。这是他正在进行的美国沙漠拍摄项目的名字，该项目始于20世纪70年代晚期。

电视节目对美国沙漠的描述方式就是刺激人产生饥渴感：一块舌条状的干燥的土地上，长长的影子总是指向冰川一样寒冷的啤酒。极地的天空、红色滤镜处理过的沙地、沙漠广告公司、一品脱啤酒或两排501牌饮料。

米斯拉赫作品中的沙漠没有那么舒适，甚至不是很容易辨认。他探索了"沙漠"这一理念的多重意义。正如有些篇章的标题所示,米斯拉赫拍摄的沙漠是发生事件和火灾的地方,是洪水和海洋的所在地。他避开了死亡谷和纪念碑谷这样的主题公园沙漠,记录了人类活动在这些显然无人居住的土地上留下的痕迹。一想到沙漠沉浸在不负责任的原子弹实验后的废墟中,而且永远不会进入人们的视野,米斯拉赫记录的这些痕迹便具有强大的力量。

这些痕迹也不全是不祥之兆。在金字塔湖,也就是米斯拉赫为"沙漠海洋之歌"进行拍摄的地方,一个野外摄影的奠基人用照片记录了大量的人类活动的痕迹。1868年,蒂莫西·奥沙利文[1]拍摄了一张关于金字塔湖和岩石的照片,这些岩石的形状酷似金字塔,湖泊因此得名。就像同时代的摄影师卡尔顿·沃特金斯[2](他拍了一些胜地的漂亮照片),奥沙利文出生在美国东部,但他的大部分工作都是在政府调查的支持下进行的。当时美国政府正在追求着国家的命运,向西方开拓前进,绘制着荒野的地图。

米斯拉赫弯下腰,坐在折叠暗箱照相机前,腿从裹着自己身体的一块厚布下伸出来。因为仍然使用笨拙的设备

---

[1] 蒂莫西·奥沙利文(Timothy O'Sullivan,1840—1882),美国摄影师。

[2] 卡尔顿·沃特金斯(Carleton Watkins,1829—1916),美国摄影师。主要从事风景摄影。

和长时间的曝光，他看起来不像同时代的摄影师，倒是更像是19世纪的前辈们，因为那时的摄影师们背包里装着的都是多功能的尼康照相机。米斯拉赫的作品与奥沙利文的作品有着惊人的相似之处。1868年的一张照片显示，他拍摄了一辆有盖的马车在内华达州的沙山上停下来的场景，这张照片提前生动地回应了很多在"20号亡命之地"拍摄的照片。在奥沙利文的照片中，土地呈现一种低矮的规模，具有无法调解的力量；而米斯拉赫的作品表现的则是土地的脆弱。

与这些早期的摄影师不同，米斯拉赫于1949年出生在美国西部的洛杉矶，他的事业发展路线是逐渐向东推进，用作品体现美国军事技术命运之后留下的东西。奥沙利文等人拍摄的西部荒野的景色是后来以国家公园形式为后代保存自然风景的必要前奏。但以这种方式珍藏大峡谷和优山美地的风景，似乎能自然地得出一个推论，即暗示着这些壮丽的自然景观保护区外面的世界已经无关紧要。沙漠只是沙漠而已，没有其他意义。

在金字塔湖，米斯拉赫正在循着奥沙利文的足迹前进，但更多时候，他也会偏离足迹，拍摄前人忽略的地方。从美国继承下来的视觉参照系统来看，记录这些地方的照片以前注定是要被剪掉的。在这样做的同时，他也记录了我们对荒野的概念和需求的转变。美国风景摄影起源于欧洲风景画传统，特别是面对山脉的超自然力量所表现的那种浪漫的狂喜。这种影响直接导致了美国人对优胜美地的崇拜,在摄影领域的集中体现就是安塞尔·亚当斯[①]拍摄的作品。但后来越来越多的是沙漠,是那种烈日炎炎下空荡荡的沙漠,作为既原始又现代的地方,对我们产生了巨大的影响。唐·德里罗将沙漠描述为"空空的容器",在一个被剥夺了卓越价值的世界里,我们正越来越快地进入那种虚空。

距金字塔湖一小时的车程,离沙漠小镇格拉奇不远的地方,是一条名为古鲁大道的支路。这条大道的两边布满了石头,上面写着:你相信你之所信吗?魔鬼就是萨达姆·侯赛因(Sadam Hussein)旁边的天使。能看到有几十条这样的声明和提问,都是用同样仔细的笔迹写成的,这位沙漠圣者之手最后的署名是杜比(Dooby)。还有一条评论:1991年的这一天,什么也没有发生。奇怪的是,这条评论下面竟然**没有**标明日期。有些地方可以看到一些似乎是为生者撰写的墓志铭,内容是挑出一个特定的人进行大肆赞扬。其中一条题文写着:安妮特·马歇尔(Annette Marshall),世界需要更多像你这样的人。沿着这条大道继续前进时,我们进一步深入了一个疯狂的智慧世界,这是一种深刻的平庸。"呼吸这份力量,如果你想知道方向,

---

[①] 安塞尔·亚当斯(Ansel Adams, 1902—1984),美国摄影师。以拍摄黑白风光见长。

去问比尔·斯台普顿①。整个世界都是疯狂的,我可以证明这一点。"

这些信息中夹杂着一些更复杂的东西:一种用山艾树做成的棚屋架;门廊附近有一个绵羊头骨,眼窝里还插着一根箭;屋顶的顶端悬挂着一罐褪色的花蕾,上面还有文字:"你准备好永生了吗?"

在小道的尽头,我们到了"杜比美景移民站"。一间小木草房弥漫着家园的泥土气息和舒适:扶手椅、电视机、餐台柜、杂志。这些窗户由无玻璃的电视机屏幕框架构成,大约有六个,每个屏幕面向不同的方向。小屋里又黑又冷。我坐在扶手椅上,一边喝着啤酒,一边看着有史以来最完美的电视画面。一个电视频道播放的是海峡上方痛苦的天空;另一频道显示的是一座阴影下的山坡;转到第三个频道,看到的是沙漠里飞扬的尘土。

杜比美景的所有驿站都是绝对寂静中的广播。在如此极端的沉寂中,一种极小的声音会被无限放大:一只苍蝇嗡嗡作响,一只蜥蜴干巴巴地爬行,沙砾飞越过马路……

事实上,我们在盖拉赫的加油站遇到了杜比。我一直期待见到一位饱经风霜的离经叛道者,但现实中的杜比五

---

① 比尔·斯台普顿(Bill Stapleton, 1965—),美国前竞技游泳运动员。

十多岁,下巴上留着老式的短碎胡须。他看起来跟普通人没有区别——工作衬衫、棒球帽——但我看不透他的眼睛:那双眼睛吸收了太多的阳光和距离,不可能让人轻易接近。

在离盖拉赫15英里的地方,我们再次离开了高速公路,来到了黑石沙漠的干燥湖床——盐湖①,那是一片向远处无限延伸的平地。冬天的大雨使得盐湖的一些地方变得松软多孔,呈海绵状,充满危险。起初我们小心翼翼地穿过有些发黑的白色区域,很快,一股干燥的滑石粉在我们身后滚滚而来,我们立刻加大马力提高车速。其实速度在这里毫无意义,因为改变不了什么。说远处有低矮的山丘也没有意义,因为这里的一切都在远处。盐湖中只有纯粹的距离。

我从货车上走下来,看着它闪烁着光芒,飘浮着,最后消失。再远一点,我穿过两条狭窄的深棕色的水道,尽管完全没有坡度,水流却很快。泥浆细软如丝,散发出一种令人舒服的炉甘石的味道。太阳就在头顶上,我的影子被踩在脚下。我把网球鞋放在地上,一瞬间,它们看起来

---

① 1993年和米斯拉赫一起去黑石沙漠时,我还不知道,这个偏远的地方在某种程度上会成为我生活的中心。从1999年到2005年,我五次回到那里参加一年一度的火人节(2010年加注)。——原注

似乎永远会留在那里（当然也可以说，鞋子看起来好像一直都在那里）。人也是如此，好像一直都在这个地方。我很容易想象坐下来，进入抵达心灵深处的冥想状态，并无限期地留在这里；让风和阳光将自己晾干，最后变成了一尊石化的杜比雕塑，既非生也非死，成为自然的一部分。

与这里的沉寂相比，古鲁小道的安静其实不算什么。这里的声音是你耳朵里的红色血浪。诀窍在于平息思想的喧嚣，让你的头脑变得和周围的东西一样空虚。

在一些摄影师的手中，胶卷对声音的敏感就像对光线的敏感一样。最好的照片不仅可以观赏，还可以倾听。米斯拉赫就是能拍摄出沉寂的伟大摄影师。

我们开车穿过盐湖，向黑石沙漠进发。天空中白云飘荡。一道阴影把黑石（大部分时候呈浅灰色）变成了一堆被光芒包围的玉矿渣。米斯拉赫的一部分技巧其实与相机无关。更多的时候，他只是开着货车在沙漠里漫游几个星期，把自己置于景观的支配之下，等待光出现的那个时刻。他不用滤镜，我们在他照片上看到的颜色就是拍摄时刻本来的颜色。他使用同样的胶卷，同样的镜头，同样的 8×11 英寸的迪尔多夫照相机。就像我们自己的视野保持不变一样，米斯拉赫的所有照片在某种意义上都是一样的。就像所描绘的风景一样，这些照片都具有一种吞噬性。正如这种景观的巨大规模隐含在它的每一部分之中一样，所有篇章里的每一张照片都蕴含着更广阔的背景，照片只是其中的一部分。

在我们旅行的过程中，我多次被沙漠固有的摄影效果所打动。米斯拉赫的照片不仅内化了沙漠的空间，也内化了展厅悬挂这些照片的墙壁的空间。沙漠的水平空间和照片的垂直空间可以互换。这样很有可能在他的作品中迷失自己。

在向北前往温多弗之前，我们沿着50号公路驱车前行。50号公路显然是美国最寂寞的公路。1945年春天和初夏，温多弗当地进行了最后一分钟的原子弹投弹准备和训练。这个城镇本身就在犹他州和内华达州的边界上。就像迪伦的作品《伊希斯》（Isis）中"黑暗与光明的高处"一样，分界线穿过市中心，把小城分成两个州，两个时区。在空军基地，时间本身静止不动，建筑物也屹立不动——但正在慢慢消失。这正是米斯拉赫的作品主题：消失。颜色在消失，办公室和机库墙上的涂鸦在消失，关于这里发生的事件的记忆也在消失，整个历史也在消失。对米斯拉赫来说，历史正是这种消失的过程。他的作品保存和捕捉的就是不断消失的历史。

我漫步在废弃的木构建筑中。在围栏外，一行行的蓝色山丘相互映衬，变得越来越蓝，直到最后被天空衬托出来。除了影子在周围慢慢挪动，没有什么其他动静。场景就像照片一样沉默安静,感觉似乎行走在一张米斯拉赫的三维立体画中,用你所有的感官体验照片的虚拟现实。

据推测,温多弗空军基地在米斯拉赫拍摄之前就是这样的。或者,存在一种更激进的可能性,这个地方吸收了他照片的特质,慢慢调整成了现在这个样子(更直白地说,在米斯拉赫拍摄这里之前,实在没什么可看的)。

在温多弗的边缘,盐滩绵延得如此广阔,以至于可以清楚地看到地球的曲率。每年,博纳维尔世界汽车陆上速度锦标赛都在这里举行。米斯拉赫今年晚些时候会回到这里拍摄这一赛事。具体地说,他不仅仅只是拍摄比赛本身,还会关注周边的一些活动〔在一篇名为《事件》(*The Event*)的作品中,表面上关注的焦点是航天飞机滑行到陆地上,但在照片上显示的不过是一个小点〕。一个潜在的讽刺将米斯拉赫吸引到这个特殊的事件中。1846年,一群前往加利福尼亚的移民在这附近迷路了;所谓的唐纳帮(Donner Party)有一半的人在随后的冬天死去了。而今年晚些时候,在同样的平地上,车速将达到每小时500英里。

现在是初夏时节,盐湖的有些地方还有几英寸的积水。再远一点的地方,一辆家用轿车陷入了泥坑,沉到了车轴上,看起来像唐纳帮的当代纪念碑。

不管是否有水,霜白色的盐湖经常会浮现蓝色的光芒。但当你走近时，那片蓝色就消失了。在远处，一块岩石漂浮在地平线上，它的倒影完美地出现在一片并不存在的海洋里。米斯拉赫拍摄了这种幻觉，但实际上整块地方都像一片海市蜃楼：如同北极一样霜白的盐湖，一面水晶镜子把白热的太阳反射回你的眼睛。

到傍晚的时候，盐地每一秒钟都在变换色彩：紫罗兰色、薰衣草色、绿松色、紫色。我的阴影在白色盐地的背景下也都变成了蓝色。汽车轨道显现为银色、黄色和金色。盐湖将你所见到的最亮的颜色都集中了起来，像火焰一样熊熊燃烧——但最后褪色了。这些颜色一被注意到就立刻发生了变化，变得更美、更奇妙、更安静。

盐滩之外的道路上闪烁着汽车和卡车的灯光。道路对面行驶着一辆联合太平洋货运公司的货车，积雪覆盖的山脉构成了遥远的地平线。天空被涂抹上了一层苍白的月色，风景和光线自动组合成为一张照片。

写于1993年

威廉·盖德尼[①]

距离他39岁生日还有几天，威廉·盖德尼在他那堆满书籍的布鲁克林公寓里度过了一夜，仔细阅览E.J.贝洛克[②]的《斯图里维尔肖像》(*Storyville Portraits*)。贝洛克大约是在1912年拍摄的这些照片，但过了半个世纪，这些作品早已被遗忘。后来一直到1958年，盖德尼的朋友李·弗里德兰德[③]偶然发现了玻璃板上的底片。1970年，他冲洗了这些底片并展览了这些作品，希望贝洛克的名字可以被永远列入摄影艺术的神殿。当盖德尼看到这些照片时，他完全被里面的影像迷住了，照片拍摄者纯粹就是一

[①] 威廉·盖德尼（William Gedney, 1932—1989），美国纪录片和街头摄影师。
[②] E. J. 贝洛克（E. J. Bellocq, 1873—1949），美国摄影师。
[③] 李·弗里德兰德（Lee Friedlander, 1934— ），美国摄影师、艺术家。

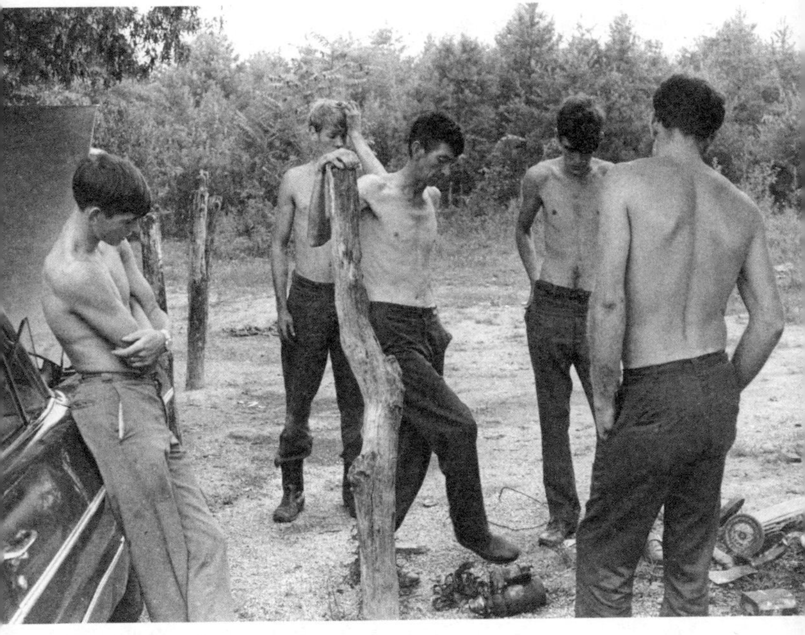

个只为他发现的世界而存在的人,这个人已经从历史中消失了,而他的作品幸好被弗里德兰德偶然发现并得以挽救,才免遭被遗忘的厄运。

《斯图里维尔肖像》只收录了贝洛克仅存的89张照片的三分之一,也就是盖德尼在弗里德兰德的家里首先看到的那些作品。1971年秋天,当盖德尼在"郁闷的一天"再次观赏这组照片时,他感到震惊:"拍摄者为何能仅仅通过34张照片就如此完整地呈现一个世界,一个包罗万象的全部世界?他的每一张照片似乎都包含了他所有作品的精华。哪怕只有一张作品存在……你也会感到他是一个伟大的摄影家。"

尽管贝洛克遵循他那个时代的摄影传统,盖德尼却认为,总有"一些细微但明显的区别让他与众不同,成为一个卓越的艺术家"。在盖德尼看来,就算在相同的场景下,同一个女孩在同一台相机前用同样的方式摆出姿势,若由一百个不同的摄影师拍照,"每个摄影师的作品都会有细微的差别。但我担心的是有没有一张比其他照片更加高明。假如贝洛克是其中的摄影师之一,他肯定能提供一张这样的作品。一个让人不断惊喜的事实是:作为一台没有人情味的机器,相机不仅可以展示表面的可见世界,还能如此敏感地显示摄影师的个性"。

盖德尼本来试图在他的笔记本上多花几页的篇幅详细阐述这些想法,但在大量的删节后,这些思想最终只能体现在几则零星的笔记中。盖德尼很喜欢奥登,在引用了他的一段文字后,盖德尼自己也承认,"还没能完成有关贝洛克的写作"。

记录有关于贝洛克的想法的笔记本由盖德尼自己制作,这是他极度私密、富有创造性的自给自足计划的一部分。这些自制的笔记本中,有几本都是关于如何制作笔记本的笔记,他喜欢这个任务,因为它的精确性、精准度和尖锐的角度。他还很高兴地了解到,古埃及的某些城市是按照方格的线条排列的,即长方形的街道图。1985年,他从一本由南·菲尔布拉哲[①]写的书中挑出一段话,将这种个人偏好提升为具有普遍性的范例:"我们自己塑造的形状是几何形状,文明生活的背景或多或少是长方形的。我们的房间和屋子都是立方体的排列组合,我们的门窗、家具和地毯、书籍、盒子——它们的角度都是直角,所有的边都是直的。"

所以,一切都是方形,包括照片和书,最理想的莫过于方形的摄影书籍。

在小笔记本里,他列举了自己要读或者要买的书。接着在大一点的笔记本里,他记下了自己喜欢的段落,这些

[①] 南·菲尔布拉哲(Nan Fairbrother, 1913—1971),英国作家。英国景观设计师协会(现为景观学院)成员。

都是他从获得和读过的书籍里面抄录下来的。像黑暗时代的苦行僧一样,他抄写别人的文字,化为己有,有时也进行适当调整,使之更适合自己的情况。"我第一百万次去与经验的现实相遇。"乔伊斯(Joyce)写道。盖德尼对此用星号标记,并反过来说成"现实的经验",这样就体现了作为摄影师不同于小说家的追求。

他也会转写**自己的**笔记,将一些潦草的条目重新誊写一遍,这些笔记开始随意地写在从商店买回来的笔记本里,后来会被盖德尼转移到自己制作的笔记本里去。若将这一过程类比为摄影,就如同将模糊不清的底片最后打印成清晰的照片一样。

引用一句陈词滥调:他贪婪地阅读,尽他所能。若发现某人在阅读陌生的、不寻常的主题时,人们有时会问:"你为什么对这些感兴趣?"面对这一问题,像盖德尼这样自学成才的人只能给出一个回答:因为书本有趣。他积累并储存知识,接着若有什么东西(例如一张充满可能性的照片)引起他的注意,他就会将自己所学和所读到的一切都用上,去影响那一时刻或者某个特定事件。然而,这并不意味着过程的结束和停留,因为盖德尼自我满足的理想是自然而然、由自我激发的好奇心所支撑的。他见得越多,想了解的就越多;反过来,他所学愈多,所见愈广。光是训练自己学会观察还远远不够,他一定要理解自己所见的东西，要让自己的视觉语言更加清晰。

人们常说，柯勒律治是最后一个通读一切书籍的人。在写作中，他这种贪婪的阅读欲望与经常无法最后完成作品相匹配。瓦尔特·本雅明是一位痴迷于书籍的收藏家，他认为，最令人满意的获取书籍的方法是自己写书，但他最终也只能把自己最珍视的少数几个作品勉强完成。这是他们与盖德尼共有的特点。

尽管有时盖德尼会责怪自己没有充分利用时间，但他没能完成各种项目并不是因为懒惰。其实，一个听起来有点矛盾但非常真实的原因是，他过于彻底地投入到了工作中。他很早就获得了玛格丽特·尤瑟纳尔①的智慧，觉得为了事物本身所做的一切都是值得的，不管结果如何。他实现了艺术家的理想，即基于自己的兴趣进行工作和创作，更准确地说，是为了工作本身的价值而工作。他显然不算成功，但这并不影响他选择为了兴趣而工作，甚至可能在某种程度上有利于他这样的工作态度。1969年，美国现代艺术博物馆展出了一系列来自肯塔基州和旧金山的照片，但盖德尼似乎没有感觉到，或者说根本没有冲动要利用这种对他工作认可的早期机会去做点什么。1969年3月

---

① 玛格丽特·尤瑟纳尔（Marguerite Yourcenar, 1903—1987），法国作家。

的《纽约时报》上，评论家约翰·加内特（John Canady）对这些照片给予了好评后，盖德尼写道："就算是一个你欣赏的人恭维你几句，也只会温暖你一分钟，但立马就变得毫无意义，更何况很多恭维都是些傻子无意间说出来的。"工作的进展是唯一重要的事情。理想的情况是，他的自强不息将延伸到没有别人赞扬的情况下。

一方面，盖德尼对于收集和积累书籍、材料有一份迷恋和冲动，不太愿意与人分享生活；另一方面，他最后也没能轻松释然地将作品与世界分享。要将这两点联系起来是顺理成章的事。他一直在努力改进自己的工作——选择了又拒绝，接着再次拒绝他所选择的东西——但永远也不能把它修改得足够令自己满意。没有一件完成的作品能达到他心里的标准，所谓完成就是妥协。档案保管员对编辑和编录工作的热情总是压倒了编辑的职责，那就是放弃和抛弃。因此他一直持续地收集和积累。实际上，他成为了自己作品唯一的收集者，达成了一个艺术家自给自足、自我满足的创造循环。

也许他死于艾滋病的讽刺意味并没有完全消失。他收集、积攒、积累，直到最后沦为疾病的牺牲品。慢慢地，他的免疫系统被偷走了，一次被偷走一部分，直到最后什么都没有留下。这是一个注定要出现的新突变，也是吝啬者摆脱不了的命运。

可惜这诚然还不是他全部的故事。他毫无顾忌地自由光顾在夜间活动的同志俱乐部，也投入并享受偶然的艳遇。他竟然还自己描述了一次这样的经历，并取名为"堕落的故事"。令人庆幸的是，这篇文章只有两页长，而且最后也没有完成。他通过作品与我们分享的东西是：一个自学成才者，一个生活保守、简朴、"堕落"的性冒险家，同样热爱和需要匿名、阴暗和默默无闻。这也是他作品要突出的主题，即生活在阴暗中的人们。

有一天，盖德尼在一家图书馆里习惯性地仔细研究了刘易斯·海恩[1]的照片后，无意中发现了一位布鲁克林的摄影师拍的照片，这位摄影师的名字对他来说非常陌生。这些照片"完全没有审美价值，纯粹是为了纪实"。但是这一点也促使盖德尼思考："要做到不做作、简单、直接、诚实，还要聪明，其实很不容易。"

然而这也有先例。最典型的例子是尤金·阿杰特[2]，在听完曼·雷[3]称赞他的巴黎街头照片后，阿杰特回答说，

---

[1] 刘易斯·海恩（Lewis Hine，1874—1940），美国摄影师、社会学家。
[2] 尤金·阿杰特（Eugène Atget，1857—1927），法国画家、摄影师。被誉为法国近代摄影之父。
[3] 曼·雷（Man Ray，1890—1976），美国现代主义艺术家、先锋摄影师、达达主义的奠基人、诗人、超现实主义电影的开创者。

正如他工作室的标志所谦虚地宣称的那样,他只不过是提供了"艺术家的文件"。面对正在消失的巴黎,阿杰特全力投入地做一些保存影像的工作。作为一个**无名者**,他坚持认为自己是业余摄影者。只有满足自己的名字不出现在照片中的前提条件,阿杰特才同意出版其作品。

在离家更近的地方,有个叫弗朗西斯·盖伊[①]的艺术家。沃尔特·惠特曼对盖伊在作品《布鲁克林的雪景》(*Snow Scene in Brooklyn*)中的工作方法进行了推测。盖德尼特别喜欢这一段描述,所以在笔记本上抄了下来:

> 先将位置和方向确定下来,如果可能的话,向窗外望去。当被拍摄的地方被很好地理解和确定时,盖伊将搭建一个大而粗的镜头,并且把它固定在窗户上,或者选取一个拍摄位置,以便将所有要包含在图片中的东西都置于视野之中。置于镜头之外的事物可以被隔离至阴影中……我们相信,盖伊的这张照片应该是从窗户取景的,是对窗外自然景色的真实呈现。

事实上,这种普通照片和盖德尼自己拍摄的暴风雪中默特尔大道的照片没什么两样。盖德尼自己的很多照片拍

---

① 弗朗西斯·盖伊(Francis Guy, 1760—1820),美国画家。被视为美国最早和最重要的风景画家之一。

摄的都是一年中不同季节默特尔大道的风景，而且每次拍的都是同样的场景。他用同样的镜头，从同一个窗口取景拍摄，即他自己的住宅——默特尔大道467号房间——的窗户。

盖德尼对自己居住的街道的历史很感兴趣，他花了很长时间在当地图书馆里挖掘它的过去，摘抄语录，并把街道历史上重大事件的新闻报道进行剪贴，并编辑成为自己的"默特尔大道笔记本"。惠特曼（盖德尼曾拍摄过他的墓地）也曾在大街上住过一段时间，他在编辑了几年的文章《鹰》（*Eagle*）里曾夸口，认为这是该地区第一条有梯度的街道，是"古老的布鲁克林居民的骄傲"。那时还是1882年。到1939年时，亨利·米勒（Henry Miller）认为这是"一条没有悲伤的街道，因为悲伤充满人性，可以识别；但这里只有纯粹的空虚"。在"默特尔大道笔记本"中，盖德尼引用这两条评价作为他往返穿梭的术语。他一边通过剪贴新闻报纸保存街道的历史，一边用相机记录当代的街头生活。从这个意义上说，"默特尔大道笔记本"是一本朴素而直接的工作记录。

但它们也像是一个宏伟的检索和冥想项目的草图。从盖德尼阅读的书籍里采集的短文将默特尔大道变成了散乱无章的大街，在这里，关于街道的**想法**充满争议。盖德尼拍摄的默特尔大道的照片和他在笔记本里写下的自己的抱负之间隐含着一种交易。通过笔记本里抄写和粘贴的引文，一种更大的有关街道的理论和概念得到了发展。而里面的照片一方面因此被重新定义，另一方面也为理论和概念的形成提供了有效的反馈。在《美国大城市的死与生》(*The Death and Life of Great American Cities*)一书中，简·雅各布斯[①]说道："一定有眼睛在注视着街道，那些是我们可以称之为街道自然所有者的眼睛。街道上的建筑物必须以街道为导向，用来接应陌生人，以确保居民和陌生人的安全。建筑物不能背对街道，也不能将空白的一侧对着街道，这样感觉就像盲人一般。"雅各布斯认为，街道最重要的就是"功能完善的眼睛"。

我们很难夸大这里正在发生的一切的新奇之处：一位美国古典传统摄影师精通现代性的丰富遗产，构思了一个后现代的文本，并在1969年用他最好的学生笔迹，在自己制作的笔记本里将之实现。

盖德尼经常觉得，比起自己的语言，别人的言论更能恰当地体现他的想法。但他整个一生都在努力将自己的世界观整理和编织成文字。他的拼写很有创意，至少可以这么说，他的语法经常是任性的，但他对语言的着迷，以及它产生（和阻碍）洞察力的能力随处可见。例如，在黛安·阿布斯自杀后，盖德尼回忆她是一只"超负荷奔波的

[①] 简·雅各布斯（Jane Jacobs, 1916—2006），美国城市规划师、作家。

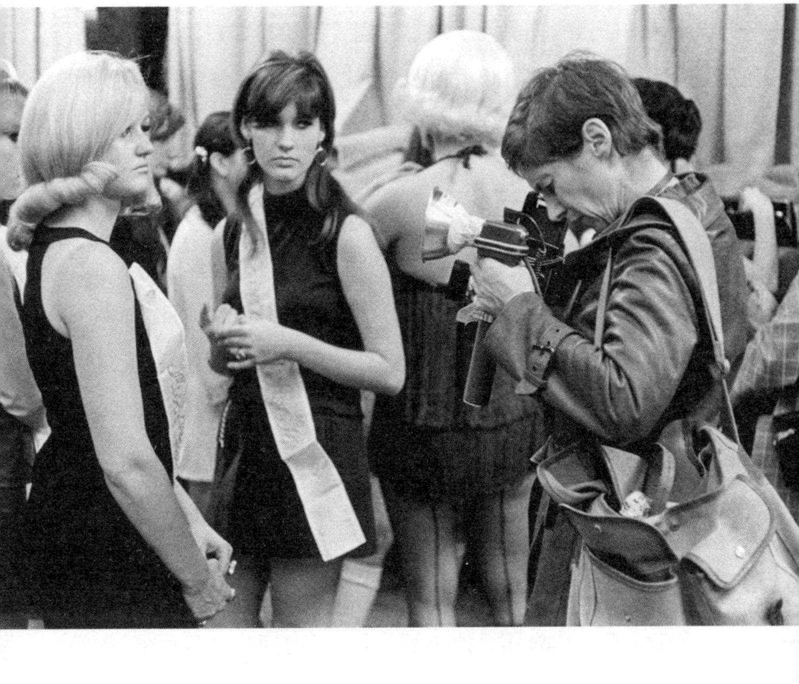

稀有的小鸟，肩上成天扛着一个巨大的绿色帆布包，把整个身体都拉弯到一边，脖子上永远挂着相机，执着而顽强地工作。她身材瘦小，总是被身上的装备所累，那是摄影师无法逃避的负担"。他很难用语言勾画出稍纵即逝的印象，但能把这些印象准确无误地记录在一张照片上。然而，他的摄影作品几乎总是充满了活跃和雄心勃勃的文学情感。"我正在尝试一种视觉上的文学形式"，这是他对自己的一个扩展摄影项目的总结。

如果不是惠特曼的"机械笑党"（laughing party of mechanics），盖德尼在东肯塔基州拍摄的这些人肯定对他很友好。这些照片算得上他最好的作品，但这一项目的种子藏在他自己的自传里。自传中有一标题为《农场》的独立部分，里面收集了一些他祖父母早年的照片，这些作品足以显示他的潜力。

盖德尼儿时生活在农场，很小就开始修补东西：修补、调试、焊接（他喜欢相机的结构和暗房）。这是他与那两个失业矿工家庭（即考奇家和考尼特家）共享的一种亲密关系。1964年，他花了一个月的时间与这两个家庭生活在一起，为他们拍照。盖德尼与考尼特家尤其亲近，他与维尼、薇薇安，以及他们的十二个孩子多年来一直保持着联系。1972年，他又回到了这里，继续为他们拍了很多照片。

盖德尼很喜欢考尼特家女孩子们的欢快和优雅。1972年他回来时，女孩子们已经长大成人，忙于生养孩子。于是，他将注意力转移到考尼特家营养不良的男人身上，并毫无抵抗地被他们吸引，这些男人展示出一种力量（他认为力量本身是一种**技巧**），优雅、经济的运动。

一想到他认识的盖德尼，艺术家彼得·贝拉米①如是评价："手势就是摄影的芭蕾。"这句话倒是提醒了我们，盖德尼作品中的男人通常都有舞蹈演员的风度。在他的肯塔基芭蕾舞团里，传统的性别**姿势**一次又一次地被颠倒。两个女人，一个怀孕了，一个夹着卷发器，两个都在抽烟，站在那里看着一个年轻男人在汽车发动机罩上搔首弄姿：薇薇安坐在长椅上；维尼伸展四肢，把他的长腿搭在她身上……

"我不认为自己是一个'社会问题'摄影师，"盖德尼在一封草稿信中表示，他打算激起出版商对他的肯塔基州项目的兴趣，"我关心的是拍一张好照片——形式、价值和内容的完整混合体。我更喜欢普通的动作、亲密的姿态，一个形象，它的形式是对物质的本能反应。"

考尼特一家人的生活还有另外一个特点，就是不堪重负，以及不可避免地由此引发的暴力，这一点在题为《亲密姿势》的照片中没有被体现出来。但盖德尼作品中暴力

---

① 彼得·贝拉米（Peter Bellamy，1944—1991），英国民谣歌手。

的缺席并没有影响他的肯塔基系列图片（毕竟，他并没有试图在作品中全面地反映一切）。然而，在肯塔基州的两次会议之间进行的一个项目中，类似的暴力缺席确实成为了一个问题。1966年至1967年，在旧金山的海特-阿什伯里地区，盖德尼拍摄了一群叛逆的青年，一群正在形成过程中的嬉皮士。他可以拍下他们如何叛逆的照片——更准确地说，他可以拍下他们**无所事事**的场景。但海特的核心是迷幻体验，它不仅定义了一个地方，也定义了一个历史时刻，而这种体验是没法用镜头捕捉的。

如果最初旁观者很难理解1966年海特的特殊能量，杰伊·史蒂文斯（Jay Stevens）在《狂风暴雨的天堂》（*Storming Heaven*）中写下的"大屏显示装置和美国梦"很快就让他们明白，"在任何特定的日子，大约有一半的人不是已摔倒，就是被绊倒，或者快要摔倒在地"。蒂莫西·利里和肯·克西[①]等人模仿迷幻之旅（针对那些不愿意尝试迷幻药的人）所精心制作的多媒体演示，主要是为了证明这种体验的不可记录性。只有相机和黑白胶卷，盖德尼面临的是几乎无法完成的任务——尽管这是他自己的一种选择。盖德尼从来都不是为了完成任务而拍摄，他只去吸引他的地方，拍摄吸引他的事物。他之所以被吸引到海特这个地方，是因为这里的人和考尼特一家有共同之

---

① 肯·克西（Ken Kesey，1935—1990），美国小说家。

处：他们与众不同，被剥夺了基本的权利，是一群处于社会边缘的人。这两群人当然也有区别，嬉皮士被剥夺权利是自愿行为，是自我选择和计划过的。考尼特一家人缺乏物质上的东西，所以特别珍视它们；而嬉皮士却摈弃一切物质。考尼特一家似乎已经被历史所遗忘；而在海特，一种全新而潜在的革命性的情感结构变得愈来愈明显。盖德尼不相信那些宏大的、带有麻醉作用的意识形态规矩。相反，他更喜欢行走于"金字塔底层"。"就是说，我不愿经常碰到运动或者场景中的上层人士，他们会告诉你一切，但与实际上正在发生的事件大不一样。我行走在街头，和普通人交谈，为他们拍照。"

基于这些照片，盖德尼似乎对他所见证的一切感到矛盾。他一方面被血统和社区那种连接而成的近乎部落的感觉所吸引，另一方面又对那些不喜欢广场文化、不善于分享的人感到不满意。这一点使得他的作品具有独特的历史重要性。因为媒体的高度关注，海特成为了游客们的热门目的地，他们渴望一睹"珠帘"之后发生的事情。不管他们是愤怒、着迷，还是仅仅对他们所看到的感到震惊，这些来自普通世界的观察者实际上分享了嬉皮士们自己的想法，那就是，他们彻底改造了自己，转向了另一种几乎无法辨认的生活方式。盖德尼一直对海特那些嬉皮士的宏大声明持怀疑态度，他从这个群体**内部**的视角拍摄的作品，显示了那些嬉皮士**真正的面貌**：有来自伊利诺伊州的青少年，有来自美国中部漂亮郊区的女孩子。也就是说，照片中这些人的最大特点是，他们再普通不过了。除了发型以外，躺在汽车发动机盖上的那个人完全可能是在肯塔基州的东部，也有可能是在北加利福尼亚州拍摄的。对盖德尼来说，最关键的手势都一样，"展示了青春的能量，彰显了新的生活方式"。但他同时也注意到，这"实质上不过是一种翻新的老旧的生活方式而已"。与他保守的观点一致，他的作品中新潮的东西看起来显得有些守旧，在某种意义上就好像照片的诞生**早于其表现的主题**。或者，用相反的方式来表达同样的观点，他们让20世纪60年代看起来像是发生在很久以前——实际上是在20世纪50年代——一样。

他无法在所见到的人中找到**他自己**。他记录了一种紧迫的生活方式，这种生活方式不能被他掌握的摄影美学所表达。在他计划完成的著作《青春时光》（*A Time of Youth*）中，很显然，第一张照片上就是一个傀儡面对着一扇关着的门，门上面潦草地写着一份详尽的名单，所有不受欢迎的人的名字都被列在上面。盖德尼可以记录那些路过的人，但从照片上看，感知的大门对他一直关闭着。

但在1972年，当盖德尼大受欢迎地回到考尼特一家时，感知的世界变得更容易走进了。在这儿拍摄，他得心应手（在一个场景下，使用同一个镜头，都有完成三种不同作品的可能），但所有关于考尼特一家人照片的核心都是汽车。

"尤利尔和他的女朋友想结婚，"盖德尼有趣地写道，"但是他们找到的唯一能安身立命的方式就是整天在加油站工作，所以他去那里干活。这似乎是自然而然的事，因为考尼特一家所有男人的许多思想和行动都涉及汽车，所以他们家族中就应该有人在加油站结婚。"

对于考尼特一家来说，汽车只是意味着要修理、抢修，然后再修修补补的东西：先把东西搜集起来，进行检修，然后讨论如何修补。对于这一家人来说，汽车就是关于手工机械操作的论坛，一个就化油器或制动衬片交换坦率意见的会议场所。他们有时随便踢翻零件，有时随手将香烟灰滴入可燃管和火花塞，这些都体现了他们对汽车零件和发动机的熟悉程度。

另外一个摄影师为这些图片提供了一个标题，非常契合考尼特一家及其汽车的主题。当黛安·阿布斯学会开车时，她"喜欢掌握方向盘和换挡的感觉"。她说这"就像她一直都知道的通用手势一样"。这正是盖德尼作品中汽车承担的角色：通用手势的生产者和使用地。对考尼特家的孩子来说，汽车发动机是他们首先接触到的神秘事物。一个男人把他的孩子举起来，让他第一次看到发动机，在机械学的祭坛上接受了石油的洗礼。一个十几岁的男孩跪在一个上升的车轮下，仰头崇拜。当一辆汽车陷入完全无用的状态时,它就变成了风景的一部分,变成了一处遗迹。卡车看起来就像房子的门廊,车轮胎就像被埋在地下的木杆。一个男孩躺在汽车的引擎盖下,伸出一只胳膊,好像要把一条汽车图案的鸭绒被拉过来盖在自己身上。另一个人靠在引擎盖上,样子好像在酒吧里点饮料似的。一个身材瘦长的少女站在一辆巨大的卡车前,那车就算还能开动,看起来也一点没有车的样子。这些交通工具对考尼特一家来说,似乎从来就不是用来**驾驶**的,因为它们动弹不得。

在盖德尼放弃了出版肯塔基作品集的计划(或者因此也顺带放弃了其他计划)很久以后,他从奥登的《石灰岩颂歌》(*In Praise of Limestone*)中挑选出一句"短程距离,精确位置"作为他出版摄影集可能使用的标题。在盖德尼的肯塔基作品集中,没有远景镜头或者使用全景拍摄,以引导外行欣赏图片。考尼特一家的世界只限于被了解和熟悉这一切的人欣赏。也许显得有些憔悴,但门廊上的薇薇安完全不像多萝西·兰琪的标志性作品《高原女人》(*High Plains Woman*)那样,在那张展现了深不可测的绝望的照片中,连周围的天空都显示出无限的痛苦。当然,在带来安慰的同时,这种情况也会产生自身的幽闭恐惧症压力。但对盖德尼来说,总体上的真实只能基于准确的环境和仔细观察到的细节才能获得。如果这些是关于人生艰难和韧性的杰出照片,那是因为它们很好地展现出了不同的**纽带**,确切地说,是各种束带,包括口袋、拉链、鞋子等等细节。考尼特一家的个性特点非常鲜明,看一眼他们的鞋子和裤子就能认出他们来。所以,在一张晾晒了六条裤子的照片上,男性的考尼特已经隐性地出现在**那里**了。

对于缺乏物质的人来说,他们拥有的少量物品是最显著体现其特点和状况的标志。在盖德尼的照片中,每一件**物品**——一罐刹车油、一袋亨德森品牌的糖——都是有价值的、被使用过的。有人说,如果巴尔扎克描述一顶帽子,那是因为有人要把它放在他头上;如果盖德尼的照片中出现了扳手,那一定是因为有人要捡起扳手,用来修补、固定或者修复什么东西。有用的名词就是动作词,譬如**手**这个字①。机械世界是一个等待解决的问题,而手是思想的媒介,是**思考**的媒介。考尼特一家人世世代代拥有的知识——或者说无知——都体现在他们的那一双双手上。

手也提醒我们一个事实,即盖德尼是一个伟大的记录**触碰**的摄影记者。斯蒂格利茨宣称自己的照片中有一种天生的"最深刻、最生动的触觉品质",这一评价也非常适合盖德尼的作品。他还记得小时候在祖父母的农场里,"能触摸到这么多不同质地的东西是一件多么令人高兴的

---

① 意指最有用的物品就是能用来干活的物品。——译者注

事"。作为一个成熟的摄影师,他的确意识到,触觉价值这一概念不仅适用于绘画和雕塑,也同样适用于摄影。许多最好的摄影作品不仅能愉悦人的眼睛,而且至少能触发人的另一种感官享受。对于盖德尼而言,他的作品就让观赏者产生了触觉。

就像盖德尼工作中的许多倾向一样,他在1969年至1971年和1979年至1980年两次访问印度期间拍摄的照片中对触觉反应的体现最为强烈。他说:"印度的一切都是以个人身份进行的……印度是一个存在着直接接触的地方。"印度人的坐姿"涉及更多与自己身体的接触……印度人穿的衣服——简单的轻织物——上覆盖着许多褶皱,也使人意识到布料擦拭身体的运动"。就连墙边的路也有一种"被人直接触摸过的感觉。人们用陶杯喝茶,喝完后随手就把杯子扔掉了。制陶工人的轮子为陶杯压出了一条精致的凹槽,这样就好像为茶叶镶了一道边,这细微地显示出,杯子是用泥土经手工制作而成的"。盖德尼对博物馆里的一个标志感到高兴,因为这个标志并不强调**禁止**触摸展品,而是更温和地强调"不鼓励"触摸展品。

印度的"直接接触"文化使盖德尼能够在视觉上**处理**他所拍摄的人们的精神生活。在一个老妇人粗糙的双手上,我们不仅看到有人在祈祷,我们还看到了**祈祷本身**。身体的任何地方都有精神的印记。无论往哪里看,他都能看到"最粗糙的、未受过教育的最低等阶层的人站在最精致文雅的位置,与精美的希腊雕塑相抗衡,尽管没有表现出理想化的安静"。他还发现自己在视觉上受到了印度妇女的诱惑:印度女人表现出了他在考尼特一家女人身上捕捉到的那种短暂的优雅和欢快,这种特质在考尼特兄弟身上表现得更为持久。他很久以来就一直保持警觉,对那些生活中短暂的模仿西方艺术经典形象的时刻非常敏感。在贝拿勒斯(他第一次印度之行的大部分时间都待在那里),人们的四肢与他们建造的神灵的形态互相呼应,这是一个很难捕捉到的具体例子:瞬间的手势有蕴含永恒神话的能力。为了使自己能够辨认出这些时刻,盖德尼投入地研究了印度教的历史、文化、仪式、思想和神话等不同领域。

就像任何一个走出自己的书库去漂泊的旅行者一样,他也读一些偶然发现的资料。他的阅读习惯有一个非常稳定的特点,即具有偶然性。例如,对贝拿勒斯古城的一个重要见解就是来自《汤姆·琼斯》(*Tom Jones*):

> 人类一向乐于了解和评价他人的行为。因此,在各个时代和国家里,都有一些地方专门为公众集会而设立,在那里,好奇的人们可以见面,满足他们共同的好奇心。在这些地方,理发店合理地获得了显著地位。

在抄写了这段文字之后，盖德尼又加注了一句自己的评论："整个贝拿勒斯城就是一家巨大的理发店。"

根据菲尔丁（Fielding）的分析，在盖德尼早期的照片中，每一张图片上都特别醒目的理发店就是默特尔大道的中心和焦点。这就意味着，贝拿勒斯就像默特尔大道的焦点，无限分散，无限折射。"印度的街道和美国的街道有什么不同呢？"盖德尼在贝拿勒斯这样问自己。部分不同在于，在美国，某个时段的生活不可避免地会退缩到室内，变得隐蔽起来；但是在贝拿勒斯的理发店里，一切都在不断地公开展出。"印度街道和印度人自己的家一样，是人们生活的一部分……印度人生活中最大的自由之一就是印度街道。人们可以随便在街道上蹲坐。人们在街上睡觉、工作、玩耍、吃饭、打架、休息、放松，最后在街上死去。一切人类活动都在街道上进行。"

任何事物都一直在被揭示其真实的一面，这样的效果是全面而惊人的。"当你看得太多了以后，眼睛就需要休息。"盖德尼在德里相对的宁静中曾经如此抱怨。他自己碰到的总是麻烦，接二连三的麻烦。因为他见识过人们如何因为圣灵的感召而摈弃庸常生活的琐碎，所以有时他也会对所见所闻感到厌恶，觉得这个民族"像一群没有灵魂的生灵，在猪圈一样肮脏的环境中互相倾轧、彼此毁灭"。第二天，他又解释并收回这一情绪爆发时的评论："之前那些言辞当然是经过一天劳累后的草率之言。我的工作使我经常与大众保持密切联系，我在日常生活中工作。"

这当然是他一直想要的。不同的是，在布鲁克林，盖德尼可以闭门不出，待在自己的公寓里看书。但在贝拿勒斯，没有抽身而出的可能，没有一扇窗户供他观察，同时他能自己躲在别人看不见的地方，与这个世界隔离开来，因为生活就在他的周围，奔腾不息。从摄影的角度来看，要克服的困难在于找到自己的空间，在永恒的喧嚣中找到宁静。贝拿勒斯的圣坛上拍照的游客们只看到了事件和景观。所有沐浴的人都为自己找到了空间，盖德尼必须训练自己，努力寻找一个与这些空间相对应的形象表达。也就是说，他必须进入那个空间，并找到自己的位置。而这对一个西方人（最让他恼怒的是被误认为一般游客或嬉皮士），尤其是对一个西方的摄影师来说，非常具有挑战性。人们要么大声呵斥，让他不要在这里拍照，要么一看到他就摆出微笑的表情。如果他说"不要笑，动作自然一点"（这是他自编的北印度外语常用短语中的第一条），他们就会变得更加有意做作。如何解决这一问题呢？方法就是，要学会融入身处的环境，让自己隐形不见，在晚上做到这一点就要容易得多。

在他那本关于海特青年的书中，木偶人就从一扇紧闭的门开始。相比之下，他在贝拿勒斯拍摄的夜景系列以一条路开始，一条通往"阴影的财富"之路。在这条路上，"市民的尸体躺在狭窄的树篱上"，四肢"在无意识的优雅中弯曲",他可以观察到"运动者本身没有注意的运动"。

在一段未注明日期的文稿片段中,他写到了看着"你所爱的人,而他却睡着了"带给人的愉悦,这一点其实非常普遍。在贝拿勒斯深夜的街道上,他拍下了所有睡眠者的照片,仿佛他们都是被深爱的人。这些做梦的人的照片实现了盖德尼的梦想。他变为了一名守护者,一位梦想的保卫者,像惠特曼一样在睡眠者中间穿行:

> 我在自己的视野中徘徊了一整夜,
> 轻盈地迈步,悄无声息,走走停停,
> 我睁着眼睛,俯身注视睡眠者紧闭的双眼,
> 漫无目的,疑虑重重,在自相矛盾中迷失了自我,
> 停顿、凝视、俯身,又停止……

专注摄影,不被注意,隐身不见。这解释了为何盖德尼会在考尼特一家感到自由自在。盖德尼留心这一家人的一举一动,可这一家人根本没有注意到盖德尼的存在(如果盖德尼手上有汽车零件,他们也许会注意到他的)。看他拍摄的印度男孩在街上玩耍(足球?)的照片,可以看出相机离小孩多近,孩子们却对他完全不在意,好像他根本不存在似的。正是由于拍摄者的不在场,让我们立刻识别出这种典型的盖德尼风格。

1969年,盖德尼为自己拍摄了一系列照片,但他的头

部都没有在照片上出现。在那些拍摄孩子玩耍的照片中，背景中有一个人的头部同样被截到镜头外面，不参与作品的构建，也没法被注视……依此联想，这个人物就像是盖德尼的自我投射，他清楚地提醒人们，他的大部分自拍照片事实上可能拍摄的是**其他**人。当我们注意到这个人物的时候，就会意识到其他人也在背景中，在盖德尼作品的边缘可以看到。譬如**第四个**女孩，她几乎完全被考尼特家厨房里的其他三个人中的哪一个藏起来了。

但这恰恰是盖德尼自己最强调的一点：他在做自己的事情，不想引人注意，不想被人察觉。如果这样做的结果是他不会被承认，他的成就不被认可，那也是他准备好要付出的代价。这就是为什么盖德尼的朋友克里斯汀·奥斯辛斯基（Christine Osinski）曾说："最糟糕的诅咒，莫过于让他引起大众的注意。"

20世纪80年代中期，盖德尼的身体每况愈下，一直饱受疾病的折磨。1987年3月，他得知自己患有艾滋病。他一直喜欢修理东西，也将余生都用来打理和修复自己的身体。1985年，他搬到斯塔滕岛的一座新房子里，他没有在那里布置暗室，书籍还留在箱子里。他本来想写一本关于贝拿勒斯的书，这个计划最后也不了了之。最终他其实什么也没有完成。早在印度时，他就看到了自己的这一倾向。"与现实疏离和脱节得太远，变得既不客观也不主观，

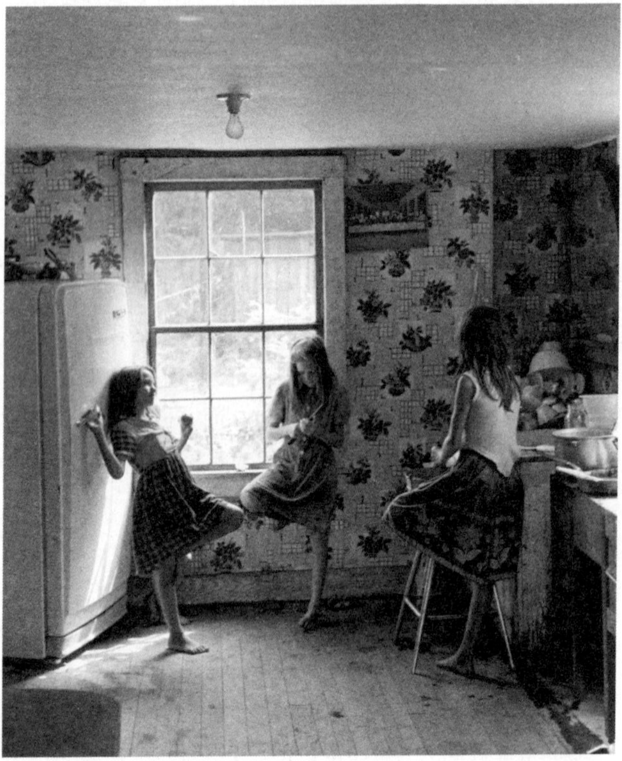

而是超越了一切，超越了照片或思想，失去了行动能力。所有存在都毫无意义，经常感到空虚。"现在看来，好像一切都是命中注定。

在病情变得严重之前，他似乎已经对谈论新照片失去了兴趣。他在纽约拍了几张同性恋游行的照片，1982年又在巴黎拍了几张，但在1980年第二次印度之行回来后，他的新照片相对较少。谁知道原因呢？也许是因为他在印度的经历太丰富，足以让他以此度过余生。后来的时间，他主要致力于冲洗和印刷数百卷胶卷，将它们筛选和分类、选择或放弃，安排和重新安排他一生积攒下来的作品。他在世时就已开始为自己逝世后的安排做准备了。

盖德尼将越来越多的时间用于阅读和抄写他所读的东西。乔治·斯坦纳[①]曾写道，用心学习一首诗意味着将之融为自己血液的一部分。盖德尼这样不知疲倦地抄写，这劲头似乎要将自己身体中的血液全部换成新鲜的。在印度时，他力图将自己完全融入环境里面；现在，他努力让自己融入所阅读的材料之中。在他的最后一部作品《抄录与注记》（*Transcriptions and Notes*）中，他用红墨水将自己的一生浓缩为为数不多的几个条目："1985年11月9日，在普拉特学院宿舍住了一年后，终于完全搬到斯塔滕岛的凡

[①] 乔治·斯坦纳（George Steiner, 1929—2020），美国文化批评家、翻译理论家。

图尔街24号。"其他一切都交给别人评论，任由他人处理。然而与此同时，他所读到的每一篇文章都开始成为一部替代性传记，这相当于对他自己的作品补充了一系列的评论。他看到，自己的人生通过别人话语的棱镜得以折射。通过所见和所读来展示真正的自己，这也是不引起其他人注意的另外一种方式。

最近的六张照片似乎是盖德尼的最后一卷曝光胶卷，这是在1987年3月拍摄的（也就是他得知自己患上艾滋病的当月）。这些照片在1997年，即他逝世八年后，才被冲洗出来，可能是他就近为一些身边的物体按下了拍摄按钮，目的只是为了把胶卷用完。尽管如此，这些是我们拥有的盖德尼留下的最后的作品，也因此弥足珍贵，在摄影师生活和工作的叙述中占据着必不可少的位置。这些照片展示了他杂乱的办公桌，他每天使用的东西：回形针、画笔、邮票、铅笔，还有他用来看东西的工具：放大镜和眼镜。一张索引卡上写着"眼睛检查"几个字。最后曝光得不错的一张照片是他的艺术书籍和展览目录的特写，那些书籍和目录都被牢牢地捆扎好了，放在书架上。

我们能看到的最后一张他**自己**的照片在他的同性恋健康危机卡片上。这张卡片的有效期显示"至1989年12月31日"——比实际需要的时间长了六个月。照片上是一个戴着眼镜、穿着一件蓬乱的棕色毛衣的中年男子，他看上去很普通，只是有点悲伤，脖子和下巴上布满黑色的斑点。照片上的这个男人穷其一生都在探索如何看待这个世界，如果要用一个词来概括这张照片传递给我们的印象，我们的第一选择也许是**近视**。他的目光既没有穿透力，也不够机警。但反复思量后，我们还是会将最初的评判更改为**接受**。这只是一张由机器拍摄的照片，它没法观察，也没法了解，或者关心它究竟在拍什么。

盖德尼于1989年6月23日逝世，《纽约时报》发表了三段匆忙写就的文字，以最简短的讣告总结了他的一生。去世后，盖德尼将作品留给了朋友李·弗里德兰德。

写于1997年

迈克尔·阿克曼[①]

1999年,我第一次在一家电影院里看到迈克尔·阿克曼的照片。在等电影开始的时候,我当时的女朋友拿出了一本《纽约客》,上面有一个女人的六张黑白拼贴照片。其中五张照片中,女人都在一间狭窄的公寓里,赤身裸体,或是正在换衣服,或是在刷牙,或是坐在马桶上;其中一张照片展示了她穿着衣服走在街上的情景。在黑暗的电影院里很难看清照片。接下来的两个小时里,我坐立不安地等待电影结束,以便能赶快清晰地看另一部电影——一部由那六张照片构成的微型影片。但就算在光线明亮的白天,也不可能看清这组照片。当我更多地了解阿克曼的作品时,才知道"看不清"显然是他的特点,也是他的作品传达意义的关键。以他的标准来看,这些图像实际上非

[①] 迈克尔·阿克曼(Michael Ackerman, 1967—),美国摄影师。

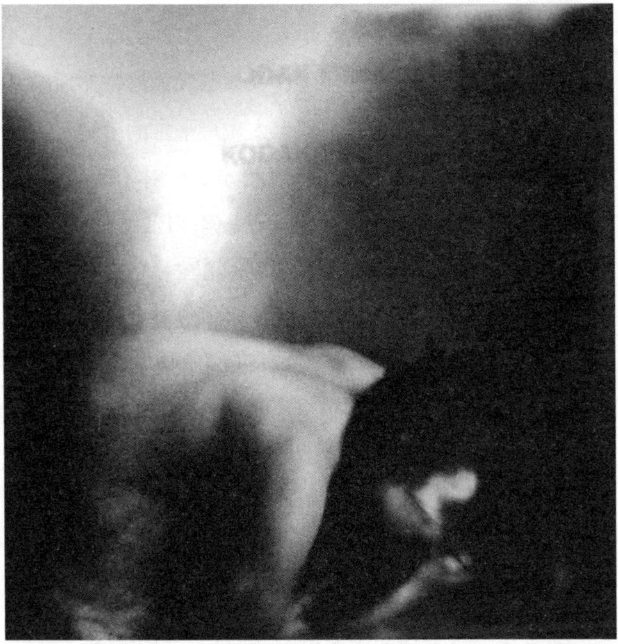

常锐利。标题解释说,这六张照片构成了一个作品系列的细节,作品系列名叫《巴黎,法国,1999年》(*Paris, France, 1999*)。这些照片有些微妙的色情意味,呈现了令人难以置信的亲密。当接触到某些艺术作品时,这类感觉时有发生。我突然觉得内心的某种东西好像一直在**等待**这些照片的出现,就像坠入爱河一样。

事实还不仅仅只是这样。这就像坠入爱河,然后与某人同居一样,当你能够看到那个人做最平常的事情时,会因为欣喜而感动,因为熟悉而觉得亲切。对于这种事情,倒也有一个可能被称为低级粗俗的先例。1920年,雅克·亨利·拉蒂格拍下了他的妻子碧碧(Bibi)在蜜月时坐在马桶上的照片。图片只是如实地记录了浪漫可爱的生活瞬间。当然,到了20世纪末,这样的纪实拍摄已然成为一种引人注目的常规。阿克曼做了些补充,他用一丝梦幻的色彩,将失去的拉蒂格影像中的精致重新捡拾了起来。这样,在阿克曼的作品中,我们看到的好像不是某一时刻的记录,而是这一时刻如何停留在我们记忆中的记录。因为和别的时刻和记忆有联系,记忆中储存的这一时刻会有变化。

我很想看更多这些有关巴黎的照片,但当时阿克曼唯一的一本书《时间结束之城》(*End Time City*, 1999),里面全是在瓦拉纳西①拍摄的照片。这本书里面,巴黎意象

---

① 瓦拉纳西,即旧时的贝拿勒斯。——译者注

的抒情性让位于一种逼人的紧张感。这些不是你能随便走过去平静欣赏的照片,它们在向你诉说,冲击着你,或蹒跚地走近你。有些照片给你的冲击就像从黑暗的小巷里走出来后刚见到日光;另外一些照片带来的感觉又如同在明亮的阳光下观光了几个小时后,突然走进漆黑的小巷,一切都难以穿透;大多数照片都经过设计,同时具有这两种效果。巴黎拍摄的照片中所体现的主观性非常明显,即阿克曼记录下来的并非所见,而是所感。对某个地方产生一种陌生而受惊的反应,那些图片就像是他在那里时脑袋里面出现的画面。因此,照片也似乎坚持要求任何观赏者都做出同样强烈的反应。你很难做到只是简单地欣赏或思考这些图片,你要么爱上它们,要么敬而远之——要么两者兼而有之。

有一张阿克曼巴黎系列主题的照片最终被采用,安排在我的小说《巴黎迷幻曲》(*Paris Trance*)的平装本封面上。这部作品面世不久,奇怪的巧合就发生了。在曼谷,我被引荐给一位摄影记者,他给我看了一些他自己的作品,我说那些照片有点让我想起阿克曼的作品,那个摄影师(我忘记了他的名字)马上转身在一大堆照片中反复查找,直到最后找到一个刚刮过脸的家伙后对我说:"**这就是迈克尔·阿克曼。**"

迈克尔·阿克曼本人看起来像自己拍摄的照片,这似乎是合情合理的。在他的下一部作品《虚构故事》(*Fic-*

tion，2001）中，他要刻画的完全就是一种自我形象。依照一部纪年表的解释，他于1967年生于以色列，1974年搬到纽约，但书的主体部分将那些日期和地点完全抹掉或掩盖了。《虚构故事》中包含一些我看过的巴黎图片，但没有任何标记显示这些图片拍摄的地点。现在它们只是一个持续不断的、不可定位的图像漩涡的一部分。脸庞在黑暗中倾斜，身体在阴影中扭动。"在我看来，"阿克曼在书稿结束后接受采访时说，"地方从来都不存在，一个地方就是我对它的看法。"我在他以前的作品中感受到的那种强烈的主观性已经上升为一种复杂的更高层次的世界观。罗伯特·弗兰克经常被认为是促使人们从纪录片转向更多的个人摄影的原因，阿克曼显然是受了这种影响，但在他这里，反对摄影作为记录文献的极端想法几乎变成了一种病态。在某段时间，阿克曼甚至决定"不再希望在（自己的）照片中看到任何信息"。在他想要拍摄的街道……让街道彻底消失！那种错位感（即让地方不可见）因为照片中的极端对比，还有冲印时的涂抹和污点，效果得到进一步加强。这样处理的结果，就是让人几乎不可能看清楚那种如雨夹雪一样模糊的图片，不清楚照片上到底发生了什么。直到最后，你不得不放弃要**看透**照片的努力，只能接受这一事实，即模糊本身就是作品要表达的主题。

这种处理照片的途径有相当重要和引人注目的进步，当然也有相应的损失。譬如贝拿勒斯照片中的这种效果，是对一个地方的一种特殊和恰当的反应；但《虚构故事》中的照片一直持续扭转，最后到了一种扭曲的程度。不管是在哪儿，拍摄什么东西，每一个地方都让人觉得同样奇怪。和弗朗西斯·培根一样，阿克曼本人也很乐意冒这个险。他说："那些对我有意义的图片总是唤起同样的东西。"

对阿克曼的作品如此着迷和产生好奇之后，2003年，我终于在纽约见到了他。他选择了自己的一些作品，在公寓里安排了幻灯片放映。他照片中体现的强度丝毫没有减弱，那种心理扭转的程度一直被执着地保持着。这些作品中的一切都处在融化、分解、错乱之中。光线本身变成了一种特殊的阴暗，看起来就像是拍摄过程中重新调整了摄像机，摄影师刻意不想记录正在那里的东西，而是要保留一两秒钟以前曾经存在的东西，这样整个镜头就充满了可怕的动作震荡后的效果，画面呈现出吓人的残余手势，照片传达出一种强烈紧张、势不可当、不屈不挠的整体气氛。这不是一个**有关**世界的照片，这些照片本身**就是**一个世界。

放映结束后，阿克曼急切地想展示一些对摄影技术方面的认识，但我对此一无所知。我问他具体做了什么使他的图像模糊扭曲，使得他的影像和世界失真。他看着我，似乎觉得这个问题毫无意义。

"事情本来就是这样。"他回答。

写于2004年

米罗斯拉夫·蒂奇[①]

凡·高在死后获得的荣耀是无法被超越的,但在规模和奇异程度上,米罗斯拉夫·蒂奇的胜利则同样无法逾越。和凡·高不同的是,蒂奇很享受生活——在某种程度上确实如此。蒂奇现在82岁,如果能说服他离开在捷克的基约夫镇的老家,他就会亲眼目睹自己的名字醒目地出现在巴黎蓬皮杜艺术中心外飘扬的旗帜上,因为那里正在举行蒂奇摄影作品回顾展。

展出的第一批东西是蒂奇的照相机和镜头,它们看起来像一战战场上发现的武器一样古老、锈迹斑斑。摄影师往往都痴迷用于拍摄的工具包,总是尝试新的镜头、胶卷和照片处理技术。蒂奇刚刚开始摄影时,使用的是最简

[①] 米罗斯拉夫·蒂奇(Miroslav Tichý,1926—2011),捷克摄影师。

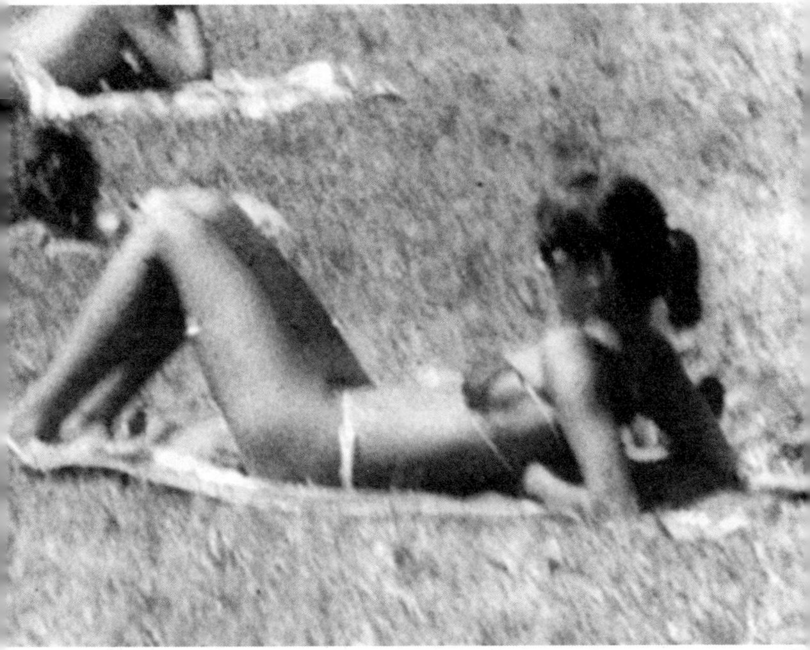

单、最基本的俄国制造的相机，但这个时期是他职业生涯中的技术高峰。后来，他成了一个相机清道夫，不断用手头的东西改造和制造自己的摄影装备：把一条短裤的橡皮筋改制成回旋装置，并将之与空线轴相连；将用过的旧眼镜镜片和有机玻璃，经过砂纸、牙膏和烟灰的抛光后，改装成摄像镜头。他的远摄镜头是用塑料排水管和空的食品罐头盒拼在一起做成的。他还自己用木板和硬纸板制作了放像机（即放大机）。蒂奇显然将这种"修修补补凑合用"的哲学理念延伸到了自己的衣橱里。20世纪90年代初的照片显示，他拿着自己制作的相机，穿着一件肮脏的运动衣——衣服像是用看上去像死甲虫一样的东西缝合在一起的，简直不堪入目。艺术家的这些照片让人想起了约翰·麦卡锡①第一次看到被长期监禁的人质布莱恩·基南②时的反应："我的天，我是本·葛恩③！"

那么，当蒂奇带着自制的摄影装备出去的时候，他是如何工作的呢？简单地说，20世纪60、70年代，他一直在基约夫镇转悠，拍摄女性。理想情况下，他会在当地的

---

① 约翰·麦卡锡（John McCarthy，1927—2011），美国计算机科学家。被称为"人工智能之父"。
② 布莱恩·基南（Brian Keenan，1950— ），英国作家。其作品《邪恶的摇篮》（*An Evil Cradling*）讲述了他于1986年4月11日至1990年8月24日期间在黎巴嫩贝鲁特作为人质的经历。
③ 本·葛恩，《金银岛》中的虚构人物，曾长时间被困在岛上。——译者注

游泳池里拍摄赤裸上身或穿着比基尼的女人；如果这样不行，他会停下来看一眼她们的膝盖或者脚踝。但因为相机的局限性，这些镜头经常倾斜，大多数都是曝光不够或曝光不足，这是一种最小的图片缺陷。迈克尔·霍彭（Michael Hoppen）目前正在伦敦艺术馆展出蒂奇的一小部分作品。我问他那里总共有多少蒂奇的优秀作品。"你是指焦点清晰的作品吗？"他回答道，好像这是个人偏好的问题，而不是正确摄影的先决条件，"大概两三百张吧。"这些照片表面上都是有拍摄主题或者对象的，但最后因为如火焰般的外光入侵被溶白了。

到目前为止，我们只关注蒂奇拍摄方式最正式的那一阶段。这些照片一旦被冲洗和印刷出来，就会受到长时间的胡乱编辑：被遗忘在雨中，用作啤酒垫，或者用来支撑摇晃的桌子。在形状不够清晰的地方，蒂奇会像一个热情但不合格的美容医生那样，用铅笔在胸部或臀部补画一些线条。有时候，他会在镜头内嵌入一些特别选择的物品，比如一个垃圾袋，或者一张乱涂乱画过的卡片。蓬皮杜艺术中心的一幅作品已经被老鼠啃坏了，不过艺术家在家里也与老鼠共处一室。可能很难拒绝得出这样的结论：蒂奇只是拍摄了几张照片，镜头里缺少灵动大气——但他很精明。"如果你想出名，"他说，"你必须在某一方面比世界上其他任何人都表现得更糟糕。"

蒂奇的怪癖不应该使我们忽视他早期风格中传统的一

面。1945年,他在布拉格的美术学院上学后,热切地接受了现代主义关于自由解放的承诺。经过短暂的军队服役,蒂奇决定返回到家乡基约夫镇。1957年,在斯大林逝世后,蒂奇被指定参加一次集体展览,其间他突然宣布退出该活动。因为怀疑同事参与了法西斯组织的阴谋活动,他饱受困扰和幻灭,最后精神彻底崩溃,导致他在一家精神病诊所待了长达一年的时间。

从那时起,蒂奇的生活就被认定为一种大意疏忽和强迫症的奇怪结合,而他的人生故事也最终演变为类似于文化传奇的内容。尼克·凯夫[①]写了一首关于他的歌;迈克尔·尼曼[②]正在根据他的一生构思一部歌剧。他放弃了其他一切,在20世纪60、70年代动荡的政治气候中,尽管当局一再迫害他,最后甚至将他监禁在精神病院,蒂奇还是以"石器时代的摄影师"的身份,艰难地开始了新的生活。

正如其他故事一样,蒂奇人生际遇的美好结局主要归功于一位知己的努力扶持。尽管蒂奇被看成变幻无常的社会弃儿、背信弃义的失败者,这位密友(也只有他)坚信蒂奇的价值。电影《午夜时分》(*Round Midnight*)讲述了

[①] 尼克·凯夫(Nicholas Edward Cave,1957—),澳大利亚歌手、作曲家、作家、演员。
[②] 迈克尔·尼曼(Michael Nyman,1944—),英国作曲家、钢琴家、音乐学家。

一个酒鬼——患有结核病和周期性疯癫症的钢琴家帕特·鲍威尔（Bud Powell）——和弗朗西斯·保德拉斯（Francis Paudras）两人之间的故事。后来年轻的法国人保德拉斯将鲍威尔从毁灭中拯救了出来。这部电影几乎可以看成是蒂奇人生故事的原型。在蒂奇的人生故事中，拯救者是住在他隔壁的男孩罗曼·布克斯鲍姆（Roman Buxbaum），他开始收集和保存蒂奇以非常不屑的态度对待的作品。在布克斯鲍姆的纪录片《退休的泰山》（*Retired Tarzan*）中有一个精彩的片段，蒂奇快速浏览了一下自己作品的样品，然后把它们扔到了地上的粪土堆里。布克斯鲍姆写了第一篇关于蒂奇的文章，这直接促成了2004年由馆长哈拉尔德·塞曼（Harald Szeemann）在塞维利亚举办的蒂奇个人展览，以及后来蒂奇海洋基金会的成立，还有现在的巴黎展览。

正是蒂奇人生故事的这种童话性质，让他的生活具有潜在的阴暗或不安特质。这是一个偏执的老人，有精神病史，未婚，无子女，习惯于节俭的生活，自己不需要钱，他的作品和遗产都已经交给他人处理，那些人最后发现自己竟然掌控了最有价值的艺术品。这种情况不可避免地会变得复杂，因为艺术品之所以具有某种知名度和价值，全有赖于监护人所付出的诸多努力，而这些人正在蒙受公然的指责，因为他们有利用蒂奇作品自谋私利的嫌疑。电影《午夜时分》后来也引发了公众的舆论抨击，观众批评说，保德拉斯实际上并不是电影所描绘的无私奉献者。总而言之，就这件事情而言，要不是布克斯鲍姆和蒂奇海洋基金会，我永远也不会听到蒂奇的故事，你们也根本不可能读到我写的这篇有关蒂奇的文章。

蒂奇晚年的康复情况可能是摄影史上最极端的案例，但也并非完全是前所未有的。2006年，霍彭巧妙地将蒂奇和雅克·亨利·拉蒂格的照片放在一起，发现两人的作品以几种显著的方式彼此重叠。拉蒂格于1894年生于一个优越的家庭，在还是个孩子时，他就开始拍照。13岁的时候，他突然有了一个"新的想法：我应该去公园给那些戴着最古怪、最漂亮的帽子的女人拍照"。一年后，他公然宣称："关于（女人）的一切都很迷人——她们的衣服、气味，还有她们走路的方式。"这些热情的探险结果被这个年轻男孩粘贴到自制的画册中，而男孩的远大抱负是继续发展成为一个画家。这个愿望最终没有实现，但拉蒂格一直坚持拍摄，这是他最好的消遣和享受。直到1963年，当他快70岁的时候，拉蒂格才发现自己的作品在纽约现代艺术博物馆展出，他也被追溯为现代摄影的创始人之一。

除此之外，还有贝洛克的照片（其中有些已经严重受损），拍摄的是20世纪20年代在新奥尔良的妓女，这些照片差点被历史遗忘，最后因为李·弗里德兰德的发现被带回到大众视野。弗里德兰德对威廉·盖德尼去世后其作品的复活也起到了关键的作用。盖德尼也是一位自娱自乐的隐士型摄影师。贝洛克和蒂奇的不同之处在于，前者显然与他拍摄的女性关系亲密而友好；即使蒂奇那张古怪的远景照片使他能够与拍摄对象依偎在一起，表现出一种令人怀疑的亲近，他的照片也充满渴望地注视着一个将他排除出局的世界。无论照片中的女人们注视他、斥责他，还是对他的靠近视而不见，摄影师都是绝对遥不可及的。在摄影师和照片上的女人之间，经常会有一排栏杆，这进一步强化了二者不可跨越的距离。虽然照片上显示的只是当地游泳池的栏杆，但它给画面增添了一种强烈的窥视感，如同囚犯透过牢房的栅栏往外偷看一样。

由于展览在巴黎进行，此刻我还想提及一件关于这个城市的个人逸事。1991年的夏天，我去巴黎住了一阵子。当时天气异常炎热，我连一个人都不认识，正处在孤独和性挫折的折磨中。我的公寓就像深渊一样难受，所以每个下午我都在公园溜达，一方面期待和希望能跟一个享受日光浴的女人攀谈，另一方面又害怕骚扰她们，每天都在这样的矛盾中踌躇煎熬。与此同时，其他男人也**在**做我想做的事情，坐下来和女人聊天——也不会总是被女人打发说要离开。我记得当时简直被击垮了，一个关于欲望的简单数学题，我竟然找不到答案：世界上有这么多女人，找到一个怎么会这么难呢？问题本身其实已经包含了答案，正是让你心动又使你痛苦的**那一个人，**那个只有百万分之一的可能碰到的人,除数学家以外的人称之为爱。

蒂奇的作品就像那个充满了期待的夏天,那种渴望和期待延续了一生,直到最后都具有一种坚忍的放弃或流亡的品质。有些照片充满了色情和浪漫,这一点不亚于任何同类照片。如果说有什么不同的话,那就是在网络色情时代,这种感觉更加强烈,因为尽管蒂奇的作品剪辑生硬,取景随意,但它们**包含**了欲望的合理背景,以及挫折和束缚,而这些正是充满诱惑和欺骗的网络色情世界所缺乏的要素。

并非**所有**蒂奇的作品都和女人有关。他有时也随机拍一些物体,比如他在一条晾衣绳上偶然碰到的东西,只是刚好绳子上挂满了要晾干的胸罩。当蒂奇没有在游泳池周围溜达或潜伏时,他会给家里的女人拍照,从电视上抓拍她们。"人们说我对女人想得太多了,"另一位艺术家曾经评论道,"然而,还有什么更重要的事情要考虑呢?"这位艺术家就是罗丹[①]。然而有时候,蒂奇单纯的思维暗示着一种关系,即他与文化图腾柱下的人物——比如本尼·希尔[②]——具有某种血缘关系。当蒂奇在公园里看到一群妇女在伸展四肢、锻炼身体时,由此拍摄的影像就会咯咯地

[①] 奥古斯特·罗丹(Auguste Rodin,1840—1917),法国雕塑艺术家,对欧洲近代雕塑艺术的发展有着重要的影响。代表作品有《思想者》《青铜时代》等。

[②] 本尼·希尔(Benny Hill,1924—1992),英国喜剧演员。

笑起来，表现出无法抑制的欢乐。但是，高贵与低俗之间的区别并不容易维持，当然，蒂奇著名的捷克同胞，也几乎是同时代的作家米兰·昆德拉的小说中，有些段落具有本尼·希尔式的喜剧效果①。两者的作品都表现了大量的性爱——在昆德拉的小说中是参与，在蒂奇的照片中则完全是偷窥——其实都是在历史唯物主义之下选择的一种心照不宣的逃避。

不同的男人往往会被不同生理特质的女人所吸引，有人喜欢苗条，有人喜欢丰满；有人迷恋金发女郎，有人钟情黑发美女。在蒂奇看来，裙子里面的一切都很美妙，当然，不穿裙子的裸体女人更吸引人。哪怕是看到一位身形高大、中等身材的女人穿着一条不讨人喜欢的长裙，弯下腰跟车里的人说话，这也不错，对蒂奇同样具有吸引力，可以拍摄。他会真心诚意地支持加里·维诺格兰德于1975年出版的街拍画册的标题《女人是美丽的》。如果十年后写的文字可以当作提供语境的补充题词，那么一些针对维诺格兰德的批判性攻击也许可以就此避免。"年轻的时候，女人是美丽的，几乎所有的女人都如此。"约翰·伯格的作品《欧罗巴往事》（*Once in Europa*）中一位老年女性叙述者如是说，"不管一张脸的比例如何，不管她的身体是

---

① 作者意指将严肃的主题用滑稽可笑的方式表达出来的喜剧风格。——译者注

瘦弱还是沉重,在某个时刻,尽管非常短暂,女人绝对拥有美丽,这是成就女性的特质和力量。有时当这样的时刻来临时,我们自己都不知道,但美丽的痕迹依然存在。"这就相当于蒂奇所说的决定性时刻——由于上述所有原因,这个时刻无法被可靠地捕捉到。很多时候拍摄都是偶然和随意的。"当我做某件事时,它必须精确,"蒂奇说,"准确地说,镜头并不精确,但也许这就是艺术所在。"

蒂奇的拍摄艺术与技术上的局限密切相关,他作品的不完美之处在许多层面上都显而易见。至少在同名电影上映并被稍许破坏的情形之前,鲍勃·迪伦的歌曲《我不在那里》(*I'm Not There*)是所有盗版唱片中最珍贵的一首,尽管(或许正因为)歌词不完整,有些地方甚至都听不见。作曲家迈克尔·皮萨罗[①]曾动情地提到了这一效应:"这就好像是发现了一种语言,或者说听说了一种语言,听到了它的一些词语、语法和声音,在他理解这种语言之前,就开始使用一套未成形的工具来讲述他一生中最重要的事件。"或者,把这些陈述转换成视觉术语,蒂奇希望利用胶片捕捉他生命中最重要的时刻——但由于这些时刻缺乏清晰度和明确的定义,它们很容易成为任何人或所有人的人生痕迹。

---

① 迈克尔·皮萨罗(Michael Pisaro, 1961—),美国作曲家、吉他手。

歌曲《我不在那里》的价值也是它的稀有之处：这首歌几乎不存在，只是一种不完整的形态。在整个20世纪，图像的制作速度逐渐加快，然后随着数字技术的传播，稀缺或任何节约生产的概念就彻底消失了。蒂奇的照片——他似乎没有冲印太多相片——具有某种经历视觉大屠杀后幸存下来的文物的质量，因为当时只有这些"破旧的痕迹"（再次引用伯格的用词）被保留了下来。这些照片与威廉·亨利·福克斯·塔尔博特[①]的早期照片有些相似，都给人一种惊奇感，都似乎在感叹像摄影这样的事情竟然实现了。因此，蒂奇的作品体现了一种特殊的时间压缩感。从表面上看来，作为一个摄影领域的开拓者，他不去缓慢地拍摄花朵或雕像，而以某种方式快速拍摄穿比基尼的年轻女孩！所以这些照片既是在预示未来，也是在留存回忆。约翰·厄普代克（John Updike）写道："记忆也有斑点，就好像胶卷并不是直接浸在液体里冲洗，而是会被冲洗者弄皱。"化学污渍、漂白剂和其他瑕疵使得蒂奇的照片看起来像记录了他高度个人化的人类普遍渴望——因为这种记忆正在逐渐消失，很难将它们与可能永远不会实现的欲望进行区分。

作为一个物种，我们的生理特性几千年来都恒定不

[①] 威廉·亨利·福克斯·塔尔博特（William Henry Fox Talbot, 1800—1877），英国科学家、发明家和摄影先驱。

变，这解释了蒂奇影像的原始吸引力。但这种生物学上的必然性长期以来已经被艺术进行了改进、完善和调解，有时还受到艺术的挑战。尽管只用拼凑起来的设备拍摄，这位年迈的偷窥者和准艺术学生仍然意识到这种被记录的传统手势，因此他的照片在最佳状况下，呈现出一种维米尔[1]作品的风格，虽然有猥亵之嫌，但也不乏精致和平衡。

为了迅速理解蒂奇的作品，我们可以将他看成另一个表现粗俗的库尔贝[2]。1866年，应一位土耳其外交官之邀，库尔贝绘制了一幅精心剪裁的女人腹部和生殖器的特写，并称之为"世界的起源"。从代表性的角度来看，在蓬皮杜艺术中心展出的第一批蒂奇作品几乎是失败的。在某些时候，你可以分辨出一个女人的形状——像星云一样难以捉摸和充满暗示。其他时候，照片中只有从无边黑暗中出现的模糊光线和原生质体。如果你能够回到历史的黎明，回到宇宙形成之初的风起云涌，蒂奇的作品也许就是你可能看到的景象。

写于2008年

---

[1] 约翰内斯·维米尔（Johannes Vermeer, 1632—1675），荷兰风俗画家，"荷兰小画派"代表。——译者注
[2] 居斯塔夫·库尔贝（Gustave Courbet, 1819—1877），法国画家，现实主义美术的代表。

可取之处：托德·希多[①]

谈论托德·希多的**拍摄方法**是很有意义的。所谓《漫游》(*Roaming*)，就是回顾过去，看看哪些路径被探索过，哪些路径还没有被尝试：有些作品回望了过去的拍摄历史（事实上可以一直回到画意派摄影最初朦胧的黎明时期）；有些作品模糊晦涩，看不清具体路向；还有些作品暗示着未来或许会出现的视觉可能性。摄影作品《房屋闹鬼》[*House H(a)unting*] 正是揭示了这些路径的某些方向，即摄影道路的尽头最终可能抵达的家园。偶尔，希多会走进事发现场，发现一些被丢弃的生命迹象：一张被玷污的床垫、一条地毯上的毛巾，但就是不见人的踪影。作品的标题里好像缺失了什么东西：词语"闹鬼"(*hunting*)中的

[①] 托德·希多（Todd Hido, 1968— ），美国当代艺术家、摄影师。

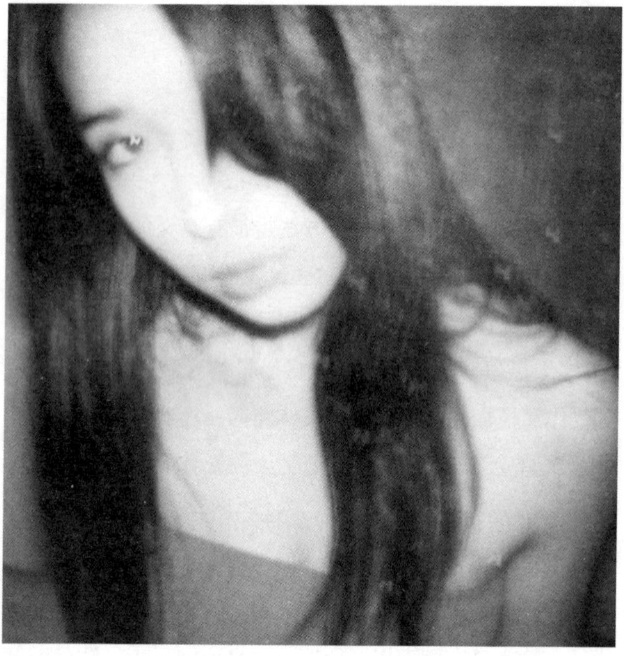

所有元音字母都在，唯独缺失了那个安静地潜伏在字母h和u之间的看不见的字母a①。因为缺少一个字母，这张照片令人产生一种心神不宁的感觉，但这也是照片整体效果不可分割的一部分。

这些灯光明亮的窗户，其外观包含一种现代而民主的美国方式，让人不由自主地产生联想，想起黄昏维多利亚大厦里收藏的阿特金森·格里姆肖②的画作。格里姆肖的作品依赖于家庭生活的悖论：要感激和欣赏房子里面的一切，最好的方法就是想象从外面看起来它是什么样子（这也是为什么人们将窗帘拉开的原因）。穿过希多照片上的门廊，任何让人感到舒适的承诺都会被打破——我们看到照片上随处散落的东西都是如此。

一个具体的外部世界（作为一种定场镜头）与相邻的内部世界到底是何种关系，这一问题还在摸索和探讨中，没有被最后确定下来。准确地说，这种关系不仅没有被确认，反而引起了更多的怀疑，也往往出现更多的门路（作为答案）。1971年，纽约现代艺术博物馆举办了沃克·埃文斯的作品回顾展，难怪惠特曼在作品目录上专门题词："我不怀疑内部之内还存在内部，外部之外也还有外部，

---

① Haunting才是"闹鬼"的意思。——译者注
② 约翰·阿特金森·格里姆肖（John Atkinson Grimshaw, 1836—1893），英国画家。以其都市风景画闻名。

而视野范围内还有另一种视野……"

这些建筑物的居民——如果说是虚构的——在作品《两者之间》(*Between the Two*)中最终出现了。我们已经跨越的门槛似乎是物理的存在，但它其实更微妙，将纪实材料与心理构建分离开来。我们真正能发现自我的内部世界只存在于摄影师的头脑中。换言之，步入希多作品中的建筑，就像发现一个曾经塞满东西的抽屉，里面除了一张照片以外空空如也，这是扔掉其他东西后留下来的一张相片（我猜这与编辑工作是恰好相反的两种过程吧）。这张照片无疑具有自身的秘密性质，包括任何秘密，特别是性爱秘密。那么性爱秘密的典型特征是什么呢？这一点尽管因人而异——譬如有人奇怪地偏爱一种颜色和式样的内衣——但基本上也都差不多。这种普遍秘密的另一个名字叫作潜意识。

这并不是要贬低个人对实现自己特殊目的的重视。希多告诉自己的模特："戴上假发，穿上鞋子，像那样把腿挪过去，接近我心里的理想状态。"结果照片同时记录了这个理想和一个与之有距离的失败。实现这一视觉效果所要求的设计难度相当大，即方式不能完全达到期望。情景设置的人为性（雇用的模特就像妓女，尽管不是性工作者，而是为了艺术献身）；搜索旅馆作为拍摄场地，因为这不会让人想起任何具体的地方；高端相机配有三脚架、大底片，曝光时间不方便。说实话，照片处理需要更多的功夫，才能将这些俗不可耐的东西提升一些层次。

希多几乎不可避免地把事情推向一个更高的阶段，他用任何人都可以使用的相机抓拍生成了一些照片，以补充《两者之间》中作品所使用的大格式和沉思图像，用相机自带的令人炫目的闪光取代了仔细调制的自然光。那些《漫游》中的标志性图像，电线杆向不确定的远方逐渐消退，这种视觉上的刺激让他决定继续保持风格并坚持走下去（这种粗略的探索早有先例，最引人瞩目的是埃文斯使用宝丽来相机在晚年拍摄的大量照片——他起初只是将这种相机视为"玩具"）。这样做的结果就是使作品看起来像是迫不及待要发生的事故。

人们非常熟悉这种情景，不管是对照片中的女人（模特），还是男人（摄影师）来说，都是近乎典型的场景。洛丽·摩尔[1]的小说《阿纳格拉姆斯》（*Anagrams*）中，叙述者回忆了许多情节，有些可以用来作为这些图片的解说：

> 之前已经有三次，我丈夫让我脱下不同的衣服，摆出各种姿势进行拍摄。第一次，我只穿着靴子，戴着他的一条领带；还有一次，在浴室里，我将一条红

---

[1] 洛丽·摩尔（Lorrie Moore，1957— ），美国小说家。以其短篇小说闻名。

色的毛巾有意识地披在身上，只盖住一边的乳房；最后一次是在厨房里，我只穿着胸罩。今天也是如此。我认为自己之所以这样做是因为我爱他，但也可能是因为我在房车里长大，觉得人们在房子里就是如此生活，房子的作用就是如此（作者特意标记以示强调）。

就男人而言，这种思想就是让自己的女朋友或者妻子既像她自己，同时又像别人，就像杰伊·麦克伦尼[①]的作品《亮度下降》(*Brightness Falls*)中的一个男性角色有两个最基本的需求："阴部和奇怪的阴部。"闪光灯的突然倾斜完成了这一点，但是这样做也让女性陷入困境——不仅是她们在真实身份和虚构身份之间的认知困境。黛安·阿布斯在20世纪60年代初拍摄《选美皇后》时也注意到了类似的矛盾。让阿布斯感到困惑的是，这些姑娘们"不断犯下致命的错误，而这些错误其实就是她们自己"。

就像希多的模特们穿戴的衣物一样，"致命"这个词很恰当，也很有启发性。因为这些美丽的图片有令人毛骨悚然和莫名其妙，往往给人一种阴魂不散的不祥之感，如同某个女人X或者Y在消失之前留下的最后一张遗照。类似这样的感觉一直弥漫在照片的概念中，即巴特所说的

[①] 杰伊·麦克伦尼（Jay McInerney, 1955— ），美国小说家、剧作家、编辑。

"死者的回归"。如果是这一点让人感觉特别强烈的话，一部分是因为希多总使用老式相机，同时需要使用与相机配套的陈旧胶卷（他倒是存储了很多这样的胶卷）。准确地说，照片真正拍摄的时间和它们看起来的样子存在着一些差异。这一点也不奇怪，因为某些拍摄技术与特定的时期有着不可磨灭的联系。由此可见，女性被困的方式还有另一个层面：不仅仅体现在身份认同（是真实身份还是被建构的身份）和拍摄地点（相片内部女人的实际处所和作品外部观察者解读的未经证实的拍摄地）上，也体现于**时间之中**。

考虑到各方面的因素，难怪这些妇女显得如此脆弱。相机**提出**了它自己不能回答的问题。更确切地说，由于存留的旧式胶卷，作品以两种略微不同的时态提出了相同的问题：它们已经变成了什么样子？它们将来会变成什么样？

从历史的角度来看，女性已经被鼓励要变成男人所期待的样子。但即使是那些尽一切努力把自己完全贬低以满足男性要求的女性，也仍然保留了她们自己的一些特性，从她们还是孩子的时候起就是这样了，就算那点好不容易保留下来的**可取之处**成为了瑕疵（关于这一点，阿布斯同样看得非常清楚）。我们曾怀疑这些可能是失踪者的照片，与此相矛盾的是，作品同时强化了另一层暗示，即我们看到的也许是幸运的幸存者——这一点本身与我们早先的感觉一致,即某一图片不知什么原因幸免于被丢弃和遗失的命运。

在很多场合中,希多都表达过他一直坚持的观点,即"童年恐怖的根源往往变为成年后吸引人的原因"。关于这些照片,希多提到,有一次他看到父亲在拍母亲的半色情照片,但需要强调的是,这不是一条单向街道,或者说单向拍摄。那些困扰、纠缠和激励着希多拍摄的因素,很有可能在模特身上同样发挥着有力的作用。至少在一部分照片中,摄影师和模特之间合作的张力的结果,表现为吸引力和恐惧感的相互作用。

写于2008年

伊德里斯·汗[1]

批评有时也能达到艺术的境界,某些艺术作品也是一种评论或批评的形式。罗兰·巴特的作品《明室》(*Camera Lucida*)对摄影作品的沉思是前者的经典案例。如何创造性地回应一本书,若这本书深刻地塑造了人们如何看待媒体的方式?一位作家可能会觉得只能听从乔治·斯坦纳的伟大建议,"写一本书作为回应"。但如果你不是作家,而是个摄影师呢?如果你按照巴特的方式用**写作**的方式去**创造**艺术呢?

伊德里斯·汗的反应是把书的每一页都拍下来,然后用数码方法将它们组合成单个复合图像。这种对《明室》(英文版)致敬(即以文为图进行编辑的方式)的结果是催生了漂亮的重写本:一行行打字的模糊条纹,其中偶尔

---

[1] 伊德里斯·汗(Idris Khan, 1978—),英国艺术家。

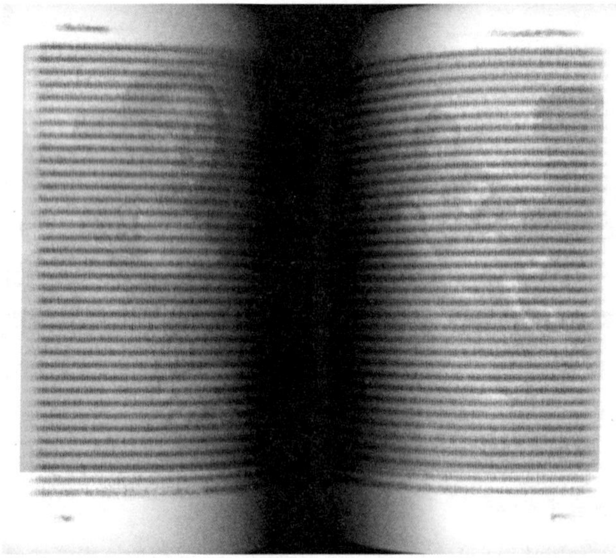

有几个单词能被识别出来，还能瞥见巴特复制的一张图像，以及由柯特兹制作的一幅蒙德里安①的画像。汗对苏珊·桑塔格的专著《论摄影》（*On Photography*）也做了同样的处理。整本书可以在瞬间被看到，但信息的密度如是安排：桑塔格优雅的构想累积起来——然后缩略内容——最后变成了一团低吟浅唱、无法辨认的提取物。文本和汗的影像之间无疑存在距离，虽然这种距离很小。但如果书本重新发行时在封面加上汗对作品的解读（以此代替作者的照片？），这种差距会进一步缩小。

这部作品不仅仅是关于摄影的书籍，汗也拍摄了照片。贝恩德和希拉·贝彻②编制了一份建筑类型的综合清单，比如各种毒气塔，所有这些建筑都以质朴、中性的风格拍摄。"每一个……贝恩德和希拉·贝彻列举的监狱毒气罐"都把汗的合成作品中僵硬的几何形状转换成一团模糊的、振动的物质。与其说这是一张照片，倒不如说这更像是一张为颤抖的铁浆所作的炭笔素描画。

所有这些——关于桑塔格、巴特、贝彻——都是我看

---

① 皮特·蒙德里安（Piet Mondrian, 1872—1944），荷兰画家。非具象绘画的创始人之一。

② Bernd & Hilla Becher, 为贝恩德·贝彻（Bernd Becher, 1931—2007）和希拉·贝彻（Hilla Becher, 1934—2015）夫妇, 德国观念艺术家和摄影师。两人共同合作, 以其工业建筑物主题的摄影图像和类型学摄影而闻名。

到的由汗创作的早期作品。显然,他在有意做点什么。要更好地理解他这样做的意图,可以去维多利亚·米罗美术馆一探究竟。这是汗在英国的首次个人展览,实际上这次展出的每件作品都是某种形式的组合艺术,但展览获得了**诡秘**的成功,使得这一概念的范围和深度得以扩展——这里使用双关语"诡秘"(uncanny)是不可避免的选择。

弗洛伊德在他著名的文章中提到"同样事物的不断重复"是"诡秘"的症状。在汗为企鹅出版社最新版的每一页所拍摄的照片中,中间的黑色沟槽悸动着,就像一种预感,或是对视幻艺术空白的记忆。这会让你怀疑,除了精神分析,弗洛伊德还提到了罗氏墨渍测验[①]。在背景中出现了汗讨论的两幅画:莱昂纳多(Leonardo da Vinci)的肖像画《蒙娜丽莎》(*Mona Lisa*)以及《圣母子与圣安娜》(*The Virgin and Child with St. Anne*)。这两幅作品透过像雨刮一样移动的朦胧字体,投出一种无意识的凝视。它只是一本书——只是一本书的一张照片——但它像有生命的物体一样跳动着脉搏。

汗于1978年出生于英国伯明翰。他母亲曾经学习和

---

① 由瑞士精神科医生、精神病学家赫尔曼·罗夏创立,是非常著名的人格测验,通过向被试者呈现标准化的由墨渍偶然形成的模样刺激图版,让被试者自由地看并说出由此所联想到的东西,然后将这些反应用符号进行分类记录分析,进而对被试者人格的各种特征进行诊断。——译者注

接受训练成为一名钢琴家,但后来做了护士的工作。汗的父亲是一名医生,母亲认识父亲后皈依了伊斯兰教。让伊德里斯把《古兰经》的每一页都拍下来,是父亲的想法。既然大部分人都相信,世界的复杂性可以通过这本书来解决,那就有一定的理由把事情更推进一步,即将整本书浓缩为单一的方式并将之呈现出来。我没有资格谈论第一次浓缩的结果,但第二次进一步的缩减结果确实令人费解,尽管看起来还是很漂亮。每一页边缘的图案都变成了一个黑色的实体框架,这样整本书的视觉效果,就像人们经常对摄影的评价那样,成为了一扇通往世界的窗户。在这个框架内部——刚性的、不可改变的、确定无疑的东西——都在不断变化。固定的意义融化在一片明亮的灰色毛毛雨中。正如唐·德里罗笔下的一位叙述者所说的那样,面对阿拉伯语中如同漩涡一般的字母,文字是"设计,不是用来读的,仿佛是一些无法接受的启示的一部分"。

通过与具体可见物相结合的媒介工作的摄影师,必然执着地专注于拍摄那些不可见的东西。因为母亲的训练,音乐在这方面对汗有着明显的吸引力。"努力聆听……跟着路德维希·凡·贝多芬的奏鸣曲",这是一位作曲家对所有钢琴乐谱的一幅图画,那一团难以理解的黑色物质是贝多芬日益失聪的一种视觉呈现。

每一种艺术形式都有其独特的优势和局限性。文字和音乐随着时间的推移而不断地展开,摄影记录的是瞬间的光影。通过类比，摄影可以挑战一个不可能的问题：在这种情况下，如果你能在瞬间听到贝多芬奏鸣曲的每一个音符呢？这种情景**看上去**会是什么样子？当回忆一首自己熟悉的乐曲时，我们不是经常只想到它无形的整体效果，而不是记起零散的一节一段吗？

人们常说，摄影师将时间凝固，但汗的做法恰好相反。这一点可以在他对艾德沃德·梅布里奇①于19世纪80年代的运动研究（有充分证据显示，该研究是弗朗西斯·培根的灵感源泉）的合成艺术作品中看得很清楚。梅布里奇使用快门速度将动作分解成按时刻递增的片段，使动作变得平稳。但汗把这些孤立的时刻序列整合成一个单一的图像，将凝固的不同瞬间重新**解冻**化开后再混合在一起。梅布里奇严格而机械地记录一个人起床的动作，将之变成了一种无意识地从身体中站立起来的景象，看起来就像一场行走的梦幻。这相当于亨利·富塞利②的作品《噩梦》（*Nightmare*）的摄影版，肉体之外的体验成就了肉体——反之亦然。

为了更多地了解艺术家的工作方法，一些绘画已经被

---

① 艾德沃德·梅布里奇（Eadweard Muybridge，1830—1904），英国摄影师。以其运动摄影方面及电影放映上的开创性工作而闻名。
② 亨利·富塞利（Henri Fuseli，1741—1825），瑞士画家、制图员、艺术家。

X光扫描，以便让人们看到经典杰作的最初版本。汗的照片是一种反向X射线，通过吸纳大量信息而裸露呈现。将伦勃朗（Rembrandt）所有自画像的眼睛组合起来，将它们缩小到相同的尺寸，并用数码方法将之重新整合在一起。汗有效利用具有曝光时间的摄影技巧来延长艺术家的生命。"伦勃朗本人"提供了一种类似于画家在临死那一刻通过照镜子凝视自己的体验；那一瞬间，在他那双深邃而黝黑的眼睛面前，闪现出他一生以来一直紧张地自我审视的证据。

正如大多数有相当创意的艺术家一样，将这些散文进行视觉浓缩的做法也有先例。最近的例子是菲奥娜·班纳①的画作，她亲手将一部电影改写为语言，这样就可以在一个瞬间、在一块画布上看到（但不是阅读）整部电影。20世纪70年代，日本著名摄影师杉本博司（Hiroshi Sugimoto）开始拍摄空荡荡的电影宫殿和免下车餐厅。杉本博司使用的曝光时间相当于影片的放映时间，他将屏幕上的任何东西——汽车追逐、谋杀、背叛、风流韵事——全部浓缩为一个闪亮的时刻。诚然，最卓越的先驱往往是最早的实验者。这些先例使得我们能够在更广泛的历史和当代背景下看待汗所处的环境和所用的艺术方法。

---

① 菲奥娜·班纳（Fiona Banner, 1966—　），英国艺术家。她的作品包括雕塑、绘画、装置和文字。

19世纪末期，一些潮流"科学"——如面相学、优生学、种族分类学——得以发展，警方和国家也试图隔离可能引发犯罪的不同类型，两者的结合进一步凸显了摄影技术作为工具的重要性。1882年，弗朗西斯·高尔顿[①]在其著作中宣称："要发现任何种族或群体的中心外貌类型特征，几乎找不出比综合肖像更合适的方法了。"他制作的被定罪的罪犯的合成肖像充分显示，他们"不是罪犯，而是容易犯罪的人"。在法国，阿瑟·巴图[②]使用类似的技术制作了"人物肖像类型图"，以确定特定种族、部落或家族（也包括他自己的家族）的外貌特征。巴图评论说，这些复合艺术品是"无形的图像"（这很有可能是汗自己嘴里说出来的话），这些图像充满了我们在汗的作品里也能感受到的幽灵一般的氛围。

在哪一点上值得强调汗既是艺术家，又是摄影师呢？对于目前的一些从业人员来说，将自己定位成艺术家而不是摄影师的优势可以概括为几个字的骗局：冲印大张相片，少买一些作品以获利更多。以我的经济状况来判断，汗和目前工作的任何年轻摄影师一样，都是艺术家——若不将他当作一个摄影师，简单地看任何其他的可能性，他

[①] 弗朗西斯·高尔顿（Francis Galton，1822—1911），英国气象学家、博物学家、人类学家。
[②] 阿瑟·巴图（Arthur Batut，1846—1918），法国摄影师。航空摄影的先驱。

也只能是一位艺术家了。在同样直接的意义上来看，他还是一个概念艺术家，虽然仅仅看他的艺术作品很难清楚地发现这一点。许多当代英国艺术以概念自诩，其智力深度堪比戏水池，也堪比氦气球的重力；而汗的作品内容密集、意义深刻，而且具有多层次的结构（"多层次"可从字面意义理解）。

危险的是，这个合成艺术品可能会变成他的惯用小把戏，他可以将每一本书的每一页，甚至每件东西的每一部分都这样处理。"2002年夏天在欧洲各地旅行时拍摄的每一张……照片"都似乎是一种毫无意义的新奇事物——没什么可看的。这种作品的相对失败表明，当汗的方法应用于已经存在的艺术品时，其效果会更好。你几乎可以听到有些书籍在召唤汗艺术化的合成处理。当然，在他合成博尔赫斯的故事《阿莱夫》（*The Aleph*）的每一页之前，这只是一个时间问题。《阿莱夫》故事的叙述者发现了地点，一个"世界的所有地方，从各个角度看都可以共存"的地方。不用说，并不是每件事都能同样有效地引起他的注意。加里·维诺格兰德说，他拍一些照片是为了"找出什么东西看起来像被拍摄过"。当汗选择处理已经存在的图像时，他会以一种调解的方式，同样对可能出现的东西随机产生兴趣，并受这种好奇心的驱使去完成艺术创作。我猜，一旦形成初步的发现，就会有相当数量的东西被处理，然后被丢弃。与他壮观辉煌的成功之作《卡拉瓦乔：

他的最后几年》(*Caravaggio: His Last Years*)相比,付出这样的代价实在不值一提。据约翰·伯格所说,这位画家创作了15部后期作品,描绘了一个"在隐匿中展示自己"的世界,并在黑暗中发现了一个前景,即世界已然变成了一个混乱的由空洞实体组成的万花筒,一个不断旋转的光的纽结。

在这些消极的发掘过程中,一种形式的自我审问正在发挥作用,正如汗的"发现"所质疑的那样,积累既能揭示本质,也能掩盖本质。"每一张……英国泰特艺术中心的威廉·透纳①明信片"都把这些伟大的光影之作转变成了一种在沼泽的暮色中凝固的变形蘑菇汤。然而,有什么东西在黑暗中隐约地闪烁着,那可能是什么呢?

瓦尔特·本雅明声称,制作泰特艺术中心明信片的过程不过是简单的机械复制,汗将这一技术推向了极端,这样做的后果就是剥夺了艺术作品的"光环"。具有讽刺意味的是,汗对复制的执着和迷恋反过来又为作品投入了一种深藏不露的光彩。与巴特关于照片与众不同的概念一致,这同时也是汗添加到原作中的东西。不管怎样,它已经存在于作品中了。

写于2006年

---

① 威廉·透纳(William Turner, 1775—1851),英国浪漫主义风景画家。他的作品对后期的印象派绘画有极大影响。

爱德华·伯汀斯基[①]

不管这些照片是挂在华盛顿的科科伦美术馆的墙上,还是出现在斯蒂德尔(Steidl)出版的配套书籍中,《石油》(*Oil*)中的图片都让观众直接面对一些巨大而令人不安的问题。我们怎么能继续如此大规模的生产呢?我们为何要继续这样毫无节制地消费呢?难道我们还没有到止步说"够了,早就够了"的时候吗?我们已经养成了一定程度的奢侈和浪费习惯,这种生活方式可以持续下去吗?简而言之,像这类具有较高思想和价值的爱德华·伯汀斯基的作品,我们还有能力得到多少呢?

我这里有点开玩笑的意思。伯汀斯基于1955年生于加拿大安大略省。在20世纪80年代中期,他鼓足干劲,

[①] 爱德华·伯汀斯基(Edward Burtynsky, 1955—),加拿大摄影师、艺术家。以其大幅面工业景观照片闻名。

利用巨大画幅拍摄出了作品《铁路》（*Railcuts*）和《矿山》（*Mines*）中的彩色景观，这些地方的原始自然景观已经被经济发展的力量所吞噬。然而，这种情况造成的后果不仅仅是伤残或破坏，还有潜在奇迹的来源。到2003年他举行个人作品回顾展和发行书籍《人造景观》（*Manufactured Landscapes*）时，伯汀斯基已经将拍摄范围扩大到采石场，孟加拉国的废船拆卸场，油田、炼油厂、堆积垃圾的填埋场……

伯汀斯基的作品与其他艺术摄影师的作品有明显的相似之处。就像理查德·米斯拉赫，特别是他正在进行拍摄的《沙漠之歌》项目中"20号亡命之地"的那部分作品，伯汀斯基创作的图片也非常漂亮，且不可避免地带有政治或生态目的，但不算太引人注目。这些图片永远不会被归结为一种相互矛盾的信息，它们本身总是很有说服力——这一点通常令人困惑。例如，有些采石场几乎由抽象的大理石块组成，漂浮在平坦而静止的绿色湖泊中。奇怪的是，坚硬的灰白色石头上有垂直的沟痕和纹路，使得它们看起来像是波浪式的克里斯托[1]包装。即使有人或工具帮助我们探测物体的方位，这样的规模也很难令人理解。在某些情况下，对景观的破坏过于严重，以至于我们长久以

---

[1] 克里斯托·贾瓦切夫（Christo Javacheff, 1935— ），保加利亚包装艺术家。

来依赖于视觉定位的理念——线性视角——已经被摈弃了。从生态角度看待这一改变,我们可以得出这样的推论,即人类正在目睹一些事情的发生,这些事情所产生的后果就算不是完全前所未有,也是未来无法估量的。原来,这一前景的模板是由奥古斯特·桑德①在1932年拍摄的一张特别的采石场照片提供的,这张照片上也还有很多人,它直接将观众推进了令人眩晕的画面中。换句话说,伯汀斯基的当代视野是对过去摄影作品创造性挖掘的产物。卡尔顿·沃特金斯、威廉·亨利·杰克逊②、查尔斯·席勒③等摄影大师直接为伯汀斯基的作品提供了信息和灵感。与此同时,这些前辈的作品一方面受到了带有尊敬的质疑,另一方面也通过伯汀斯基的作品重新焕发生机。从我们以上的标准来看,伯汀斯基无疑是一个具有原创意识的艺术家,这一判断也完全符合T. S. 艾略特的观点:"(原创艺术家必须)积极延续一部分传统,同时通过自己的贡献将传统资源进行改造和重组。"

---

① 奥古斯特·桑德(August Sander, 1876—1964),德国摄影师。因拍摄大量写实人物摄影而闻名,被誉为"德国人性的见证者"。
② 威廉·亨利·杰克逊(William Henry Jackson, 1843—1942),美国画家、地质调查摄影师、探险家。
③ 查尔斯·席勒(Charles Sheeler, 1883—1965),美国画家、商业摄影师。他被公认为是美国现代主义的奠基人之一,曾发展出一种被称为"精确主义"的"准摄影"风格的绘画。

若要补充一些关于《石油》中陈列的大量珍贵作品的背景知识,可以非常方便地在画框外添加两条随意的评注。第一条是雷蒙·威廉斯的报道,他回忆起一位矿工说的一句话:"他是那种早上起床就按开关,希望灯亮起来的人。"另一条评注来自我和一位女士的谈话,她在1991年第一次海湾战争期间帮忙照看我在新奥尔良租的一套公寓。她反对战争,因为她认为战争的真实起因是美国对石油不间断的需求。我问她我是否可以再多要一条毛毯,因为晚上有点冷。"哦,"她回答说,"你应该把暖气开大一点。"

简而言之,《石油》中的照片力图使人们看到两种对立的世界观之间的无形联系,一种世界观是以资源稀缺为前提,另一种世界观则以无限的财富为前提。伯汀斯基提供了大量的图像,从油田到炼油厂、公路、城市、工业区,资源回收利用场以及最终的垃圾废物。这显然是一位认真而执着的艺术家所做的一项令人钦佩的、至关重要的和精心策划的项目。

既然如此,人们为何要回避它呢?

部分问题在于,作品名义上的主题——实际使用的原材料——都过于普遍,最终成为了伯汀斯基个人作品回顾展的备选标题。尽管这是摄影作品展,但其实相当于将新诗和精选诗合编成一个版本,其中有最爱的旧作(做了稍微不同的排列），又补充了一些新的诗歌。当然，这些照片中没有采石场或铁路，但孟加拉国的拆船厂仍未停止工作，轮胎桩和密实的油桶还在那里……公平地说，照片中出现一点资源回收场景也没有问题，但相比之下，画册《人造景观》中的作品提供了大量的视觉可能性，《石油》总体上来说带给人一种视觉饱和感。它们**是**新的事物（对我来说，无论如何都是新的），而且有一些还非常棒，尤其是《失衡生活》①那样的像意大利面条似的纵横交错的高速公路，还有延伸到无限的城市景观。但一旦怀疑的情绪开始渗入——怀疑伯汀斯基是在拍摄石油和气候变化的危机，就像一个人在顺畅地完成一份公司报告——作品就被证明具有危险的腐蚀性。

长期以来，伯汀斯基一直热衷于拍摄相同的无休止地复制后的东西，不管是工厂同一种长凳上坐着的人，轮胎，还是货运集装箱。的确如此，他拍摄任何反复出现的事物。个别的例子或许还不错，但在《石油》中，我们不断看到几乎完全相同的事物被反复拍摄的例子：多个版本的不同汽车，多个版本的像蝗虫一样的油井架……我们刚明白了摄影师的用意，然后这种意图又一次次通过照片重

---

① 《失衡生活》(*Koyaanisqatsi*)，高佛雷·雷吉奥（Godfrey Reggio，1940— ）于1982年执导的纪录片，借用蒙太奇的手法，将自然景观与工业文明进行对比，以此表达对现代社会中工业化进程的忧虑。

复体现，这些照片变化微小，近乎是一种放纵般的不断重复，导致整部作品充满了一种令人不舒服的膨胀感。

伯汀斯基总是避免在自己拍摄的岩石上触礁，但他的事业却隐藏着自我夸耀的潜在可能性。在《人造景观》的采访中，他承认自己确实有一种冲动，想要寻找"事物最大的标本和案例——最大的煤矿，最大的采石场"。伯汀斯基——更确切地说，是一张伯汀斯基的照片——被"大规模的行动"所吸引，正在成为一部作品。事实上，照片使人身临其境，观众也许能感受到像景观摄影师自己那样接近体育场的岩石。但也有类似的亲密感的损失，即双方都同样依赖规模和奇观，并且仅仅依赖奇观的那种规模。当然，现在伯汀斯基要创造一些照片，起重机或直升机或许是必不可少的，但起重机也非常容易成为一个指挥台。

《石油》邀请我们饥肠辘辘地浏览伯汀斯基史诗般的作品目录，接着狼吞虎咽般地欣赏一幅又一幅图像，警告我们资源稀缺时代即将到来，资源抢夺战也已经迫在眉睫。但这不只是数量问题，也不只是一件特别好的东西出现太多次的问题，有些个别图像实际上看起来非常糟糕。对微妙色彩的把控一直是伯汀斯基的强项之一，无论是柔和的、生锈的、熔化的，还是燃烧的色彩，他都能把握到位。但他在艾奥瓦州的沃尔科特拍摄的卡车司机露营的照片，还有在南达科他州的斯塔吉斯拍摄的一个停车场接吻音乐会的照片，里面高亮的颜色看起来显得有些庸俗。诚然，这些活动可能算不上地球上最优雅或最低调的集会，但就像哈姆雷特在他对母亲不忠的咆哮中所表现的东西一样，伯汀斯基已经被他观察到的东西所玷污，并沉迷其中，以至于他**不能**避免对马丁·帕尔[①]的挖苦和讽刺。他太傲慢了，所以无法做到这一点。同时，伯汀斯基在博纳维尔盐滩上拍摄的人群和高速驾驶者的照片也比不上同时代的摄影师米斯拉赫的作品，因为缺乏后者体现的那种精细和近乎荒凉的优雅。这些照片倒是提醒人们，伯汀斯基很少拍摄出以人为主题的优秀作品，除非……

实际上，我要在这儿停下来反驳一下即将要提出的观点。其中一张照片显示，孟加拉国有一群拆船工人散布在一条接近单色、被石油浸湿的海岸线上，他们肩上有一条长长的链条，他们从图片的一端走到另一端。这幅作品就像约翰·辛格·萨金特[②]的画作《毒气战》（*Gassed*）一样，有一大群失明的士兵列队行进，后面的士兵将手放在前面士兵的肩膀上。萨金特的作品似乎被转移到了另一个世界，在那里，苦难是家常便饭，每一个普通工作日，人们都过着类似于斯多葛派标准的禁欲生活。这是一张壮观

[①] 马丁·帕尔（Martin Parr, 1952— ），英国纪录片摄影师。他的社会纪实作品风趣幽默，在人们心中留下了深刻的印象。——译者注

[②] 约翰·辛格·萨金特（John Singer Sargent, 1856—1925），英国艺术家、肖像画家。

的照片——也许"涂了油"吧？——但给人的总体印象依旧如此：在大多数情况下，伯汀斯基拍摄人们都是为了凸显他们所从事工作的超常规模，这反过来也证明了作品所表现出来的超越人类的重要性，尽管画面中出现了人！那些被拍摄的人只是被无休止地复制的标本，这一点强烈地吸引了伯汀斯基去拍摄。在作品《中国》(*China*) 中，伯汀斯基拍摄了一张照片，用深度透视法呈现了一群远近不同的身穿黄色马褂的工人，他们在漳州一条布满黄色工厂的街道上奔波。尽管比不上保拉·皮维[①]2005年在伦敦弗里兹艺术博览会上发表的颇具争议的作品《一百个中国人》(100 *Chinese*，照片中，一百个中国人站在一个房间里) 那样脱颖而出，伯汀斯基的这张以中国人为主题的作品也非常成功和引人注目。此后，他决定尝试类似的东西，例如在斯特吉斯的闹市区拍摄一群骑自行车的人。早些时候，我将他的作品和体育场的岩石做了比较；但通过这张照片，伯汀斯基成立了完全属于自己的翻唱乐队。在我看来，结果似乎完全没有价值或目的，除非它是世界巡回演唱会上的另一场演出，名为《石油》。

写于2009年

[①] 保拉·皮维 (Paola Pivi, 1971—)，意大利多媒体艺术家。擅长运用摄影、雕塑等艺术技巧。

透纳和记忆

我不太确定这是不是我要谈论的那幅画。

三四年前……这里要先说明一个有关记忆的问题。虽然感觉就像三四年前的事,却不一定真的离我们那么近。由于时间飞逝,近几年来,每当我回忆好像是几年前发生的事情时,最后发现这些事情实际上在上个世纪就发生了。所以当我说三四年前的事情时,那可能已经是八九年前的陈年往事了。

无论记忆是否准确,在过去十年中的某个时刻,我在英国泰特现代艺术馆消磨时间——不管时间过得多快,总是有些奇怪的事情需要以某种方式加以处置——并偶然碰到了透纳一家人。透纳是一位特别多产的艺术家,所以我们总能发现他的新作品。这一次,我记得那幅吸引我眼球的作品是在某个房间或地窖里展示的人物图像,作品中的人物面对着明亮而强烈的光线。

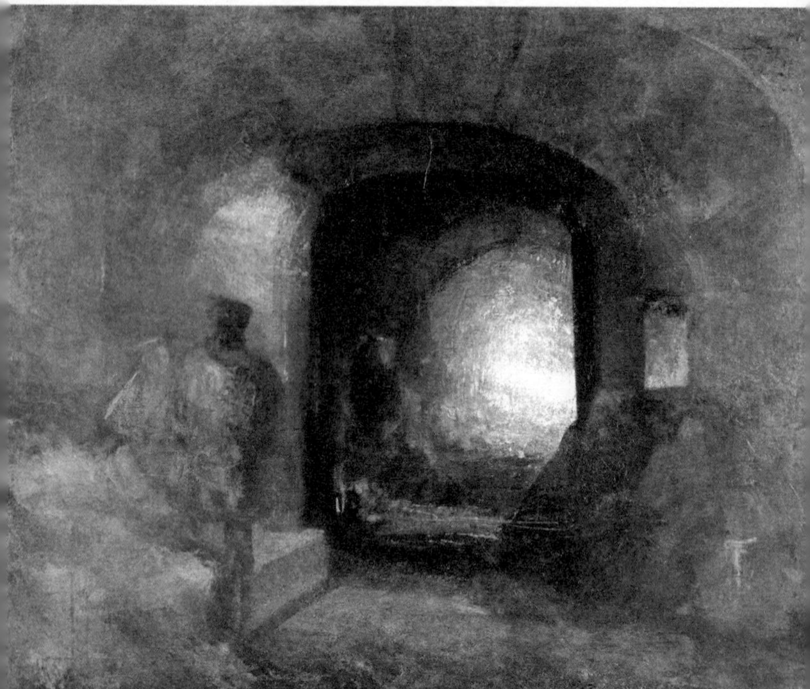

虽然我不记得具体是什么时候发现这张图片的，也不清楚这幅画究竟是什么样子，但我清楚地记得第一次看到它时的那种震撼。我记下了一些笔记，但后来一直没有找到，也没有时间好好地写一篇关于那幅作品的文章。我可能打算把这幅图片用在小说里，想象出一种情景：有人在画廊里或在复制品市场里遇到它，或者发现自己在作品所展现的真实场景中。

这是什么样的场景呢？20世纪90年代末，我在先锋派对上度过了几个夜晚，这些场所的环境——比如伦敦大桥附近洞穴状的铁路拱门——与画作中的建筑十分相似。在通常情况下，会有一大堆杂乱的房间，它们的确切布局很难进入恒久的记忆。你从一个房间走到另一个房间，每个房间都充满希望，房间里发出的光和声音传达出一种礼节，带着某种迷人而神奇的东西。通常，灯光会让其他派对爱好者看上去没有具体的身形，而是一团散开的光谱。走近每一扇拱门，你都仿佛是站在呼唤心灵启示的门槛上，这种心灵的启示类似于透纳通过画作同时承诺并拒绝透露的某种特殊意义。

既然我们在这里谈论的是记忆，我不知道这些词——**房间**、**门槛**、**启示**——是否立即向你暗示了另一种文化产物……

没错，是安德烈·塔可夫斯基（Andrei Tarkovsky）的《潜行者》（*Stalker*）！在引导教授和作者穿过禁区之后，

"潜行者"将他们带到房间的门槛处,在那里,他们心灵最深处的愿望将会被实现。在被赋予这一决定性的光照的边缘,他们犹豫了一下,又折回来。在启示的地方有不确定性,也有怀疑。

人们经常观察到,塔可夫斯基的作品中反复出现的那一地带,其荒凉之美是对切尔诺贝利周围30公里的禁区的想象,在那个地方,被损坏的反应堆被密封在所谓的石棺中。罗伯特·波利多里①在2003年出版的《禁区》(*Zones of Exclusion*)一书中所拍摄的切尔诺贝利的照片中,有许多可能会成为塔可夫斯基胶卷的底版。

透纳的画作中,暗光源看起来并不自然,特别是因为里面的一切都表明它是一个地窖,是某种地牢。它是纯粹的光能的散发,依照D. H. 劳伦斯的说法,这是艺术家"孜孜以求"的湮灭之光,这种光好像"为人的身体输血,直到人体隐约消失,最后只剩下一丝血迹"。对劳伦斯来说,这是一种明确而具有决定性意义的启示之光,代表了透纳的终极想象和远大抱负,"一个白色辉煌的表面,结束的时刻和开始的瞬间一样发出白光,从虚无走向虚空,尽管经历了各种不同的颜色"。

---

① 罗伯特·波利多里(Robert Polidori, 1951—),加拿大裔美国摄影师。以其对建筑、城市环境和室内装饰的大型色彩图像而知名。

我记得看到的这幅画,表现的就是透纳在朝着这个向他招手但却不能实现的目标前进——或者说是被这个目标所**吸引**。这幅作品给人的视觉上的表达,正如雪莱1821年在诗歌《阿童尼》(*Adonais*)中表达的对超越的渴望,即"永恒的白色光辉"。

除此以外,还有其他的方式,使得这幅画本身看起来像一篇文章,或者说会被人理解为文章。

我们对艺术作品的记忆是独立的,但这同时也取决于作品本身。那么记忆到底在多大程度上独立,又在多大程度上依赖于作品呢?这两个因素的比率也许不能由我们变幻莫测和有缺陷的记忆来决定,而得最后看作品本身的特性。所以也难怪这幅画没有让我印象深刻,不像任何一幅卡纳莱托①或霍尔拜因②的作品,给我留下准确而长久的记忆。

假设这里复制的图片**就是**我在以前的某一时刻看过的作品,这上面的墙壁也不够真实。此外,照片中的人物也很虚幻,其中最真实的莫过于那一束融化的光。所有其他的东西,所有的固体,看起来都仿佛要融化成空气。作品的内部图景被画在一幅风景的视图上,这样它就像是一张

---

① 卡纳莱托,原名乔凡尼·安东尼奥·康纳尔(Giovanni Antonio Canal,1697—1768),意大利风景画家。
② 汉斯·霍尔拜因(Hans Holbein,约1497—1543),德国画家。最擅长油画和版画。

模糊的X光片,展示出形成的过程。这幅画是一份重写本,似乎包含着早期存在版本的痕迹或记忆。它显然还没有完成,在变成成品的过程中被暂停了。创作的位置背景既没有说明,也无法确认。画作的标题《建筑里的人物》(也许是透纳或者目录编辑者的缩写?)太不明确,几乎没有提供任何信息。所以创作该作品的准确时间也不得而知,大概是在1830到1835年间吧。根据透纳的在线目录,这是"透纳在没有任何明确方向的情况下延续历史主题的几部作品之一,就好像他在画布上即兴移动画笔,希望一个主题自动出现"。换言之,连艺术家自己当时都不知道作品要表达的主题,他只是持续创作,希望获得前所未有的新启示。

考虑到这一切,我不能清楚地记得这幅画的样子,也就不足为奇了——这实际上是**不可避免**的。这不正是这幅画的意义所在吗?一些无法被消化吸收的艺术和生活体验?尽管这幅画有许多模糊之处,但它是对两次拒绝行为精确而清晰的描绘(这两次拒绝在塔可夫斯基的电影中都有类似的体现)。首先,世界永不停息地拒绝屈服于各种表现手段,如果它屈服了,我们面临的将不是历史的终结,而是艺术的终结;其次,某些艺术作品拒绝被还原为记忆。我认为这正是该画作令人难忘的地方。

这幅画已不再在英国泰特现代艺术馆展出。它又再次回到了地窖里，正如画作中的那束光，作品也应该在那里闪耀着光芒。

写于2009年

美国式崇高

"崇高"这一艺术概念已经跟过去不一样了。18世纪,埃德蒙·伯克[①]用这一术语涵盖了"所有适合激发痛苦或危险的想法,也就是任何可怕的东西,不管它们以什么形式存在"。康德修正了这种"令人愉悦的恐怖",认为崇高还需要"一种超越的参照尺度……一种可与自身媲美的伟大"。部分原因是,艺术史上引发这种原始恐怖的风景已经为人们所熟悉,哥特式的艺术风格原有的意蕴也已经逐渐消失,导致"崇高"这个词逐渐意味着一种优雅感和无边际的来源,正如华莱士·史蒂文斯[②]在《美国式崇高》(*The American Sublime*)中所说:

[①] 埃德蒙·伯克(Edmund Burke,1729—1797),爱尔兰政治家、演说家、作家、哲学家。
[②] 华莱士·史蒂文斯(Wallace Stevens,1879—1955),美国现代诗人。

> 一个人习惯了天,
> 习惯了风景和其他东西,
> 崇高便回归为精神本身,
> 崇高是一种精神和空间,
> 是虚灵空间的空灵精神。

史蒂文斯的诗没有在展览或相关目录中被提及,但是英国泰特现代艺术馆的画展"美国式崇高:1820—1880年的美国风景画"揭示了这种转变是如何开始的。这是一场激动人心的画展。让这次画展尤其特别的是,参展的许多艺术家直到近期才被发现并归为二流画家。对于美国当地的绘画历史来说,他们虽然非常重要,但和欧洲的艺术大师克劳德(Claude)、弗里德里奇(Friedrich)、约翰·马丁[①]、康斯太勃尔[②]、透纳等相比,只能算是名不见经传的小人物。虽然艺术家弗雷德里克·埃德温·丘奇[③]和托马斯·科尔[④]有相当的声誉,但在1979年,艺术史学者休·

---

① 约翰·马丁(John Martin, 1789—1854),英国浪漫派画家。
② 约翰·康斯太勃尔(John Constable, 1776—1837),英国风景画家。
③ 弗雷德里克·埃德温·丘奇(Frederic Edwin Church, 1826—1900),美国风景画家。
④ 托马斯·科尔(Thomas Cole, 1801—1848),美国风景画家。被认为是哈德逊河派的创始人。

奥纳（Hugh Honour）总结了评论界的共识，他认为："美国艺术家在描绘山脉和幽谷时的画作很少能超越18世纪欧洲创建的呈现崇高风景的模式。陈旧的技巧被不断重复，一直延续到19世纪末，这一点和欧洲的情况一样。"画展"美国式崇高"正是要为这群美国的本土画家正名，展示出每个画家如何用不同的方式调整和改善那套欧洲的风景画模式，以适应完全不一样的新世界。这也正是这场展览至关重要的潜在活力：是保持现有传统，还是迎头挑战，开始描绘全新的地貌？艺术家必须做出选择。

托马斯·科尔在1835年写道，"美国风景画家"发现原始森林和瀑布保存得如此完好时，一定感到狂喜。这些美丽的地貌风景从创世以来好像从未改变过，似乎在专门等待艺术家手中受天国恩宠的画笔的到来。但遗憾的是，在艺术家的画笔下，这些山水美景具有明显的欧洲风格。尤其引人注目的是，第一批参展的作品中有一幅艾希尔·布朗·杜兰德①的《美国荒野》（*The American Wilderness*），看起来就像布满荆棘的英国乡村，这幅画也完全可以在英国的赫里福德郡完成。而另一幅贾斯珀·弗朗西斯·克罗普西②的《斯塔鲁卡高架桥》（*Starruca Viaduct*）同样不可

---

① 艾希尔·布朗·杜兰德（Asher Brown Durand，1796—1886），美国风景画家。哈德逊河派画家之一。
② 贾斯珀·弗朗西斯·克罗普西（Jasper Francis Cropsey，1823—1900），美国重要的哈德逊河派风景画家。

避免地让人想起自克劳德以来大家都熟悉的罗马坎帕尼亚区被毁坏的洼地。

金融发展和地域扩展项目都提供了推进艺术向前的动力,美国正在努力寻找有效管理和使用新资源的途径。寻找新的方式来构建美国式景观,便成为这项努力的一部分。约翰·巴雷尔[①]在英国风景画中通过对农村穷人的描绘,真实地体现了当时严峻的经济现实。那么类似的情形同样可能在美国发生,并且同样可以被用来说明美国风景的阴暗面。然而,能够表现美洲原住民命运的证据几乎被彻底遗忘,在绘画作品中没有留下任何痕迹!哪怕少数作品中出现了几个印第安人,这些零散、孤独的土著居民,置身于这片广袤雄伟的土地背景下,也显得微不足道。他们的形象远比不上那些光荣的美国人,后者象征着勇敢的开拓精神。也正是这种精神,最终无畏至近乎灭绝印第安人的地步。

即使面对无人居住的风景,如同"天气专家"一般的画家(再次引用史蒂文斯的说法)可以在作品中大量表现关于内战即将到来的启示,其中一个例子就是丘奇1866年创作的《荒野暮色》(*Twilight in the Wilderness*)。蒂姆·

---

① 约翰·巴雷尔(John Barrell, 1943—),英国学者,主要研究18世纪和19世纪初的英国历史及文学。

巴林格[1]发表了两篇优秀的画作评论文章,其中一篇就指出:"直到战争结束,在1866年的作品《热带雨季》(*Rainy Season in the Tropics*)中,丘奇才又一次在荒野拍摄出壮观的双重彩虹,这是团结的象征。"而在1865年的作品《飘扬在空中的国旗》(*Our Banner in the Sky*)中,天空本身似乎也宣誓效忠于国旗:角落里闪闪发光的天空,加上一层层黄昏的云彩,形成了一种壮观的气象结合体,组成了古老而光辉的星条旗。

丘奇并不是唯一一个在他画面的场景中随便设置历史预兆和符号的艺术家,科尔在这一方面走得更远。他的五部作品系列《帝国历程》(*The Course of Empire*,1834—1836)中有两幅作品值得一提,这两幅风景画被改编成一部寓言电影,艺术家以画面为背景创作了一部好莱坞风格的罗马史诗,这部影片不仅没法限制预算,剧本也很糟糕,就算戈尔·维达尔[2]加盟也不能避免悲剧的发生。大家可以参看第五幅画,这幅画被命名为"荒凉"(Desolation)倒是十分恰当。

这种语境下的电影一直伴随着我们。19世纪绘画中延伸的水平视野在20世纪西部片的电影镜头中被延续了下

---

[1] 蒂姆·巴林格(Tim Barringer,1965—),英国艺术史教授。
[2] 戈尔·维达尔(Gore Vidal,1925—2012),美国小说家、剧作家,多部作品被改编成电影。

来。我本来希望能有更多的家园安置在牧场,《紫色圣人骑士》(*Riders of the Purple Sage*)之类的要素出现在画面中,但阿尔伯特·比尔兹塔德①对印第安人激动人心的描绘,再现一个印第安人勇敢地杀死"那头最后的水牛"(1889)的作品,显然在艺术史上到来得太晚了。他早期那幅令人震惊的作品《穿越平原的移民》(*Emigrants Crossing the Plains*,1867)那个时候还没有出现,也令人伤心。画面上,一列货车驶向火红的落日,这幅电影胶片般的油画倒是提醒我们,在许多展出的画作中,日落景象富有启示,但又具有一种不可避免的模糊特征,甚至是自相矛盾的特性和意义。

夕阳通常预示着衰落以及事物的终结;然而,在19世纪的美国,它是诱人的象征,象征着向西扩张的昭昭天命。1854年,丘奇在巴尔港画的日落与他同一时间在苏迪克半岛上创造的日出在气象景色上没有什么差异。人们可以看到,太阳落山的画面虽然是美国的风景艺术,但实际上并未脱离长期占统治地位的欧洲绘画的影响,这种影响通过立体绘画风格作品的回归来维持。但与此同时,这些作品也预示着一个独立的美国未来,即美国绘画艺术的**黎明**。画家们可能开始试图将美国欧化,但是,正如史蒂文

---

① 阿尔伯特·比尔兹塔德(Albert Bierstadt,1830—1902),美国风景画家,以描绘美国西部风景著称。

斯简洁地指出：

> 他们不可能完全移植约翰·康斯太勃尔，
> 我们的溪流也拒绝了暗淡的学院风格。

这是怎么发生的，具体在哪里发生的呢？总体上来说，越往西走，美国风景就变得越来越缺少欧洲的影响。的确如此，比尔兹塔德1872年的作品《优胜美地山谷的教堂岩石》(*Cathedral Rocks, Yosemite Valley*) 看起来完全就像阿尔卑斯山，就像今天加州的纳帕山谷让人回想起意大利的托斯卡纳一样。请原谅我这样直言不讳，但内华达州、亚利桑那州和新墨西哥州的风景看起来一点也不像英格兰或欧洲其他任何地方。正是在这里，在美国西部的沙漠里，崇高这一艺术概念在地形上获得了重要的延伸意义。

1898年，42岁的艺术历史学家约翰·查尔斯·范·戴克[①]骑着一匹马来到科罗拉多沙漠，并穿越到更远的地方。三年后，他出版了《沙漠》(*The Desert*) 一书，对所看到的一切进行了描述和反思。值得一提的是，那个时候人们普遍认为沙漠对于见识过文明社会的眼睛或头脑来说，不能提供任何有用的价值和养分。人们要么觉得沙漠

---

① 约翰·查尔斯·范·戴克（John Charles Van Dyke, 1856—1932），美国艺术史学家、评论家。

的特点就是缺乏一切，没有任何景观值得一看；要么只能将沙漠简单地想象成撒哈拉地区广阔的沙丘。范·戴克对这些传统的假设感到非常不屑。"我们从哪里得到这样的想法？为何总是认为沙漠仅仅是一片沙海？"他反而认为，迄今为止一直被认为是令人厌恶的沙漠的"荒凉"实质上构成了一种崇高。"崇高是一种最高层级的美，在这一点上，没有任何地貌可以与沙漠相提并论。"毫不夸张地说，这是一种富有远见的认识，以至于他提出的问题"谁能描绘出沙漠灿烂的光辉……还有它奇妙的色彩"一直都没人能提供答案。范·戴克——以及伴随他诞生的关于崇高的新理念——得以继续发展，甚至超越了当时**绘画领域的边界**。

前面还有什么？一言以蔽之，摄影。

比尔兹塔德和丘奇等画家都特别留意相机应用于艺术的前景。正如画家托马斯·莫兰①的哥哥略带夸张地形容的那样，相机的优势在于它没有"伪造和扭曲创造者的作品"。简而言之，相机拍摄的作品没有多少想象的空间。1859年，比尔兹塔德和弗雷德里克·兰德②上校一起旅行，对落基山脉南部的道路进行了调查。尽管面临技术上的困

---

① 托马斯·莫兰（Thomas Moran，1837—1926），美国哈德逊河派风景画家。
② 弗雷德里克·兰德（Frederick Lander，1821—1862），美国探险家、诗人。

难,他们还是拍了许多立体照片。在这一点上,他为卡尔顿·沃特金斯这样的摄影师开创了先例,后者将陪同并记录政府和铁路公司未来二十年的地形考察工作。这是美国风景摄影的第一个伟大时代,也是"美国式崇高"所涵盖的风景画创作的后半个时期。到19世纪末,两者都陷入了图案的衰落时期:风景画似乎已经山穷水尽,走到了发展的尽头;然而摄影很快就会恢复,继续扛起绘制崇高地形的大旗。这一点可以通过比较两种对美国景观的反映体现出来,摄影艺术的能力超过了所有人的想象。

一位目击者回忆说,1863年,当比尔兹塔德第一次在科罗拉多州的落基山下看到芝加哥湖泊时,他"什么也没说,但脸上的表情表现出了极度的兴奋和活力"。比尔兹塔德急切地想把这一幕记在心里,于是他"开始摸索套在骡子身上的绳索",因为这匹骡子驮着他全部的"绘画装备"。他很快就开始绘制草图,后来这些草图经过加工打磨,变为1866年的作品《落基山脉的风暴——罗莎莉山》(*Storm in the Rocky Mountains—Mt. Rosalie*)中所呈现出来的那种神圣的庄严感。比尔兹塔德对这一"光辉景象"的反应与爱德华·韦斯顿[①]在1937年首次前往死亡谷时的反应相呼应。正如他的情人查里斯·威尔逊(Charis Wilson)所回忆的那样:"爱德华激动得发抖,几乎不能把相机装

---

① 爱德华·韦斯顿(Edward Weston,1886—1958),美国摄影师。

好，我们那时候只能惊叹：'天哪！不可能！'"

不可能吗——但确实如此。这似乎是不可想象的美景——但这就在眼前，而且摄影机也能证明这一点。换句话说，在这种独特的摄影和独一无二的美国地貌面前，我们目睹了纪实作品的崇高。从逻辑上来看，这种艺术传统或者说发展轨迹，在理查德·米斯拉赫的作品中达到了高潮。

米斯拉赫认为范·戴克对他的作品有重要的智力方面的影响。最近，在内华达州和犹他州的沙漠地区磨炼了自己的技术技能，完善了自己的艺术视野后，他出版了一本相册，不管从艺术风格还是从具体的拍摄位置来看，这些作品都展现了你想看到的美国最西边的风景。在伯克利山上的门廊上，米斯拉赫拍了数百张合成方式完全一样的金门大桥的照片。在某种程度上，金门大桥相当于一个当代人造的游客云集的尼亚加拉大瀑布。就像丘奇1857年的大型作品《尼亚加拉》(*Niagara*)成功地超越了这一景点广为人知的标志性一样，米斯拉赫用相机为一个被过度拍摄的主题找到了新的呈现角度。我确实如此认为。那层笼罩在桥上的光环沐浴和缠绕着桥身，像是跨越了庞大的桥体，不仅为大桥镶嵌了框架，还使大桥**相形见绌**；作品中这种光的处理方式，同样具有深刻的历史意义。在英国泰特现代艺术馆展出的每一幅图片的天空在某一时刻好像都落在了湾区，在丘奇的一幅作品中甚至还出现了彩虹！所有这些——即使是那些完全抽象的作品，画面上只有空气、颜色和光线——都证明了一个可以被检验的事实，即在那一刻，景象的确如此。我们已经抵达艺术上真实而绝对的崇高，不可能再继续向前了。

写于2002年

石头的觉醒：罗丹

我从来没有对罗丹有过直接的兴趣，但有很多其他的趣味让我开始关注罗丹的作品。在某些方面，他是我一直坚持敦促自己的力量源泉。如果我叙述自己如何走进罗丹作品的这一旅程，能替代我对源泉本身的描述吗？

我第一次在《艺术与革命》(*Art and Revolution*)中读到了罗丹，这是约翰·伯格的著作，内容有关俄裔雕塑家恩斯特·内兹韦斯特尼（Ernst Neizvestny）。罗丹对内兹韦斯特尼的影响很大，但在讨论这两位艺术家的作品之前，伯格对雕塑与空间的关系进行了全面论述："可以将雕塑比作冬天的树，因为一棵树在生长的过程中，其形式是一直变化的，这种改变隐含在它们的外形和造型中；所以，雕塑与周围环境的关系，似乎也应该被理解为一个不断调整和适应的过程。"伯格接着又将雕塑、建筑和机器进行了比较，最后才详细地论述了雕塑存在的方式：

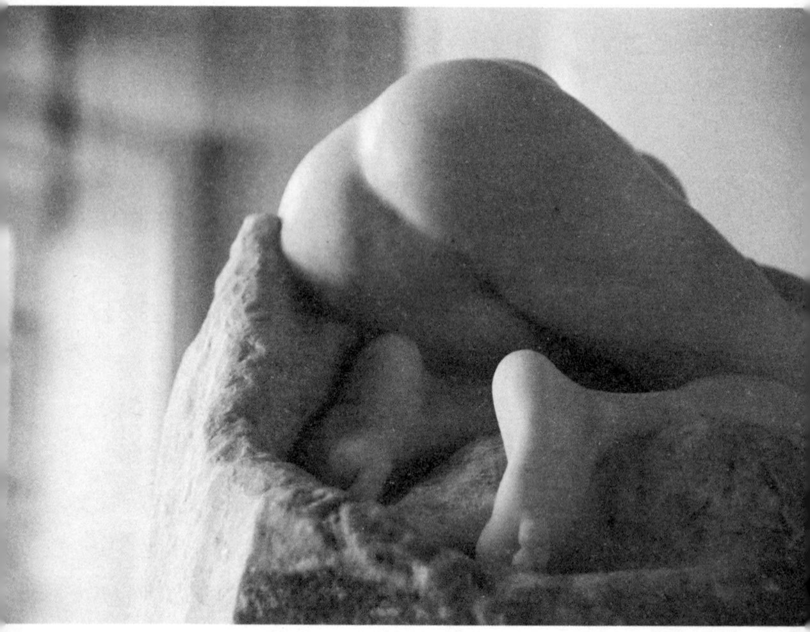

雕塑的存在方式似乎与其周围的空间完全相反。雕塑与空间的边界是确定的，它唯一的功能就是用空间来赋予自己意义。雕塑作品不会移动或变得相对，它以各种可能的方式强调自己存在的有限性；也正因是这种有限性，引发了无限性的概念，挑战自身的存在。

我们感知到雕塑与空间之间的完全对立，将艺术作品的承诺努力转化为时间。这种与时间的对抗，正如雕塑与空间的对抗，其性质是一样的。

从那一刻起，我便开始关注雕塑，并对雕塑作品感到好奇——哪怕只是以一种模糊和被动的方式认识雕塑。

接下来我发现了罗丹与里尔克的联系：里尔克于1902年抵达巴黎，并写了一部关于雕塑家的专著。"今年秋天我要到巴黎来看你，深刻感受一下你的创作。"里尔克在那年6月告诉罗丹。尽管双方语言交流上有障碍——当时里尔克的法语很差，罗丹也不会德语——这位年轻的诗人在遇到罗丹时，还是被这位雕塑大师的作品迷住了。里尔克在罗丹的公司待了很长时间，一个月内写完了一本关于他的书，并在第二年的三月恢复了他逍遥的旅游生活。罗丹起初对这本书并不感兴趣，但当他1905年读到这本书的法文译本时，忍不住热情地写信给里尔克，称赞"他的作品和才华影响了很多人"。在表达了对作者的爱和钦佩后，罗丹邀请里尔克留在自己位于默东的居所。几个月后的重聚是里尔克所期望的一切，他发现自己不仅亲自参与了罗丹一轮繁忙的活动和财务安排，而且还成为了它们有力的组织者。这种进一步的交往看起来是合乎逻辑的——也或者是一个令人不解的不合逻辑的发展——毕竟，一位诗人不太适合成为雕塑家的秘书。在起初一段时间内，这一安排运作良好，但里尔克很快就感到他的工作负担过重。1906年5月，罗丹发现秘书过于熟悉自己与一些朋友的通信，于是当场解雇了他。里尔克也受到了伤害，他将自己痛苦地描述为"偷偷摸摸的秘书"。

十年前，我读了里尔克的书，不是因为书的内容与谁相关，而是因为书的作者引发了我的兴趣。事实上，这种区别也没有什么意义，因为这是一位天才作家对另一位天才艺术家的独特讲述，就像里尔克自己对露·安德烈亚斯·莎乐美[①]说的那样，"（书中）也谈到了我"。如果说这一点在著作写完之后变得更加明显，那是因为里尔克和罗丹的早期接触对他后来的职业生涯产生了决定性的影响。从罗丹那儿，里尔克开始确信不断工作的绝对重要性，也收获了对一项事业坚定不移的奉献精神。显然，是

---

① 露·安德烈亚斯·莎乐美（Lou Andreas-Salomé，1861—1937），俄罗斯作家、哲学家、心理学家。

罗丹建议他"走出去观察一些东西——比如植物园里的一只动物,要一直看着它,直到你能用它写出一首诗"。作品《豹》(*The Panther*)可能是这个建议的直接结果。更普遍地说,里尔克努力将他认为雕塑家最独特的品质,即创造**事物**的能力,直接翻译成"关于物的诗"①。要做到如此,意味着不只是简单观察事物而已;对于罗丹而言,"甚至可以毫不夸张地说,事物的外表与人无关,观察者真正需要去感受的,是事物的**存在**"。

罗丹唤醒了里尔克创作诗歌的欲望,这些诗歌不过是罗丹雕塑的语言版,这一点非常明显。《雕像之歌》(*The Song of the Statue*)就记录了这种渴望:

> 从石头中被带回生命
> 带回得以救赎的生命

在第一次参观罗丹在大学路的工作室时,里尔克对一件叫作《晨星》(*Morning Star*)的浮雕作品感到震撼。"一个年轻姑娘,额头被雕刻得非常清晰,饱满、甜美、明亮、朴素。在石头的深处出现了一只手,遮住了刚刚苏醒

---

① Dinggedichte,一种新的写诗方式,在这种诗歌形式中,一个物的客观现实和它对应的主观视角相互关联,对事物的精确视觉描述同时也成为了事物内在生命的体现。——译者注

的男人的眼睛，为他挡住亮光。这些眼睛几乎**生长**在石头上，眼里流露出的似醒未醒的表情非常奇妙。"第二天，里尔克第一次参观默东的亭子时，已经筋疲力尽了，因为展出的物品数量太多，雪白耀眼的雕塑让他的眼睛都受到了伤害。里尔克推测罗丹的天赋和工作灵感的来源，想知道他年轻时在卢浮宫和其他地方看到的古董："有些石头睡着了，人们觉得它们会在某个审判日醒来，那些石头身上没有什么人类的痕迹；还有一些石头表现出一种动作、一种姿态，精神饱满地停留在原地等待，期待有一天某个路过的孩子将它们视为上帝派送给人类的礼物。"罗丹本人在作品《法国大教堂》(*Cathedrals of France*)里，表达了自己对雕塑的信仰：雕塑是"将灵魂刻入石头的咒语"。看着那些哥特式的雕刻作品，他惊讶地说道："雕刻家应该有能力用石头抓获真正的灵魂，并将之囚禁万年。"罗丹说，有时一块木头或一块大理石看起来就像"已经在里面包含着一个人体，我的工作就是凿开粗糙的石头，找出那个隐藏其中的人体"。在《我是美》(*Je Suis Belle*)铜像的基座上，罗丹刻下了另一位诗人波德莱尔的诗句，开头就是"我美如石头之梦"。

从以上一大堆的引用中可以看出，这些相互联系的想法之间的关系并不固定——实际上不像刻在石头上的艺术品那样稳固。石头到底是监禁还是包含着人体，它究竟是在睡眠、做梦，还是苏醒并获得重生？其实并没有非此即彼的固定答案,更可能的答案是介于两种选择之间,或者说是一种流动灵活而充满韧性的想法。石头中包含着人体,而一旦人体从石头中被释放出来后,又反过来把活着的人囚禁在石头雕像中[①]。里尔克自己也说过——无论是在他的诗歌中还是在他描述罗丹的著作中——他的任务就是同时记录下来各种不同的意义,包括在静止石头中愈挖愈深的内在梦幻感,还有不断的觉醒和浮现的生命。虽然米开朗琪罗也谈到雕塑就是要将人体从石头中解放出来,但罗丹和他不同,因为罗丹实际上并没有亲自雕刻,所以使得这一过程变得更加复杂。准确地说,罗丹是个模型制造者,他先用手做泥塑,接着从泥塑中打造出模具用来铸造石膏版,有了人体石膏版就可以做出其他模具了,最后一步就是铸造青铜基座。罗丹所有的大理石作品其实都是由助手雕刻完成的。换言之,雕塑过程中有一系列的限制和自由、囚禁和释放、积极面和消极面、内外思想的不断倒转。正如里尔克简洁地总结说:"必须在内部找到创作环境。"

让自己投入并沉浸在罗丹的工作中,里尔克获得了一种强烈而直接的体验,觉得自己所经历的事情意义重大,以至于后来他在诗歌《记忆》(*Memory*)中暗示了这种感

[①] 因为活着的人不理解雕塑,所以像是被作品囚禁了。——译者注

觉在回忆中如何出现的情况。诗歌《记忆》和《雕像之歌》都发表在1906年第二版的《图像集》(*The Book of Images*)中:

> 你苦苦等待,只为一件事的到来
> 它会无限增加你的生命
> 它强大有力,能量惊人
> 石头的觉醒
> 为你呈现了存在的深度
> 书架上,文卷闪烁着
> 金褐色的光芒
> 你想起走过的土地
> 想起图片和裙子
> 想起又一次失去的女人
> 突然,你明白了苦苦等待的东西
> 你站起来,欣慰地发现
> 一年来的恐惧、形式和祈祷
> 早已烟消云散

将过去想象为未来,将长期预想的事件想象成已经发生,这在某种意义上是继承了罗丹的创作方法,即把外部想象为内部,认为正在形成的表面事物其实隐藏在其他事物的深处。里尔克反复地回到这一要点:"动作的流动性……发生在事物内部,就像内部电流的循环。"在描述罗丹的技术时,里尔克写道:"慢慢地,探索性地,他已经从内部向外移动到表面;现在,一只手突兀地凭空伸展出来,精确地测量和限制表面,好像这只手就是从内部伸出来一样。"威廉·塔克(William Tucker)在其专著《雕塑的语言》(*The Language of Sculpture*)中总结了里尔克的观察,即"外部事件与内部力量的同一性:黏土是物质,不是体现在表面**之上**,而是体现在每一立方英寸的体积**之中**"。

这些调和在一起的对立性表述,对于里尔克正在进行的形而上学的思考非常关键,正如这一点对罗丹的物理雕塑对象一样至关重要。我们也可以用另一种方式来看待这些观点。在里尔克看来,罗丹比任何人都更清楚,人、动物和事物的美总是"受到时间和环境的威胁"。为了保持这种威胁的美,他把自己的东西"调整后置于一个少危险、更安静、更永恒的空间世界"。随着罗丹事业的进一步发展,他的作品与周围事物的关系发生了变化:"作品以前是站立在空间中,但现在似乎是空间把作品抓获并夺走。"在人体深处发生的事情正在被吸附到表面。因此才有罗丹作品中强烈而戏剧性的人体姿势,这说明作品的表面已经充满了内在的力量。

关于这一点,在讨论罗丹如何将瞬变的时间转变为持久的空间时,也经常穿插着一些关于伯格的评论。我们应该还记得,刚开始伯格把树木和雕塑二者与空间的关系进行了对比,但对罗丹来说,这种区别并不那么明显。在作品《法国大教堂》里,罗丹宣称"在树木和石头之间(他看到)有一种血缘关系"。他承认自己的雕塑感在很大程度上归功于树木和森林:"我是如何学会理解雕塑的?答案就是在森林里观察树木。"

非常巧合的是,里尔克写了一首关于一棵树的诗歌,诗歌非常清楚地表达了表面和深度、内在与外在的辩证关系,这一点对罗丹的艺术而言是至关重要的。严格地说,这无关诗歌本身的内容,而是我遇到它的方式使它如此重要。偶然和缘分在这段旅程中扮演了重要的角色,不过如果不发生一系列有组织的意外事件,旅行还有什么值得描述的呢?我第一次读到这首诗——最初是用法语写的——是在加斯东·巴什拉[①]的《空间的诗学》(*The Poetics of Space*)中。法语中"树永远都在中间,被环绕着"(Arbretoujours au milieu/De tout de qui l'entoure)被翻译成"树总是中心,周围的一切围绕着它"。我好奇地想看看里尔克的这些法国诗歌原文究竟是怎么写的,于是买了《法国诗歌大全》(*The Complete French Poems*),找到了完整的法文版,旁边同时附有英文翻译。这一版本中,"胡桃树"

---

① 加斯东·巴什拉(Gaston Bachelard,1884—1962),法国哲学家、科学家、诗人。

那一段的意思完全反了过来，变成了：

> 树一直在中心
> 在它围绕着的任何事物的中心

这显然与原文的意思不同——甚至是荒谬的——但这两个版本的结合倒是非常符合罗丹的创作方法，即人体一方面总是处于中心位置，被周围的事物围绕着，另外一方面也总是包围着中心位置的所有东西。

正如在雕塑方面的入门路径一样，我在摄影方面也是如此。关于摄影的书，我首先读的就是约翰·伯格的书。在我开始对照片本身感兴趣之前，我就开始对摄影方面的书籍感兴趣了。几年后，我又开始关注雕塑的照片。这两条兴趣的支流汇聚在一起，强烈地促使我向着罗丹的方向前进。考虑到罗丹关于表面和深度的颠覆性理解，我将自己的艺术兴趣比作河流也算恰当吧，但这一隐喻的河口[①]可以理解我兴趣的来源。

摄影的最早用途之一就是为艺术作品保存视觉记录。由于拍摄技术还不能有效记录各种颜色的细微差别，雕塑比绘画更容易融入摄影领域。作家詹姆斯·霍尔（James Hall）认为，"路易·达盖尔（Louis Daguerre）的第一张

---

① 即罗丹的艺术作品。——译者注

相对永久的照片可能是一张石膏模型的静物写生"。在《关于摄影艺术的几点说明》(*Some Account of the Art of Photogenic Drawing*, 1839) 中,威廉·亨利·福克斯列举了他打算应用自己"发明"的一些新领域,即"复制雕像和浮雕……这一项工作我还没有推进到一定程度,但希望能产生有趣的结果,而且这种方法也可应用于很多其他的情景中"。五年后,在《自然的画笔》(*The Pencil of Nature*) 中,他为帕特洛克罗斯 (Patroclus) 半身雕像拍摄了作品,这件作品提供了充分的证据,证明"雕像、半身像和其他的雕塑标本,一般都可以通过摄影艺术很好地再现"。

正因为这样,大卫·芬恩 (David Finn) ——在跨越一个半世纪后——才说服了肯尼斯·克拉克 (Kenneth Clarke) 和马里奥·普拉兹 (Mario Praz),让他们相信雕塑的照片可以让人们"发现一件艺术品的特质,甚至是一些博学而又挑剔的观众很难立刻发现的特质"。芬恩进一步指出,完整雕塑的照片往往显示出作品的风格特征或惯例,这些要素标记了作品的制作时间,分散了观众的注意力;而他自己为雕像拍摄的图片(通常会将一个更大的整体作品拆解为孤立的部分),反而能揭示作品最基本且最恒久的特性。将用于雕刻的石头从创作的时间和习惯中解放出来,这无异于又赋予它们新的生命。

就罗丹的雕塑作品而言,为其拍摄照片这一策略既是适当的,但同时在某种意义上又是多余的,因为雕塑家自己往往更关注人体雕像的某一部分,而不是整体。如果这个片段真如琳达·诺克林[1]所说的那样,是"现代性的隐喻",那么罗丹渴望将被肢解的人体部分作为完整的艺术品来展示,可能是崭新的20世纪向19世纪的艺术招手欢迎的某种体现。但这并不是摄影和罗丹工作方法之间仅有的一致性。

罗莎琳·克劳斯[2]在其颇具争议的文章《前卫的创意》(*The Originality of the Avant-Garde*)中指出,就像"从未印过自己照片的布列松"和自己照片的关系那样,罗丹与自己铸造的雕塑之间的关系只能被称为"遥远"。事实上,石膏模子本身就是铸型的,包含"大量的潜在可能性",这也说明罗丹当时多么深谙于"机械复制的精神"。相同的人体雕塑被不断重复,或者被赋予新的环境、布置和安排,或者利用新的材料被铸造为不同大小的作品。这样的人体雕塑有很多最初出现在《地狱之门》(*The Gates of Hell*)的熔化漩涡中,罗丹称之为"诺亚方舟"。由于雕塑家在有生之年从未铸造这一不朽作品,从某种意义上说,这是一件未完成的艺术品。克劳斯认为罗丹的作品是"复

---

[1] 琳达·诺克林(Linda Nochlin,1931—2017),美国艺术史学家、女性主义艺术史学家、教授、作家。
[2] 罗莎琳·克劳斯(Rosalind Krauss,1941—),美国艺术评论家、艺术理论家。

制的艺术，没有原件也能成倍增长"。

不用说，将罗丹的艺术才能等同于相机的简单复制能力或者任何形式的被动记录过程，都会激怒罗丹，就像1877年有人指控他的作品《青铜时代》（*Age of Bronze*）是以真正的人体为模板铸造出来的一样。"许多以自然事物为模型塑造的雕像，就是在用相机替换艺术品，这样的制作过程很快，但不能算作艺术创作。"罗丹在许多场合都坚定地认为"艺术家才是真实的，摄影倒是经常说谎"。它经常明确地表达了自己对摄影的厌恶；这种厌恶感非常顽固，他不仅作为一个艺术创作者这样认为，作为一个业外的观察者同样如此。

> 有永久价值的摄影作品对我来说是无声的，它们没法让我感动，无法让我看见有意义的东西。因为照片不能有效地再现事物的不同层次和面向，所以它们对我而言总是难以忍受的枯燥和生硬。照相机的镜头和眼睛一样，能看到压缩浮雕；然而看着这些石头雕塑，我能真正感受到立体的效果！我用目光抚摸塑像的全身，我来回移动看到雕像的每一部分如何在空间的不同方向伸展翱翔，从四面八方寻找人体的秘密。

尽管有这些具体和普遍的反对意见，罗丹对摄影艺术的观点还是有所改变，特别是从19世纪90年代中期开始，他充分利用了摄影所提供的各种优势和机会。他用照片作为工具来修改和编辑他正在创作的作品，并用钢笔标注雕像本身在后期需要修改的地方，他也在作品展览中展出了自己雕塑的照片。罗丹注意到了为雕塑拍摄的价值，这些照片为他的作品提供了另一种更容易传播的形式；他用照片来宣传、提高、传播他的声誉，帮助扩散自己无与伦比的艺术创意。1986年在伦敦的海沃德美术馆（Hayward Gallery）看过罗丹作品展览后，安东尼·巴尼特[①]甚至认为，罗丹作品的"摄影图片往往比实际的雕像更具代表性"，而且推测罗丹自己"可能经常有意识地寻求一种效果，即以照片的形式追求大规模地复制二维作品，而不仅仅是创作孤立的三维雕像"。

罗丹自己并没有拍照，他更喜欢依靠一群有技能的、可信赖的合作者为他拍摄作品。为他工作的这个团队不大，成员也经常变化，其中最重要一个成员是爱德华·史泰钦，他在摄影方面的成就可与里尔克在文字方面的成就媲美，这两位艺术家的作品都体现了一种极其个性化的表达，作品和创作者之间形成了完美的映射关系。1902年，史泰钦将作品《思考者》（*The Thinker*）和《维克多·雨果纪念碑》（*The Monument to Victor Hugo*）拍摄成复合图像，

[①] 安东尼·巴尼特（Anthony Barnett，1942—　），英国作家、社会运动家。

并将罗丹的肖像也置于图像中，图片中的罗丹站立在两幅雕像之前。1908年，史泰钦又利用仔细而长时间的曝光制作了《夜间的巴尔扎克纪念碑》（*The Balzac Monument at Night*）的图片。通过这些作品，史泰钦以一种他以前认为不可能的方式抓住了雕塑家的想象力。在个人交往中，据说罗丹是个谦虚的人；然而在最深层次上，摄影的考验——事实上，也是最大的挑战——是那些照片能否公正地体现他的天才。一看到史泰钦冲洗的拍摄巴尔扎克雕像的照片，罗丹立刻就被说服，并告诉史泰钦将"通过这些照片让全世界了解我如何雕塑巴尔扎克；这些相片就像在沙漠中行走的基督，像传播教义一样传播我的艺术品"。罗丹认为"在他（史泰钦）之前没有任何定论"。他对史泰钦满怀热情，这使得他深刻地重新思考了摄影的价值。1908年，他公开承认摄影"可以创造艺术作品"。这种合作显然对雕塑家和摄影家都有好处。谈到为罗丹和《思考者》拍的画像，史泰钦回忆道，"毫无疑问，正是这张照片让我在摄影世界脱颖而出"。

我走近詹妮弗·高格-库珀（Jennifer Gough-Cooper）的照片时，并没有带着罗丹那种权威式的怀疑态度，而是带着一种不耐烦的情绪。当然，我还应该做一些其他的事情，应该看一看一些其他的东西，而且我希望它们不会耽误我太久，我可以很快地将它们浏览一遍。这些希望非常明确，而且远离目标，因为只需要简单地随便看一眼，任何想要继续看下去的愿望就会立刻被消灭。虽然我当时并没有意识到这一点，一个可能的原因是，这些照片使我如此亲近地靠近了源头，即罗丹本人。我无法把眼睛从他们身上移开。里尔克被罗丹作品的雪白颜色弄得头晕目眩；但高格-库珀巧妙地提醒我们，白色本身就是一种颜色，对角度和光线的变化异常敏感。有时候，白色甚至看起来——换一种什么样的说法才准确呢？——就像**皮肤的颜色**一样。

随着克劳斯慢慢发现照片无休止的重现性和罗丹工作方法之间的联系，另一种更缓慢的关系也变得显而易见，即托盘中的化学物质逐渐形成图像与人体雕像逐渐成型的过程，两者之间也紧密关联。在里尔克的诗歌中，雕像叹息道："石头纹丝不动。"静止的摄影是传递静止雕塑的逻辑媒介，但是当你看到高格-库珀的照片时，第一反应不是石头的静止，而是它的**柔软性**。这些人体雕像屈服于照相机奇怪的触觉凝视，这里起作用的不仅是人的肉体，还有头发。

在我看来，没有什么比头发更让雕塑家烦恼的了。如何使它像绳索一样拧成一股股，而不是弄成一个细波纹肿块？雕刻的头发必须很轻巧，但在石头、黏土、青铜或大理石的雕像上，头发很容易像船锚一样压得整个雕像不堪重负。高格-库珀让人有可能相信，如果罗丹的人物雕像被扔到海里，他们的头发就会浮在海面上。罗丹说："一个梳头发的女人用她的手势填满了天空。"在高格-库珀拍摄的照片中，罗丹作品中女人的头发向空中飞扬，这里头发的英文单词 hair 中 h 可以省略不发音，变成了空气（air），雕像的长发确实充满了流动的空气感，随风飘扬。

然而，所有这些关于头发的谈论，其实都是一种逃避。坦率地说，真正使我感到震惊的，是这些照片所体现的巨大的性欲力量。不可否认，罗丹作品原件中的性欲内容，如果有的话，在这些照片中得到了更强烈的呈现。鉴于目前互联网上充斥着大量的色情露骨的视觉材料，这些19世纪艺术杰作的照片竟然如此令人着迷，这一点刚开始也许会令人惊讶。但这也同时提供了一个线索，即一种只利用可见的材质，受限于在物体表面进行创作的艺术媒介，竟然可以揭示一些更深的东西，一些隐藏在石头深处的意义。

一般来说，罗丹的男性雕塑总是表现出某种受折磨或痛苦的状态。在很多时候，罗丹认为自己是上帝的化身，所以他的作品《上帝之手》（*The Hand of God*）才会有很多不同的版本，但他创造的男性雕像似乎很少以感激的态度表示回应。相反，他们的反应就像亚当一样，哀叹自己的堕落，引用《失乐园》（*Paradise Lost*）中玛丽·雪莱（Mary Shelley）对弗兰肯斯坦的题词：

我有没有请求你，造物主，

将我从泥土塑造为人？
我有没有请求你
将我从黑暗中拯救……？

罗丹雕塑的男性形象显示了复活的痛苦，说得唐突一些，是一种活着的煎熬，这种强烈的意识冲击在作品《加莱的市民》(*The Burghers of Calais*) 中体现得最为明显。

  罗丹纪念碑最直接的灵感来自1347年的一桩事件，当时爱德华三世同意，如果有六个人主动出来自首，他就会赦免被包围的加莱市的所有其他居民。在英勇的榜样尤斯塔奇·德·圣皮埃尔（Eustache de Saint-Pierre）的启发和影响下，有五位加莱市最杰出的公民自愿加入他的行列，即愿意将自己交给爱德华三世。事实上，这座完成的雕塑所具有的意义远远超出了它起源的事件，虽然今天许多人都对此一无所知。罗丹的雕塑展示了人们不是被命运压得喘不过气来，而是因为自己的选择而不堪重负，他们后悔做出曾经使自己有恃无恐的决定，也因为自己犯下的罪孽苦苦挣扎、饱受折磨。在雕像作品中，重力就是人体惩罚自己的方式，整个天空都以一种残暴的力量压在人体雕像上。这些人体按照雕塑家的要求呈现出一种姿态，即一种自我牺牲的状态，通过这种姿态破坏和背叛让他们变得崇高的殉难理想。作为对雕塑家准备的足有两英尺高的设计草图的谴责，一篇发表在1885年8月2日的加莱市报

《爱国者》（*Patriote*）上面的文章，对雕像艺术价值的判断无疑有误，但对作品情绪的总结还是非常准确，文章评论说"雕像作品总体上体现出的情绪是难过、绝望和无尽的沮丧"。这些人心甘情愿地勇往直前，但他们做出的决定不够有力量，不足以推动他们走出决定带来的后果。尽管雕像的整个场景宏伟壮观，但总有一种徒劳的感觉。"是不是因为这个原因，黏土层变高了？"自从1918年威尔弗雷德·欧文（Wilfred Owen）在诗作《徒劳》（*Futility*）中提出这个问题以来，罗丹作品中公民痛苦的姿势不仅在体现战争和苦难的照片中被不断重复，而且在体育赛事和街头活动中也经常出现。正如罗丹所相信的那样，有些人体姿势是永恒的，当然，这并不是说姿势的意义永恒不变。罗丹通过公民的姿势描述了一种绝望，一种全新而独特的现代**形式**的绝望：接受不存在外部救赎力量的残酷现实，还要清楚个体生命也许永远无法产生能力救赎自己。

面对这种困境，还有什么东西可以用以安慰呢？一种可能就是工作。叶芝称工作为"亚当的诅咒"，这也是让里尔克印象深刻的那种坚定不移的对艺术的奉献精神。也许这就是为什么不同版本的《巴尔扎克》雕像要体现人类对绝望的挑战，这位小说家在不屈不挠的工作能力方面超越了罗丹。另一个可以获取安慰的可能是女人提供的性承诺。在晚年的创作中，罗丹实现了这两种可能性的幸福结合。他花了大量的时间，创作了成千上万的裸体女人，体现了她们沉浸在性爱中的狂喜状态。在弥尔顿的作品中，亚当尝试了夏娃带来的所有腐朽的淫欲快乐，就像《圣经》中描述的一样，在这之后人类就堕落了。这样的描述其实颠倒了现实情况。在世俗生活中，性诱惑不仅帮助人们忍受堕落的生活，而且还使得生活充满渴望。不管是不是有意为之，弥尔顿为读者呈现了一个乐园，一个可以不断再生的天堂：

> 肉欲在燃烧，亚当向夏娃投下淫荡的一瞥
> 她也放纵自己，肆意地回报他[1]

另一位叫约翰的作者——约翰·厄普代克——在作品《村庄》（*Villages*）的末尾对这一问题进行了深入的思考，这本小说写于20世纪70年代初。

---

[1] 《地狱之门》（*The Gates of Hell*）与布莱克的卓越见解一致，即弥尔顿在自己不知情的情况下参加了魔鬼的聚会。罗丹的地狱充满了性诱惑，男性表达的每一丝痛苦和折磨，都在女性扭曲着的身体所体现的性欲满足感中得以平衡和补偿。关于**大门**的最强烈的性元素是作品《思考者》两侧的门楣上方的盒状鼓室。此后，这一安排被多家报刊零售店做了调整，他们一方面要将在"性"方面太冒犯的作品收集到一边，保护大众不受伤害，但同时仍将这些作品置于顶层货架上，这样做显然是为了保证作品随手可及。如果大门本身的目的是提供一些线索，暗示观众对《思考者》的想法，那么很难不得出结论，在《思考者》身旁的人像雕塑，相当于漫画中的思想气球。

性是一种有程序的精神错乱，用死亡本身的物质击退死亡；基于我们的血管和身体缝隙中携带的甜美物质，性是星星之间的黑色空间。礼仪传统认定的所谓可耻的人性实际上是崇高的。我们被告知人性的光辉和庄严；但出生的那一刻，我们却赤裸着身体，这其实对我们为何拥有其他的欲望——**另一种**欲望，一种此刻而且永远也无法摆脱的欲望——提供了所有的答案。

罗丹总是训练自己，画画时不用把眼睛从女人身上移开，而她们也很高兴地表现出屈服，因为艺术家已经在对女人的凝视中迷失了自己。罗丹对威廉·罗森斯坦[①]谈到了女性的重要性，他回忆道："用眼神爱抚，有时也用手抚慰（他的人体模特）。"他的手就像一台精密校准过的机器上的细针一样，能根据模特们的一举一动即刻进行调整。他不希望有任何东西——甚至包括他自己——阻碍模特和画作之间的交流。这种情景下，观看和创造艺术合二为一，没有区别。罗丹后期对绘画的痴迷，并不算是一种全新的开始，也不能算作他早期艺术创作的中断。罗丹坚

---

① 威廉·罗森斯坦（William Rothenstein，1872—1945），英国画家、艺术作家。

持认为，这是他从事雕塑艺术的直接结果——他自己称之为"深度绘画"。

高格-库珀的照片使我们能够以同样的强度和专注来凝视罗丹的深度画作，罗丹就是用这种眼光，以不同的方式凝视着自己的男女模特。高格-库珀拍摄的只不过是觉醒的石头，这些石头因为相机的触摸而真正苏醒。

写于2006年

头戴荆冠的耶稣画像

今年夏天,我在卢浮宫附近度过了许多个下午,在杜伊勒里宫①的花园里,躺在被太阳炙烤的草地上,观看周边的雕像。虽然我能猜出那个戴着锁链的雕塑可能就是普罗米修斯,但还是不确定其他雕像描绘的到底是哪一个神话故事或圣经人物。若有一本神话指南或评论手册的帮助,我相信自己对这些雕像的欣赏能力会大大提高。但即使没有资料的辅助,这些雕像所体现的基本主题也显而易见:惩罚和受难、痛苦和狂喜。

游客们抬头欣赏雕像,对着它们拍照。但没有视力的雕像永远也不会回头凝视游客。在古典悲剧中,失明是一种常见的痛苦。同样,在杜伊勒里宫的一些雕像看起来要么双目失明,要么就是被诅咒失去眼睑,饱受无法闭眼的

---

① 杜伊勒里宫,巴黎旧王宫,现为公园。——译者注

折磨，没有眼睑跟失明的痛苦其实也差不多。

那些决定这些雕像拥有不同命运的人——不管是众神，抑或是雕塑家？——都已经不在人世了。只有雕像和冷漠的天空留存了下来，继续**忍辱负重**；在某种程度上，雕像似乎一直在抗议，试图与命运抗争。譬如有一尊雕像——应该就是普罗米修斯吧？——就在对抗囚禁自身的锁链，对抗重力的压制，朝着天空用力向上伸展。这种力量的对抗非常紧张，雕像们似乎在挣扎着要摆脱铸造它们的石头。它们用力解放自己的媒介就是身体，但也正是身体将它们囚禁在此。

这些雕像完全沉浸在解放自己的努力中。相比之下，周围的其他人，包括那些穿着短裤和运动鞋在周围慢跑的人，看起来都像在从事某种活跃但或多或少有些懒散的休闲运动。正是因为如此，这些雕像才具有持久的吸引力。

那是在8月下旬，当太阳无声地从天空中升起时，世界田径锦标赛开始了。我借了一台电视机，接收效果很差；没有天线，只有一个衣架插在电视机的后面。比赛评论员用法语解说赛事，我听不懂解说的内容。但不管怎样，还是庆幸自己有一台电视机，我从布满雪花点的屏幕中窥视到比赛现场，看到了运动员们如何拉伸自己对抗重力，以突破身体的极限。虽然缺乏赛事的实时评论，我还是看着卡尔·刘易斯①打破了短跑100米的纪录；卡特琳·克拉贝②赢得了两个女子短跑冠军；在400米接力赛的最后一程，克里斯·阿卡布斯③加速超过了安东尼奥·佩蒂格鲁④……

由于电视屏幕提供不了清晰的影像，而且我也不懂法语的赛事讲解，所以常常不确定赛场到底发生了什么。若热情发展到相反的两个极端，有时是很难区分的：眼泪与笑声、愤怒与庆祝，都是奇怪的彼此相似。所以每天早上，我都买一份英文报纸以确认前一天比赛的真实情况。100米短跑决赛后的第二天早上，报道说在赛后的采访中，刘易斯有好几次在提到自己死去的父亲时失声痛哭。在比赛开始前几个小时，排名第二的勒罗伊·伯瑞尔⑤收到消息，说父亲的心脏手术结束后，已从重症监护病房被转移出来。比赛时，伯瑞尔在刘易斯左边，两人隔着两个跑道。因为左眼看不见，伯瑞尔无法清楚地看到赛场上的竞争对手。这篇报道文章附有一张包括所有八名选手的照片，照片中刘易斯越过终点线，举起双臂以示胜利。

---

① 卡尔·刘易斯（Carl Lewis，1961— ），美国田径运动员。
② 卡特琳·克拉贝（Katrin Krabbe，1969— ），德国田径运动员。
③ 克里斯·阿卡布斯（Kriss Akabusi，1958— ），英国短跑运动员。
④ 安东尼奥·佩蒂格鲁（Antonio Pettigrew，1967—2010），美国短跑运动员。
⑤ 勒罗伊·伯瑞尔（Leroy Burrell，1967— ），美国田径运动员。

然而，每一个像这样呈现胜利的照片，都有些令人沮丧，因为运动员的力量和能力背后，总是同时存在着非凡的脆弱。杰西·乔伊娜-柯西①在跳远比赛中摔倒并扭伤了脚踝，在冲刺时摔倒在地上；史蒂夫·克拉姆②拉伤了腹股沟——不是在训练中，而是在下火车的时候。运动员的身体正如一座悬崖，而胜利意味着接近悬崖的边缘。对于本·约翰逊③或者拳击手约翰尼·欧文④来说，胜利则意味着对悬崖边缘的超越。

虽然不敢确定，但我怀疑杜伊勒里宫的雕像并不是特别杰出的作品。如果真是这样的话，那么它们只能说明，在任何艺术传统的某些特定时刻，艺术价值一般的作品其表现潜力完全可能超过它先前或之后的作品。但是，现在的人很难被你忽悠到拥有这种深刻的艺术鉴赏态度。今天，只有特别出色的艺术家，才能达到那些能常将作品放到杜伊勒里宫展览的雕塑家所垄断的影响力。在体育运动中，情况正好相反：大多数顶尖运动员现在都超过了三十年前的破纪录水平。雕像艺术领域之所以出现这一现象，

---

① 杰西·乔伊娜-柯西（Jackie Joyner-Kersee，1962— ），美国田径七项全能和跳远运动员。
② 史蒂夫·克拉姆（Steve Cram，1960— ），英国田径运动员。
③ 本·约翰逊（Ben Johnson，1961— ），加拿大短跑运动员。
④ 约翰尼·欧文（John Owen，1856—1980），威尔士职业拳击手。

部分原因是内在的,即艺术发展历史中所体现的疲软状态;另外一个原因在于,现在的体育运动已经满足了这些雕塑想要缓解的人类渴望。更准确地说,运动同时满足和助长了一种需求,而这种需求无法依赖雕刻或模塑的石头得以满足。最明显的例子是,越来越多的运动员练就的身材已经超越了曾经只能在石头上实现的理想:拳击手克里斯·爱伯克①的体形,以及体操运动员展示出的充满力量感的静止和平衡,都直接证明了这一点。更广泛地说,在大众媒体时代,只有战争和饥荒的画面相比极端情况下的人体运动能提供更鲜明的启示和描述,因为重要的时刻会被放慢、扩大、重播,被凝固下来。这使得我们能够在视觉上解剖运动员努力打破限制和极限的身体。在慢动作和特写镜头中,一闪而过的肌肉紧张或肿胀,甚至是短跑运动员下唇的奇怪摆动,都被清晰地记录并保存下来。100米短跑决赛结束后,或者说在阿卡布斯冲向终点线后,会留下一连串缓慢或凝固的瞬间和照片。比赛后很长一段时间,摄影机已经离开,但仍然可以捕捉到运动员在过去时间里的表现细节。在这一点上,摄影就像一座雕像,将瞬间凝固下来。

这些在雕塑领域中发现瞬间的态度,在摄影领域被重复的程度令人吃惊,比如要欣赏拳击手巴里·麦圭根

---

① 克里斯·爱伯克(Chris Eubank, 1966—),英国职业拳击手。

（Barry McGuigan）的照片，必须借鉴艺术历史的过去，才能解释为什么它对我们有如此大的影响。

这张照片是克里斯·史密斯（Chris Smith）1986年在拉斯维加斯最后一轮麦圭根与史蒂夫·克鲁兹（Steve Cruz）的轻量级拳王争霸赛前拍摄的，麦圭根在当时那场比赛中失利。照片能够立刻给人一种直接的效果：疼痛变成了麻木和筋疲力尽——因为任何拳击手身体上的疲惫都是彻底的筋疲力尽，他不仅感觉到自己的精力，而且感觉到自己的整个存在都被掏空，慢慢流失，经过多年的训练，这已经变成一种本能反应。黑人拳击教练博得了我们积极的同情，他用手抚摸着白人拳击手的头部，像母亲温柔地安慰自己的孩子（这与通常情况下白人和黑人扮演的种族角色恰好相反）。也许教练在低声鼓励，但这样的情景与日常生活有一定距离，话语其实没有意义。

然而，这张照片之所以如此令人难忘，是因为它把文艺复兴时期许多常见并彼此关联的基督的体现形式混在了一起。在记忆中，那些形象彼此联系紧密，就像杜伊勒里宫的雕像一样，相互渗透成一片模糊景象。最明显的是，麦圭根那双呆滞的眼睛被耶稣受难记中无法聚焦的痛苦所照亮［你可以看看安托内罗·达·梅西那[①]的作品《与你

[①] 安托内罗·达·梅西那（Antonello da Messina，1430—1479），意大利文艺复兴时期艺术家。

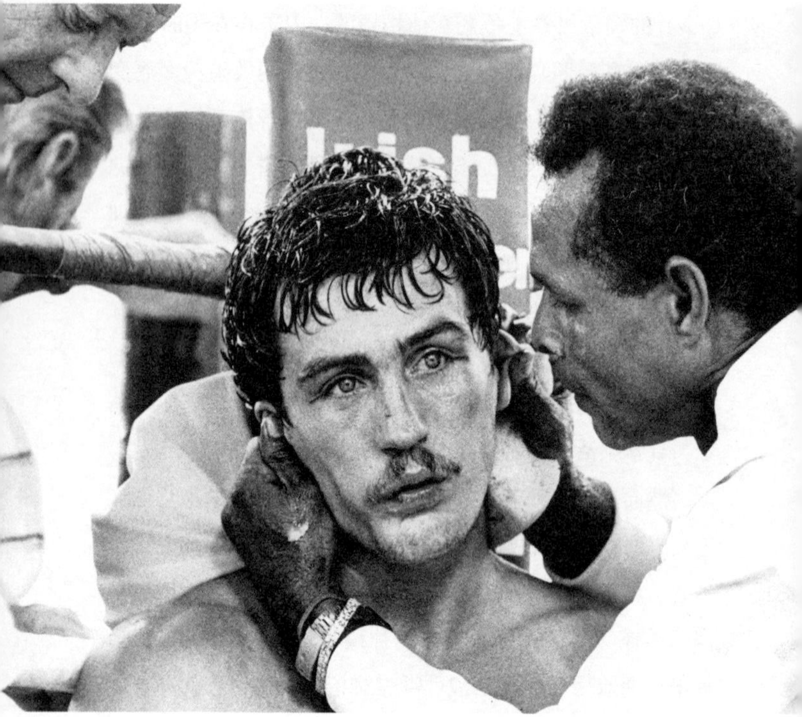
Irish

同在》(*Ecce Homo*)]。在麦圭根的脑袋后面,角落的柱子和顶端的绳子形成了一个十字架。

从总体上看,照片中人像的安排让人不可思议地想起许多耶稣受难像或供词,在这些供词中,死去的基督被从十字架上取下,圣母和其他人哀悼他。刚才我已经提到说,教练的触摸和母亲的抚摸一样温柔。其实在史密斯的照片以及乔托(Giotto)和贝里尼(Bellini)的画作中,艺术家还表达了其他的意图,那就是尝试将生命重新注入被殴打的身体,让躯体恢复生命。也难怪这些作品中,耶稣拥有轻量级拳击手一般的强壮身体。此外,照片中教练的简单配件——海绵、药膏、毛巾——也与耶稣受难的艺术作品很相像,这些作品中也经常出现钉子、海绵等物件。

虽然基督在被从十字架上取下来时已经死了,但艺术作品再现该场景时常常隐含了他复活的可能。在贝里尼的画作里,基督似乎**被搀扶着站了起来**。对麦圭根来说,在最后一轮复活只需要几秒钟就可以实现——虽然这种复苏非常短暂,但这与史密斯的照片中复活的耶稣形象非常相似,都呈现了一个人完全**超越**身体极限时那种毁灭性的眼神。

由于这些艺术品的相似性,史密斯的照片其实算不上一件伟大作品。但就像所有杰出的摄影作品一样,它也有一些令人惊叹的巧妙之处,这对作品而言是一种运气。

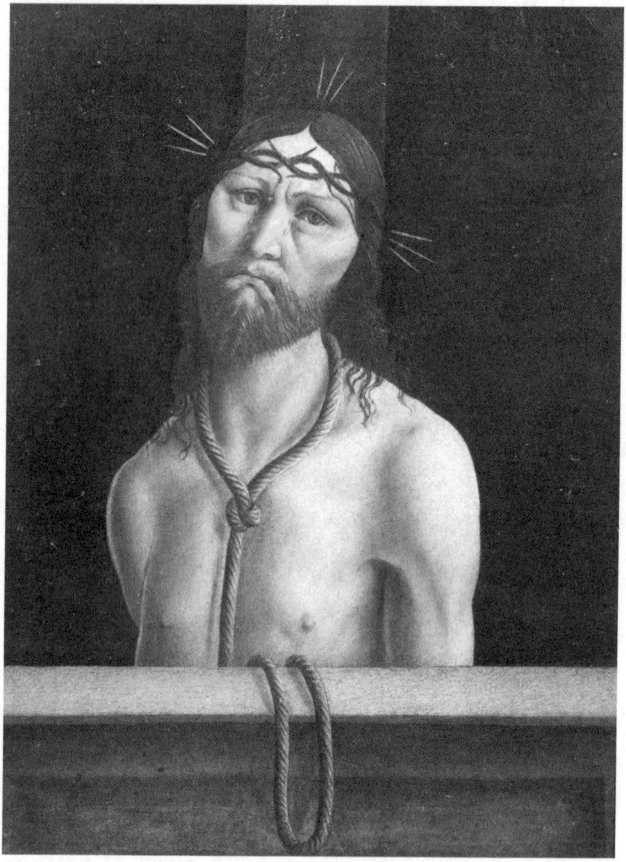

2000年以来，西方文化中最具影响力的形象正是这个几乎赤裸的男人，即在极度的疲惫和痛苦中，在生死边缘挣扎的耶稣，而其他人都不过是旁观者。考虑到这一点，这张照片对我们产生影响就不足为怪了。更重要的是，拳击运动伴随着赤裸裸的痛苦和胜利，这非常适用于同时拥有无情暴力和奇妙宗教色彩的意义表达，成为《圣经》（主要是《旧约》部分）和悲剧的表现要素。在马尼拉发生了一场拳王阿里（Ali）和弗雷泽（Joe Frazier）的毁灭性比赛后，一名目击者回忆说，他发现弗雷泽躺在床上，处于半黑暗之中，周围一片寂静，他只能听见自己沉重的呼吸。当一位老朋友走过来在弗雷泽两脚之间停下，"你是谁？"弗雷泽问道，并抬起头来环顾四周，"是谁？我看不见了！快把灯打开！"另一盏灯打开了，但弗雷泽仍然看不见。这一幕让人久久难忘：这个善良而勇敢的人躺在那里，体现了一种残留的意志，这种意志激励着他一路走到今天——但现在，他肯定没法继续走得更远了。他的眼睛变成了一条缝，脸看起来**好像是戈雅**①**画出来的**（我要特别强调）。或者是像极了霍尔拜因（Holbein）的画作，特别是他的作品《死去的基督在坟墓里的尸体》（*Body of the Dead Christ in the Tomb*），这幅画曾让陀思妥耶夫斯基非常不安："在这幅画里，脸被打得粉碎，肿胀，血迹斑斑，

---

① 戈雅（Goya，1746—1828），西班牙画家。——译者注

伤痕累累，眼睛睁着，眯成一条线。"

多年后，弗雷泽回忆这一场比赛，并进一步阐述说："我是个坚强的人，我能一直看着你，直到你的眼里流出泪水；我也是个骄傲的人，我会完成自己该做的事情，结束一切我必须完成的工作，这一直就是我的个性和风格。我也让阿里吃了几拳，那几拳足以把一栋建筑掀倒，但阿里竟然吃下了。"

在回顾1971年麦迪逊广场花园的第一场战斗时，阿里的医生费迪埃·帕切科（Ferdie Pacheco）意味深长地说："就算阿里死了，他也要站起来。如果弗雷泽杀了他，他肯定会站起来的。"[1]

文章开头，我写到体育运动照片如何复制过去艺术作品中的姿势。这一点非常有意思，因为它提供了进一步探索的途径，让我们了解运动如何为体育文化服务。正如古老的神话传说和宗教传统为雕塑和绘画艺术服务一样，运动也提供寓言、悲剧和救赎素材，构建了属于运动领域的艺术。事实上，运动同样为天才、激情和远见卓识的表达提供了可能性，而我们的文化往往认为这些只有歌剧、雕

---

[1] 所有关于阿里和弗雷泽的引用都来自托马斯·豪泽（Thomas Hauser）的作品《穆罕默德·阿里：他的生活和时代》(*Muhammad Ali: His Life and Times*, 1991)。——原注

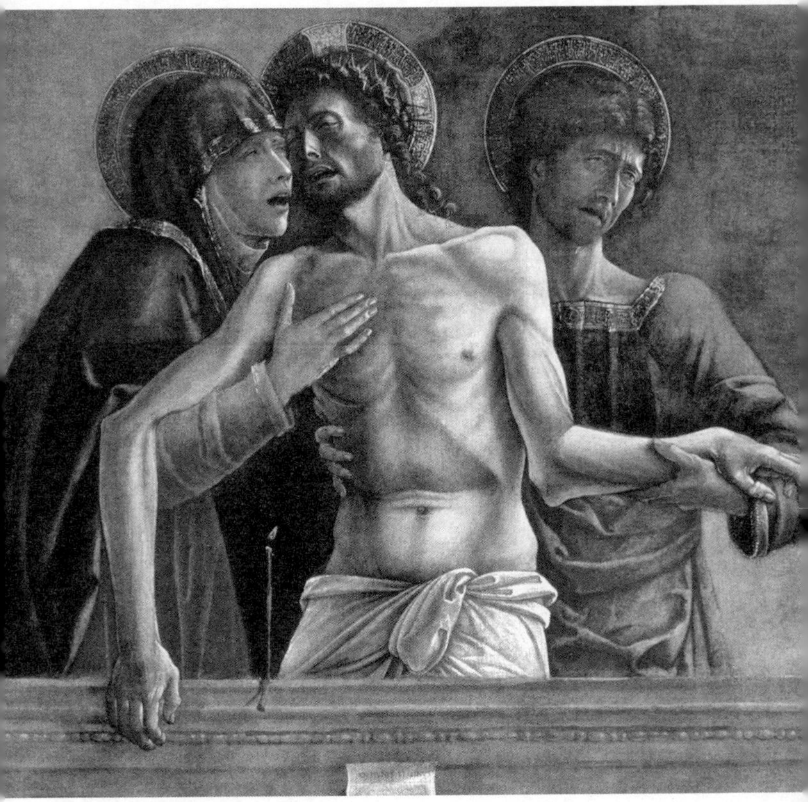

塑、绘画等艺术形式才能实现。

公园边上有个游乐场,传来乘坐摩天轮的女孩从空中发出的阵阵惊叫声;与此同时,这些石头雕像一直保持着沉默。夏天马上就要结束了,很多游客都已经离开,被阳光晒得黝黑的巴黎人也准备结束他们的假期,只有我仍停留在草地上看书。附近有一些男孩正在踢足球,大家因为频频被打扰都觉得很烦。一个被误踢的球竟然冲向一座雕像。石头雕像的颈部肌肉紧绷着,似乎在竭尽全力跳起来抓住球。当雕像的头脑变得清醒,不再抓球时,孩子们开始继续玩球,人群中传出一阵欢呼。我真希望那时有一架相机,以记录和捕捉那一瞬间。

写于1991年

第二部分 文学评论

D. H. 劳伦斯:《儿子与情人》

随着时间的流逝,过去的伟大作品以更紧密的方式结合在了一起。部分原因在于,由于标准被不断提炼,将保留下来的伟大作品分离开来的劣质材料在数量上大大减少了。更普遍地说,我们回顾21世纪的边缘,从1895年哈代出版了他的最后一部小说,到1913年劳伦斯出版他的第三本书,这之间的十八年内的变化似乎微不足道。乔伊斯和劳伦斯是最全面、最有力地将英国小说带入20世纪的两位作家。但现在看来,《儿子与情人》似乎是从《无名的裘德》(*Jude the Obscure*)结束的地方开始的;不管从字面上或比喻的角度来看,它似乎都从19世纪出发,一直来到20世纪。

劳伦斯开始写小说的初稿是在1910年夏末,那会儿他为作品命名《保尔·莫雷尔》(*Paul Morel*);后来的版本仍然保持这一标题,但威廉·海因曼出版社在1912年7

月拒绝出版这部作品。在那之前,劳伦斯和弗里达·威克利(Frieda Weekley)一起私奔到了德国,而实际上,他俩在3月份才第一次见面。再后来,劳伦斯在达克沃思接受了爱德华·加内特(Edward Garnett)的编辑建议,也欣然接受了弗里达对自己的巨大影响,在意大利的加尔达湖重写了这部小说。当他在11月份把文稿寄回给加内特时,作品已被更名为《儿子与情人》,而且作者相信自己的作品是一部"伟大的悲剧……伟大的著作……伟大的小说"。

为了写这本书,劳伦斯深度融入了自己的背景,这一点他在前两部小说《白孔雀》(*The White Peacock*)和《入侵者》(*The Trespasser*)中都没有尝试过。从某种意义上说,他后来称之为"我心中的故土"的地方,也就是诺丁汉和矿区,更容易唤起他的创作灵感。引用弗里达不太夸张的评论,《儿子与情人》的写作也让劳伦斯不得不"面对自己灵魂深处的黑暗",特别是他对母亲的强烈依恋(他自己坦然承认,那是"我美好的初恋")。1910年12月,劳伦斯的母亲死于癌症,他开始意识到这种关系"相当可怕",使得他"在某些方面不太正常"。他对母亲强烈的爱与对父亲固执的恨有着不可分割的关系,劳伦斯认为,父亲"天生就令人讨厌"。当弗里达在1912年9月读到初稿《保尔·莫雷尔》时,她觉得"劳伦斯完全不明白这一点……他真的比任何人都更爱他的母亲,这种感情甚至超过了他对生命中其他女人的感情,这是真正的爱,类似于俄狄浦斯情结"。

在小说的最后版本中,劳伦斯更加突出了这一主题,他有效地利用了必须模糊和**暧昧**的语言描写性爱,这是他(或任何其他作家)当时进行创作时的必然选择。小说中用来描述保尔与米里亚姆和克拉拉之间性关系的词语,同样可以用来描绘他对母亲的激情、关怀以及含蓄但近乎乱伦的爱恋,这两种情感几乎很难区别开来。如果语言上不受约束的作家在后**查泰莱**时代再也无法利用这些重叠词语的微妙和曲折变化,这在很大程度上都要归因于劳伦斯的遗产(这似乎有些讽刺意味)。

1913年5月,作品出版后不久,评论家就开始关注恋母情结这一主题。当时弗洛伊德学说的支持者也试图从作品"完全真实的情感"中挖掘出"半个谎言",劳伦斯对这一现象感到非常厌倦。

当劳伦斯收到第一本《儿子与情人》的完整版时,他就宣称自己"再也不会用那种风格写作了,这是我青春时期的结束"。这一点非常果断,也确实如此。为了完成这篇引言,我开始重读《儿子与情人》。在这之前,我已经有近二十年没有读这篇小说了。记忆中,这部作品与《虹》(*The Rainbow*,1915)、《恋爱中的女人》(*Women in Love*,1920)两部小说有着鲜明的区别。事实上,我脑子里有很多关于散文的印象——它的词语、意象和节奏——这些都与他后来的作品有关。我甚至错误地记得自己完全没有接触过《儿子与情人》这部小说。在短短几页的篇幅里，我们就知道了"（沃尔特·莫雷尔的）生命中美感的火焰有着朦胧的、金色的柔软"；接着我们又了解到，他"否认了上帝与他同在"。整个描述中有很多谈论人物灵魂的表达，如"燃烧着的""强烈的恳求"，或者其他类似的词语。当保尔·莫雷尔生病的时候，他"在可怕而病态的溶解感觉里被抛入意识中"。**溶解**这个词［如同在"溶解之河"（The river of dissolution）中出现一样］将会成为劳伦斯成熟写作风格的主要部分，就像其他措辞漂亮的比喻一样，如"宝石般的火焰""黑暗的腰线"等。劳伦斯的这一风格一直持续在他后来的作品中。在我看来，继《儿子与情人》之后，劳伦斯最好的写作并未体现在他的大部头作品中，尽管他依靠这些小说确立了自己在文学万神殿中的地位；相反，那些按传统文学体裁的划分标准来看不够分量的作品，如中篇小说、旅行书籍、散文，尤其是私人信件，倒是充分体现了作家的才华。劳伦斯从来没有停止过作为一个作家的努力，但正如雷蒙·威廉斯所指出的那样，"他在这一过程中失去了一些东西——他也认为自己已经失去了，并力图努力恢复——这些丢失的东西可能与他已经获得的东西一样重要"。

保尔·莫雷尔是一位艺术家，他善于"通过他认识的所有人，通过大量记忆"进行创作，这实质上准确地反映了劳伦斯塑造这位人物的工作方法，表明了小说在多大程度上真实地反映了他自己的生活。这部小说具有强烈的自传性质,因此读者阅读时应该特别留心,否则会把它当作人物自传来阅读,但事实上,保尔所处的环境的确和劳伦斯自己的经历几乎完全一样。正如他在后来的一首讽刺诗中所表达的那样,劳伦斯的父亲"是一个工人/他是一个矿工",他母亲也许拥有"高贵的灵魂/……天生就应该在该死的资产阶级中/扮演一个优越的角色",但实际生活中,他父母都属于工人阶级。更确切地说(但在讨论英语社会等级的时候,很难做到特别精确),或者引用传记作者约翰·沃思恩(John Worthen)的描述,他们属于"经济地位不断提高的工人阶级"的一部分,而且劳伦斯的母亲通过自己一生的奋斗以确保她的孩子能够超越这一社会阶层。

正如小说中所描述的那样,劳伦斯的父亲从七岁起就一直在矿井里工作。他一直受到其他家庭成员的排斥,"父亲一进来,一切都停止了,家里的和谐而顺利运转的一切都被他毁灭"。所有的孩子都站在母亲的一边,没有比劳伦斯的态度更明显的了。即使作者表现出了明确的情感倾向,但考虑到所有对父亲不利的因素,沃尔特·莫雷尔作为一个悲剧人物,仍然会获得读者相当的同情。在读者看来,不管沃尔特·莫雷尔是一个年轻人,是一个敢于向未婚妻求爱(尽管这个女孩"继承了清教徒世代延续下来的崇高道德观")的耀眼的舞者,还是一个"因为常年工作而双手粗糙"的老矿工，都能引起他们的情感共鸣。当保罗卖出他的第一张画作时，莫雷尔想起了死去的儿子威廉；但他的妻子假装"看不见他正用手背擦拭眼睛，也看不见他黑色面颊上煤尘留下的污渍"。

1922年在锡兰[①]，劳伦斯告诉朋友阿查·布鲁斯特（Achsah Brewster），他"在《儿子与情人》这部作品中，没有对父亲做出公正的评价，很想重写一遍"。弗里达也有类似的回忆，她记得劳伦斯亲自说："我现在要写另一个版本的《儿子与情人》；我母亲错了，虽然我认为她是绝对正确的。"这两个传闻的证词因为下面的第三条叙述得到进一步证实，劳伦斯自己还清楚记得母亲让所有孩子排队，等待喝醉了的父亲回家的情景："她会转向那些哭哭啼啼的孩子们，问他们是否对这样的父亲感到厌恶，而父亲会看着一排受惊的孩子们说：'没关系，我的小鸭子们，你们不必害怕，我不会伤害你们的。'"

如果诺曼·梅勒（Norman Mailer）说的没错，即劳伦斯在某种程度上的确拥有一个"美丽女人的灵魂"，那么这很容易追溯到他母亲对他个性的影响；他以近乎宗教性的狂热来表达应该如何生活的个人看法，这一点同样显示了母亲如何帮助他塑造了人生观。但如果劳伦斯是一个伟大的作家，那是因为他从母亲那儿获得的女性特质被另外

[①] 锡兰，即今天的斯里兰卡。——译者注

一些特点所平衡，而这些品质中有一部分是从被拒绝的父亲那里继承而来的。劳伦斯对于天生的智慧，对于本能生活的重要性，有着详细的阐述和明确的信念，这也非常接近他后来逐渐发现的矿工之间存在的"非常成熟"的"身体、本能和直觉的接触"。他坦言，"我的大部分生活属于矿工阶层"。

劳伦斯的姐姐艾米丽（Emily）对他们的父亲有许多美好回忆——"他认识那些鸟和动物，还有其他事物"——这不仅让许多人回忆起艾米丽和她有名的兄弟一起散步的情景，还暗示了人类对自然世界的反应，即"人与世界万物的联想"。正如弗里达所说，"虽然只是他和一个动物、一棵树、一片云或者任何其他东西之间的一次会面"，但这让他的作品充满活力。

当劳伦斯向加内特（Garnett）夸口说《儿子与情人》是"英国成千上万年轻人的悲剧"时，他脑海中呈现的主要是故事中纠缠不清的母子关系。我个人认为，小说内容中符合成千上万年轻男女的经历的那一部分，主要是保罗在工人阶级中如何成长并努力脱离这一阶层的问题。在这方面，这本书无疑为讲述"奖学金男孩"的故事提供了一个经验模板，但后来的裴德乃是注定的实践先驱。这是20世纪发展过程中的一个重要主题，很多作家都以不同的方式记录了这段经历：如阿尔贝·加缪在临死前正在写的小说《第一个人》（*The First Man*）；约翰·奥斯本（John Osborne），他早期愤怒的生命力直接源于劳伦斯；雷蒙·威廉斯的小说《边境之国》（*Border Country*）中也非常明显地体现了这一主题，包括他的许多批评文章和文论也是如此。此外还有托尼·哈里森，其最动人的作品是《V》和《修辞学院》（*The School of Eloquence*）等十四行诗。他在母亲去世后写下的一首诗《书夹》记录了他和父亲对坐在火堆旁的故事，"我满腹学问，但你靠可怜的工资度日"，"母亲常说，你们两个就像书夹"。当他们闷闷不乐地在沉默中静坐时，没有任何东西——甚至包括他们共同的悲伤——能够掩盖这样一个事实："将两人分隔开来的，不是三十年的岁月，而是书籍、书籍、书籍。"在界定这种差距的束缚力方面，没有一本书比《儿子与情人》能起到更重要的作用。正如雷蒙·威廉斯指出的那样，这部小说实质上开创了一种小说的子流派，即"以主人公离开工人阶级、摆脱这一阶层的环境作为预制模型"而设计故事。

尽管到了20世纪70年代中期，"奖学金男孩"的成长道路已经非常普遍，选择路径也更加复杂多样，但沿着这条道路一直前行，仍然会是一次深刻的迷失之旅。当我14或15岁的时候，文法学校的一位叫鲍勃·比尔（Bob Beale）的老师对我另眼相看，给予我特别鼓励，结果让我爱上了文学。这也导致我决定去牛津大学（相当于哈代小说《无名的裘德》中的基督寺城）学习英语文学，最后成为了一名作家。《儿子与情人》不仅仅是这段旅程早期的向导，还放大了阅读小说的过程，让我觉得可以模仿这部作品进行创作。如果我不得不选择一本书来代表文学对我的意义、对我人生的影响，那本书必定是《儿子与情人》。

和小说中的莫雷夫人一样，我的父母也希望我通过大学教育，成为安稳无忧并受人尊敬的中产阶级的一部分，但事实并非如此。因为是劳伦斯的作品，《儿子与情人》的结尾部分非常精彩：保罗走向"热闹而光亮的小镇"，就像乔伊斯《一个青年艺术家的肖像》中的人物斯蒂芬，他泰然自若地选择追求艺术的命运。帕蒂·史密斯[1]回忆说，促使她想成为艺术家的不是作家的著作，而是她"爱上了作家的生活方式"；对史密斯来说，兰波是作家生活方式的最高体现。但是对于来自英国的工人阶级男孩——至少对于我这个工人阶层的男孩，一个热爱作家书籍的人来说——劳伦斯是我乐意效仿的一个伟大的榜样，因为他和我来自同一阶层，因为他离开英国，不断旅行，依靠写作谋生的经历，使得写作成为充实生活的手段，也几乎成为了积极生活的同义词。简而言之，劳伦斯的经历证明了人生就是一次冒险。

对威廉斯来说，"工人阶级男孩劳伦斯的悲剧在于他

---

[1] 帕蒂·史密斯（Patti Smith, 1946— ），美国摇滚诗人、画家、艺术家。

没有活着回家"。事实上,这是他胜利的一部分。当劳伦斯试图通过一系列的冲击和批判逐渐实现自己的"内在命运"时,他慢慢觉得自己不再"属于任何特定的阶层"。经过多年的流浪,他一方面感觉处处都很陌生,另一方面也开始意识到"到处都是……家园"。1910年,当他开始写《保尔·莫雷尔》时,所有这些想法都已经成型,为将来做好了储备。《儿子与情人》明确地指明了前进的道路。直到今天,它仍然是一盏明灯。

写于1999年

F. S. 菲茨杰拉德：《美丽与毁灭》[①]

还能找出一位其他作家曾经像F. S. 菲茨杰拉德那样迷恋失败吗？作为一个年轻人，他渴望文学事业上的成功。1920年，随着作品《人间天堂》（*This Side of Paradise*）的面世，菲茨杰拉德立即实现了这一梦想。1918年，他邂逅并爱上了泽尔达·塞尔（Zelda Sayre），但一年后，塞尔就解除了两人的非正式婚约。在这本书出版后的两周内，菲茨杰拉德又重新赢得她的芳心，作家终于迎娶了自己的梦中情人。24岁时，菲茨杰拉德便拥有了他想要的一切。即使在那时——他后来声称——这种快乐也不够单纯，因为哀伤的前景规划过于强化了这种快乐："我记得有一天下午，我在高大的建筑物之间乘坐出租车，天空呈现紫色和玫瑰色；我开始高声叫喊，因为我实现了自己所有的梦

[①] *The Beautiful and Damned.*

想,我知道以后再也不会这么高兴了。"但这只是看待事情的一种方式。另一个原因是,他那时实际上已经开始期待一项充满后悔、迷失、衰败和毁灭的真正的事业。菲茨杰拉德明白,如果跟头要跌得精彩,让自己满意,他就得爬到令人眩晕的高度。他必须取得巨大的成功,才能确信随后的失败也非同一般。

到8月份的时候,菲茨杰拉德已经开始构思一本新的小说,他告诉出版商查尔斯·斯克里布纳(Charles Scribner),这部作品有关一个叫作安东尼·帕奇(Anthony Patch)的小伙子,要讲述他25岁到33岁,即从1913年到1921年之间的故事。帕奇拥有许多艺术家的品位和弱点,但实际上没有任何创作灵感。故事讲述了他和自己年轻美丽的妻子是如何在纵情的浅滩上遇难的。这本小说于1921年夏天正式完成,并于次年3月出版。

《美丽与毁灭》是一本大约100页的书,和《人间天堂》相比,这部小说并未显示出任何形式的进步。虽然零散的地方也能体现作者的洞察力,但总体上无法掩盖作品在文体和结构上的失败。读者非常失望,因为在不到20页的篇幅后,菲茨杰拉德就放弃了小说文体,插入了本应在他**第一部**小说中就被删去的小剧本。在"菲茨杰拉德阶段"的中期,作家理查德·耶茨(Richard Yates)非常欣赏《了不起的盖茨比》(*The Great Gatsby*)中人物对话的方式:"每一句对话都深刻地揭示了人物的内心世界,这甚至超越了说话者自身想要表达的情感。"《美丽与毁灭》中的人物也说了一些聪明的话——"没有人爱的女人没有传记,她们只有历史"——但大部分的对话刚说出口就变得索然无趣。人物格洛莉亚(Gloria)在这本书中一出场,菲茨杰拉德立马让她开始释放光彩,而具有讽刺意味的是,这种倾向首先体现在安东尼的意识中:"她那清新的双颊,无疑是从一片精美的、全新的镜片上投出的一道光影;她的手在彩色的台布上闪闪发光,那是来自遥远的海洋处女地的一枚贝壳。"不久之后,文字的叙述呈现出菲茨杰拉德自己向往抒情的标志性基调。一辆出租车"就像迷宫般的大海上的一条船离开了";格洛莉亚"把脸转向他,像月光穿过树叶一样的斑驳灯光下,她的脸色变得苍白"。菲茨杰拉德从来没有完全从这类描述中走出来——如果他有的话,他就不会是一个如此纯粹的作家了——但他确实学会了如何控制这种风格,尽量用最实际和直接的方式将最丰富的意象固定下来。这就是《美丽与毁灭》的第一部分存在的问题:小说的主题虽然显而易见,但在格洛莉亚和安东尼具体的故事和关系中没有被充分实现。

值得注意的是,叙事逐渐发展,开始聚焦他们婚姻中第一次出现的严重冲突,这种情况就像小说《夜色温柔》开篇显示的预兆:"整个炎热夏天的午后,安东尼和埃里克·莫特伦都一直坐在一个苏格兰玻璃醒酒器的旁边,而格洛莉亚和康斯坦斯·梅里亚却在海滩俱乐部游泳和晒太阳,后者坐在条纹遮阳凉棚下,格洛莉亚则躺在柔软的热沙上,不可避免地伸展自己性感的长腿。"

在格洛莉亚的坚持下,帕奇就要离开,这时安东尼已经喝得醉醺醺的了。在火车站,他下决心并坚持要拜访其他朋友,这其实毫无意义,但可以维持他对格洛莉亚的影响,对她的自私施加压力。当她继续坚持回家时,他抓住她的胳膊。接下来的场景既丑陋又具有毁灭性,很多无情的细节更显得如此。结果是他们之间的关系永远改变了,在格洛莉亚的丈夫看来,她不过是"一个可怜的小东西……心碎而沮丧",而安东尼"杀死了妻子曾经给予自己的所有的爱"和"全部的尊重"。值得注意的是,菲茨杰拉德并未就此打住。他对这样的时刻有一种相当微妙的理解,他知道人生转折点的特点是,人们往往不会转身:"即使在那时,她也意识到自己会慢慢忘记,这就是生活运转的方式,它不会停止,尽管会慢慢消磨殆尽。"

小说的第168页,我们突然就站在了天堂的另一边,在好几个层次上看都是如此。在写到这一点之前,菲茨杰拉德所描述的一切都是浮华和肤浅的,正如杰克·凯鲁亚克在写给尼尔·卡萨迪①的信中评价的那样,"写得很甜美,但完全没有必要"。直到这里,读者才第一次看到菲

---

① 尼尔·卡萨迪(Neal Cassady, 1926—1968),美国作家,"垮掉派"代表人物之一。

茨杰拉德展现成熟的风格和技巧，这最终将导致他的经典杰作《夜色温柔》的问世。一个更直接的结果是，现在作品的人物身上已经恰当地体现了他要表达的主题。就是从这个地方开始，菲茨杰拉德对自己掌握的大部分材料都是经过深思熟虑和有把握的。但在作品的结尾，他又把一切都搞砸了，但那是190页以后的情景了。

我们很难将菲茨杰拉德的生活（特别是他与泽尔达的关系）与他作为作家的名声分离开来。真相和虚构之间不断地产生信息流动，两者会相互补充、干涉，使得彼此都愈加模糊不清。人们很容易将菲茨杰拉德的小说当作一种替代性的自传来阅读，而作者本人有时也会对这种倾向表示赞同。1930年，菲茨杰拉德在瑞士的一家诊所里，"病得像在地狱里一样"。他写信给泽尔达说，他希望"《美丽与毁灭》这本书成为一本写作风格成熟的书，因为它完全是真实的。我们最终毁灭了自己，但我从未真正认为是我们将彼此推上末路"。十年后，菲茨杰拉德告诉自己的女儿说："格洛莉亚和你母亲相比更平凡、更粗俗。除了美貌和某些语言表达方式外，她俩之间其实没有太多相似之处。当然，我在作品中也很自然地借用了许多我和你母亲早期婚姻生活中的状况，然而这两种婚姻生活的重点完全不同。我和你母亲的婚姻生活比安东尼和格洛莉亚的婚后情况好多了。"尽管存在着差异，但这两种说法之间并没有任何矛盾。实际上，正是这种文学上的真实和虚构的交织，才使得小说具有可以想象的真实性。

两种婚姻"状况"相似的细节包括在乡下租房子、可怕的危险驾驶将这对夫妇引到了这个地方，以及他们搬进来后成为常态的放纵生活。人们普遍认为，菲茨杰拉德是因为酗酒最后精神崩溃，尽管从某种意义上说，这无疑是正确的，但也是过于简单化的一种判断，因为很容易忽略的事实是，酗酒显然也是他作品中的主题之一。所谓写作，就是记录你熟悉了解的东西——这种建议经常被赐给那些有抱负的作家。菲茨杰拉德慢慢知道了什么是酗酒，但他实际上并没有喝那么多。他每次一喝很快就醉，这证明他并没有像其他一些朋友那样嗜酒。海明威对酒应该更了解，也可能更能喝酒，但在作品中描写喝酒带来的影响，没有人比菲茨杰拉德做得更好。居伊·德波（Guy Debord）在《颂词》（*Panegyric*）的高潮部分赞美自己与酒的关系，这种被激起的情感非常接近菲茨杰拉德通过艺术手段表达的效果："首先，跟所有人一样，我领会到了轻微酒醉的效果；然后我很快就开始喜欢酩酊大醉后的状态，一旦跨越过这一阶段，人就会感受到一种既壮观又可怕的安静，真正体会到时间无声的流逝。"时间的流逝，失去的青春，菲茨杰拉德一再重申他对这些主题的忠诚，以至于戈尔·维达尔讽刺地用两句话概括了《笔记本》（*Notebooks*）的内容："从前他很成功，现在他非常失败；从前他很年轻，现在他已步入中年。"

在一本研究"酒精与美国作家"有何关系的专著《饥渴的缪斯》(*The Thirsty Muse*)中,托马斯·达迪斯(Thomas Dardis)追溯了酒精对菲茨杰拉德的影响。这显然是已经得到论证的事实,但具有讽刺意味的是,在菲茨杰拉德完全酗酒之前,他就已经非常准确地理解了酒精的破坏性后果。引用布莱克(Blake)对弥尔顿说的话,菲茨杰拉德属于温和而有节制的酗酒者,尽管他自己不知道这一点。在小说《美丽与毁灭》中,格洛莉亚和安东尼"往嘴里倒进一杯欢乐而又微毒的酒精"的过程,其实是艰难而痛苦的。当朋友莫瑞送给他们一件结婚礼物时,就出现了一种不祥的预兆,那是"一套精致的'饮酒套件',包括银色高脚杯、鸡尾酒调酒壶、开瓶器"。将这套酒具作为他们婚礼的象征,这对夫妇潜意识里便开始从"节制"的生活走向了烟酒依赖症和腐朽糜烂:"周围总是烟草的气味——他们两个人都不停地抽烟;衣服、毛毯、窗帘和布满灰尘的地毯上都散发着烟味。再加上陈年葡萄酒令人难受的气味,都不可避免地暗示着美好已经变质,狂欢带来的喧闹也令人厌恶。"

不用说,菲茨杰拉德并没有发现这个主题——事实上,他在写《美丽与毁灭》的时候,还在有意识地接受西奥多·德莱塞(Theodore Dreiser)的作品《嘉莉妹妹》(*Sister Carrie*)的影响——但没有其他人将饮酒与浪漫故事如此紧密地结合起来,两者在作品中纠缠不清,酒是不断恶化浪漫关系的潜在因素。格洛莉亚对安东尼说："没有辛酸，就不会产生美。"在菲茨杰拉德的书中，这种辛酸总是透过玻璃杯底看到的效果。因为菲茨杰拉德在美国文学中的神话一般的地位，像理查德·耶茨这样1926年出生的作家，完全沉醉于他的榜样力量，以至于花了大量的创作时间——无论是想象上还是字面上——去追求菲茨杰拉德所代表的一种"毁灭"性的理想①。

喝酒并不是衡量帕奇堕落的唯一标准，菲茨杰拉德很小心地密切注意安东尼到底有多少钱，以及他的财产被挥霍的速度。这两种挥霍的方式——花钱和喝酒——在接近本书结尾的一个场景中奇妙地合为一体，格洛莉亚指责安东尼花了"75美元买一瓶威士忌"，尽管他们已接近贫困的边缘。正如菲茨杰拉德的其他作品一样，这种严谨的计

---

① 耶茨的故事《向莎莉告别》（*Saying Goodbye to Sally*）涉及一位名叫杰克·菲尔德的作家，他"多年来一直试图阻止任何人了解他对菲茨杰拉德的关注"。获得了一份在洛杉矶的编剧工作后，他"在自己的一架喷气式飞机上长长的、柔软的、沙沙作响的管子旁边，独自一人坐在陌生人中间，喝得酩酊大醉。当他把额头贴在一扇冰冷的小窗户上，感到过去几年来的疲惫和焦虑即将消失时，他突然想到，摆在他面前的不管是好还是坏，都很可能是一次重大的冒险：好莱坞的菲茨杰拉德"。一页半的篇幅后，"在一种大家长时间熟悉的发展模式下，他开始担心自己：也许他无法在世界上找到光明和空间；也许他的天性总是寻求黑暗、局限和堕落。也许——这是当时在全国的杂志上流行的一句话——他是一个自我毁灭的人"。——原注

算有着根深蒂固的隐喻意义：金融破产总是与他自己命名的故事标题"情感破产"有紧密的联系。正如他的传记作者马修·布鲁科利（Matthew Bruccoli）所说："'情感破产'是菲茨杰拉德作品中的一个关键概念，他认为人们拥有固定的情感资本，轻率的支出就会导致早期破产。"格洛莉亚愿意用这些作为基础来生活，"抓住岁月的每一分钟，只求能够拥有最好的欢乐时光"。而在那之后生活如何，她完全不管不顾；就算有一点担忧未来，格洛莉亚仍然会坚持这样的生活态度："我不会做任何事情去改变现状。至少我已经度过了自己的美好时光。"安东尼显然是看穿了这种推崇享乐的伪尼采思想：他们的确度过了美好的时光，但是已经"在为之付出代价"。

即使这样也是值得怀疑的。菲茨杰拉德对待自己作品中的材料非常精明，他明确指出安东尼和格洛莉亚并不像自己和泽尔达的现实婚姻那样幸福。在《美丽与毁灭》中，没有什么能比得上《夜色温柔》里维埃拉迷人的夜晚，也比不上盖茨比的"蓝色花园"的狂欢活动，"男人和女孩像飞蛾一样在威士忌、香槟中来回穿梭、窃窃私语"[①]。

[①] 菲茨杰拉德对聚会的抒情式描写继续发挥着魔力一般的影响。在《光明来临》（*Brightness Falls*）中，杰伊·麦克伦尼似乎有意识地仿效盖茨比度过的那些田园诗一样美好的夜晚："50码外，海水拍打着海滩；在草坪上，穿着燕尾服的侍者们飞快地穿梭于穿着牛仔裤和马球衫的首席执行官们身边。"——原注

《美丽与毁灭》中的那些"聚会"(菲茨杰拉德在有一处自己把这个词放在引号里),用诗人彼得·雷丁(Peter Reading)的话说,不过是一种大吃大喝的放纵,留给安东尼的是"一群狂饮乱斗之后痛苦而受伤的老兵们"。

现在还不清楚他还能达到什么样的实际目的。菲茨杰拉德曾经向埃德蒙·威尔逊(Edmund Wilson)解释道:"格洛莉亚和安东尼只是代表。他们只是漂浮在纽约的流浪大军中的两个个体,肯定有成千上万的人在纽约过着同一种无根的游荡生活。"安东尼有一个不太清晰的写作计划,但格洛莉亚总嘲笑他无法静下心来完成任务。他反驳说,问题在于她让"休闲变得如此精妙而又吸引人"。这里,安东尼触及了菲茨杰拉德的主要艺术爱好和创作见解:如果人人渴望的休闲类似于毁灭,那么毁灭本身必定具有微妙的吸引力。

安东尼也尝试过从事一份有报酬的工作,但事实证明这并不比他在文学和智力上的努力更有前景。他意识到,若想在金融界取得成就,"成功的想法必定会控制并限制他的思维";相比之下,失败的想法似乎无所不包,可以消耗并考验他的整个生命。也许失败同样包含了一种威严,这是菲茨杰拉德最为迷恋的赌注,因为失败也必然会有自身的限制。安东尼刚开始是一个精神上"爱冒险"又同时具有"好奇心"的人,最后变成了"偏见和成见的个体"。故事中的安东尼贷款遭拒时,他称电影制片人约瑟夫·布克曼（Joseph Bloeckman）为"该死的犹太人"，这是他陷入人生最低点的标志。他跌入人生的绝对低谷，走向堕落的深渊，这种情节安排全归功于艺术家菲茨杰拉德的设计。作为一个男人，作家也难免产生自己粗俗的偏见。

即使是这样的事件也证明了失败的能力，即失败有时也能产生某种可怕的启示。如果安东尼一切顺利的话，他可能永远不会如此赤裸地面对自己性格中潜在的卑鄙。只要不是在非常极端的情况下，失败都会产生某种浪漫和神秘的气氛。尽管喝了很多酒，"安东尼在外表上并没有任何损失，反而看起来越发精神，他脸上呈现出一种明显的悲惨神情，这与他苗条而完美的身材形成了浪漫的反差"。菲茨杰拉德从不回避使用"悲剧"这个词，但在我看来，他的作品——除了《了不起的盖茨比》稍微有点不同——一直在探索一种具有历史意义的直觉，而不是简单的个人共鸣。也就是说，尽管德莱塞在《美国悲剧》（*An American Tragedy*，1926）中提出了夸张的断言，但很多人认为，在20世纪的美国，失败已经取代了悲剧。对于菲茨杰拉德而言，不管其作品本身是一场失败还是悲剧，无疑都是他创造性努力的关键。

第一次世界大战在菲茨杰拉德的这些思想中起了重要作用。在如此巨大的战争灾难之后，还有什么空间留给个人悲剧呢？生活在欧洲大陆的英国作家劳伦斯在最后一部小说开始时就明确断言："我们所生活的时代本质上是一个悲惨年代。"对菲茨杰拉德来说，他完全错过了战争，就像《美丽与毁灭》中的安东尼一样，这一事实加深了他认为美国已处于后悲剧时代的信念。在这种情况下，他还能做什么呢？失败和浪费是否也会被赋予一种属于自身的伟大悲剧性？塞尔达最后相信菲茨杰拉德确实做到了这一点："我不知道一个人的个性竟然可以与唤起这种个性的时代脱节……我觉得斯科特最大的贡献在于，他戏剧化了一个心碎的绝望时代，而且从他所赋予的悲剧性的勇气来看，他也为这个时代提供一个新的政治理由。"

早在创作《人间天堂》时，菲茨杰拉德就早熟地尝试描写失败来临的景象。"我开始觉得我注定要失去这次机会。"年轻的男主角阿莫里·布莱恩曾一度如此哀叹。后来，他觉得有"一种强烈的欲望，想让自己去见魔鬼"。但是一直到创作《美丽与毁灭》，菲茨杰拉德才开始认真探索这种可能性。在小说的中途，菲茨杰拉德总结安东尼是一个"继承了人类失败的巨大传统"的人物。虽然这种延续下来的对失败的探索可以提供某种程度的满足和安慰，但菲茨杰拉德后来对那种暗示的被动性仍感到不满。所以，他1932年写的那本书"成为我们这个时代的小说，展现出一个优秀人格的解体"。不同于《美丽与毁灭》，这种分裂不是由软弱造成的，而是一种真正的悲剧力量，体现的是一种内心的矛盾和冲突，有如理想在现实环境的逼迫下必须做出的妥协。就小说《夜色温柔》中所体现的情景而言，作者也没能实现这一计划，但也许正因为他在这方面失败了，所以才跨越了困境本身。

那段时间，菲茨杰拉德沉浸在自己的失败感中，以至于他无法坚持自己的判断，而做了大量妥协。因此，当小说没有像他希望的那样受到热烈欢迎时，他修改了小说，对情节做了不同的安排，但这样做使得结果变得更糟。1936年，他写信给自己的编辑马克斯·珀金斯（Max Perkins）："这一次我的抱负、决心和毅力都广泛受损，我曾经引以为傲的所有优秀品质都非常荒谬，甚至有些下流，我必须承认这一点。"让自己沉湎于这种自怜情绪，在某种程度上其实是可以理解的。菲茨杰拉德不知为何产生了韧性和毅力，写下了自己的杰作，作家现在已与自己的成就不再相关。齐奥朗[①]认为，菲茨杰拉德这一时期的自传体散文〔后来收集在《崩溃》（*The Crack-Up*）中〕"描述了自己的失败"，构成了"他唯一的巨大成功"[②]。然而，这从根本上低估了菲茨杰拉德内化和抢先一步抵达这一结

---

① E.M.齐奥朗（E.M.Cioran，1911—1995），法国哲学家。——译者注
② 凯鲁亚克比齐奥朗的判断更加绝对：1962年，他否认自己有一个"斯科特·菲茨杰拉德迷恋期"（原文），他接着告诉罗伯特·吉鲁克斯（Robert Giroux），"在作品《崩溃》**之后**，菲茨杰拉德再也没写出更好的作品了"（我自己的强调）。——原注

论的程度。

菲茨杰拉德声称,安东尼具有的"最好的品质""对自己的毁灭快速而不停地起作用",他的命运完全不如迪克·戴弗(Dick Diver)的复杂。同样,《美丽与毁灭》在情节复杂性、主题深刻性方面也比不上《夜色温柔》。这一方面意味着作者已远远超越了《人间天堂》中光明轻松的基调,另一方面也说明,菲茨杰拉德仍需继续挖掘作品的深度,才能兑现自己年轻时的承诺。当然,这同时也要求他必须取得实质性的突破。

写于2004年

F. S. 菲茨杰拉德：《夜色温柔》[1]

我们为通过 A 级考试准备的作品是《了不起的盖茨比》，不是《夜色温柔》，但英语老师还是鼓励我们读了这本书。那时我十七岁，几乎什么具体细节都不记得了，但我从来没有忘记过这部小说。事实证明，我的这种反应并不少见，或者说至少是一种常见的反应方式。菲茨杰拉德把他"从康拉德（Conrad）为作品《黑家伙》（*The Nigger*）所作的序言中得到"的一个想法付诸了实践；他认为，"小说的目的就是为了在读者脑中产生一种挥之不去的阅读后影响"。这是他对海明威粗暴评论《夜色温柔》后做

---

[1] 这篇文章是受《美国学者》（*The American Scholar*）的委托写的评论，这本期刊正在编辑"重读经典"的系列丛书。他们对我寄去的草稿做出了回应，希望我有一些更私人化的评论，所以文章内容与其说是自我放纵，不如理解成我与期刊合作的结果。——原注

出的回应。海明威自己也似乎完全屈从于这些"挥之不去的后遗症",后来他向马克斯·珀金斯谈起一种"奇怪的菲茨杰拉德现象",即"回想起来,确实觉得他的《夜色温柔》越来越好"。约翰·厄普代克后来将这种反应带回作品本身的讨论:"对于菲茨杰拉德的作品,"他写道,"我们常常得带着梦的余晖去阅读。"

我不记得第二次读《夜色温柔》是什么时候。我的企鹅出版社版本的图书的封面上那张字条写得也不确定:"在此之前读两三遍(?),巴黎,1992年4、5月。"1991年,我去了巴黎,计划写一部小说,希望将它写成当代版本的另一部《夜色温柔》。这足以证明,这部小说对我产生了强烈而持久的影响,虽然重读它的日期我无法确定。恰当地说,我自己创作的另一本《夜色温柔》没有什么进展,在访问了法国北部的战场之后,我放弃了这一计划,而决定改写一本关于战争的书。考虑到这一点,接下来的感受就自然而然了。当我在1992年春天重读《夜色温柔》时,觉得里面充满了第一次世界大战及其后果的讨论,就像菲茨杰拉德自己所言,这本书是"战争结束后破碎的宇宙"。

"这种描写西部前线的故事不能再继续下去了,已经持续不了太长时间了。"迪克·戴弗1925年在访问西部前线的战场后如是解释,"这需要宗教的努力,以及长时间大量和巨大的经济保证,还有不同阶层之间的确切关系。"

这是经常被引用的一段话，但这本书始终被迪克使用的一个"半讽刺的短语：非战斗人员的炮弹休克症"所主宰。在法国北部的战场上，正如迪克所解释的那样，死者躺在那里"像一百万块血淋淋的地毯"，这一画面总是与法国里维埃拉"海滩上明亮的皮革祈祷地毯"成对出现。

当我脑子里彻底摆脱了一场大战时，也最终开始着手写我的巴黎小说，但直到上周我要完成这篇文稿时，才真正地读了《夜色温柔》一书，而这次遇到的这部作品与我以前读过的那本截然不同。简单地说，我之前阅读的一直是菲茨杰拉德的重印本，编辑是马尔科姆·考利（Malcolm Cowley），首次出版于1951年。这一次我读到的是最初的小说原版，故事不是从迪克在去苏黎世的路上遇到伤员开始，而是从罗斯玛丽第一次看到法国里维埃拉的戴弗开始。

自海明威以来，菲茨杰拉德的同行作家们都沾沾自喜，都觉得菲茨杰拉德的成就没法和自己相比。在所有人中最势利的是齐奥朗的评论："对我来说，这是一件不可思议的事情：艾略特竟然写信给菲茨杰拉德说他读了三遍《了不起的盖茨比》。"伊夫林·沃（Evelyn Waugh）在观看了《夜色温柔》的电影后，评价说"这是基于一本糟糕的书改编的好电影"，但最终又矛盾地总结："电影工作室的昂贵巨型设备，也不会比一个半醉的美国佬在打字机上生产出的东西更有价值。"对于戈尔·维达尔来说，"几乎不识字"的菲茨杰拉德所写的东西"极少"具有任何伟大的文学价值。

在最近一次重读作品时,我起初也担心这些批评是正确的。在一些地方,特别是在开头的几页,文字显然非常笨拙,就像小说中的罗斯玛丽感受海滩上陌生人的"冷漠的审视",注意到一个戴单片眼镜的男人暴露自己"傲慢的肚脐"和"滑稽的胡须"。这一切感觉就像是有人试图让他的写作变得有趣,但结果却是让人更加注意到他的失败,尼克·卡拉韦称其为"一种伪装成特别轻松的紧张"。当你忘记写作时,当你对写作的效果自然做出反应,但自己却意识不到写作是如何实现时,创作往往就进入了最佳状态。这本书就是如此:当那不舒服的最初几页创作阶段过去之后,作者便渐入佳境,就像作品中迪克的客人被主人巧妙地打动了一样,我也开始感受到了菲茨杰拉德的温柔魅力。他的写作天赋就是能让人们相信他创造的世界,而"对他所说或所做的事情留下少量可传达的记忆",这种效果——更准确地说,是一种在读者心中产生挥之不去的余波的效果——与作品《夜色温柔》完全一致。其他一些偶然的观察也暗示了这种两部作品互相呼应的特点。就像完全被迷住的罗斯玛丽,只抓住迪克说话时句子的要点,然后依靠"自己的潜意识补充剩下的内容,如同一个人突然听到几次钟声,便依据脑子里回响的未经计数的敲钟节奏来判断时间"。

人们常常认为菲茨杰拉德迷恋优雅和财富，就像断言青春年少的罗斯玛丽迷恋迪克一样。但这无疑是对作者的曲解和简单化认识，我实在不理解甚至惊讶还有人坚持这种认识，因为作者明显阅读过马克思的著作，并认为迪克是"像自己一样的人"，"一个共产主义、自由主义、理想主义者，一个反叛的伦理学者"。在1938年的一封信中，菲茨杰拉德写道："我从来不能原谅富人的富有，这影响了我的一生和作品。"他是浪漫派里的物质主义者，也是物质主义者里面的浪漫派。作为"一个阶层能上升得最远"的代表，戴弗体现了一种生活方式，他显然超越了所有对物质的关注，是一种令人羡慕的田园生活。但是菲茨杰拉德是最早理解无限的休闲会带给人萎靡不振和极端厌恶的作家之一（这一点在简·奥斯汀的作品中，还只是假设而已）。在无限的时间和自由的条件下，一切都很无趣，就像迪克最终冲着玛丽·诺斯不假思索说出的那样，一切都似乎变得"该死的乏味"。迪克意识到妮可的巨大财富在多大程度上"贬低了自己的工作"，于是坐在那里"听着电钟的嗡嗡声，聆听时间"。他倾听的不是一小时一小时不同的时间段，而是空洞的、毫无区别的时间流。在这种永无止境的闲暇中，迪克无可避免地"迷失了自己"，虽然他自己意识到了这一点，却无法"说出具体的时间，即哪一天、哪一月，或者哪一年"发生的这一切。

之所以能有这种悠闲，还有随之而来的平静、优雅的美好生活，其实是因为更大范围系统性的全球性堕落。对于这一点，菲茨杰拉德的态度表现得明确而细致：为了妮可，"姑娘们在8月生产西红柿罐头；或者在圣诞夜从五点加班干活到十点；混血的印第安人在巴西的咖啡种植园里辛勤劳作；梦想家被强行剥夺了新拖拉机的发明专利权——这些人都是为妮可奉献'十一税'的人"。这样，休闲和平静被玷污了，因为这种文雅生活必须依赖剥削才能被维持。

如果沉稳和堕落不可避免地交织在一起，那么狂喜与绝望，庆祝和哀悼也一样无法分离，就像《夜莺颂》(*Ode to a Nightingale*)体现的一样（菲茨杰拉德就是从这部作品中找到了小说的标题）。在小说的开始部分，妮可观察到迪克有一种"最典型的情绪"，"激动的情绪把每个人都卷入其中，不可避免的是他接下来的忧郁，虽然他从来没有表现出来，但她猜到了"。正因为这种鸡尾酒般纠结的情绪，才有了菲利普·拉金的作品《为西德尼·贝切特》(*For Sidney Bechet*)，这是又一首表达自己对爵士时代的看法的新型挽歌。在这首诗歌中，菲利普吟唱了这本书中体现的"长发的悲哀和进球的遗憾"。要写这部作品，菲茨杰拉德必须愿意重新相信所有关于幸福的期许，尽管每一个愿望都被他的人生碾碎。

如果迪克失败的精确轨迹在每次重读时都变得更加难以追溯，这实际上是对这本书微妙之处的一种赞扬，而不是它缺乏什么东西的迹象。当然，迪克的彻底崩溃相当于一个棱镜，折射出菲茨杰拉德的自我形象。事实上，这里存在相互关联的三个世界，一是菲茨杰拉德创造的虚构世界，二是真实而具有不同特征的菲茨杰拉德，最后是虚构与现实世界相互纠缠合成的具有**神话色彩**的菲茨杰拉德。这三者之间的相互影响对菲茨杰拉德作品持久的流行非常关键，也非常有力地回应了那些不承认其作品文学价值的观点。最好不要把这些理不清的线索分开，暂时先考虑一下它们是**如何**紧密地缠绕在一起的。

虽然不完全雷同于萨拉和杰拉德·墨菲，但妮可和迪克两个角色显然有一部分是基于前两个人物进一步塑造而成（海明威最初对这本书的反对主要与此有关）。与此同时，正如约翰·奥哈拉①所指出的那样，"他塑造的角色迟早会回到菲茨杰拉德世界，并成为菲茨杰拉德式的人物……迪克·戴弗最终变成了高大的菲茨杰拉德"。当丽贝卡·韦斯特被问及记忆中对泽尔达的印象时，她的回应就暗示了真实生活与虚构世界之间千丝万缕的联系。

韦斯特在1923年第一次访问纽约时就遇到了菲茨杰拉德夫妇，1926年在里维埃拉再次见到了他们。韦斯特在1963年写道，泽尔达"非常朴素，她背对着我站着，头发非常漂亮，像孩子的头发一样闪闪发光。她的脸粗糙朴

---

① 约翰·奥哈拉（John O'Hara，1905—1970），美国作家。

素，呈现出一种奇怪的崎岖不平，就像人们在格里科（Géricault）的图片中看到的疯子那样"。韦斯特继续仔细回想过去，心中涌现的是一段"极其不愉快的回忆"：

> 我想起了泽尔达在谈到自己对于芭蕾的抱负时，是如何挥动手臂，显得粗鲁不堪的。对我来说，奇怪的是斯科特·菲茨杰拉德竟然喜欢这样不优雅的人。但她也不是完全没有讨人喜欢的地方。她其实有一种特别的吸引力，但有点让人不敢靠近，不是因为你自己觉得她很吓人，而是因为她认为她吓到你了。

不管韦斯特对泽尔达的评价有多准确，在我看来，这似乎是我们所拥有的最具洞察力的见解——不是针对菲茨杰拉德，而是有关他的艺术（特别是如果我们记得早些时候，韦斯特正是依照菲茨杰拉德所提倡的风格，对泽尔达脸部的"**后形象**"做了相关评价）。这种见解揭示了艺术家想象生活的活跃与嘈杂。1935年末，杰拉德·墨菲向菲茨杰拉德让步了，他承认："你在《夜色温柔》中所说的话是真实的。只有我们生活中被发明的部分——不真实的部分——才会得到某种美丽的安排。"在第一次与迪克相遇时，罗斯玛丽意识到"一种前所未有的创造过程"。戴安娜别墅的"完美的精心设计"因为微小的失败变得显而易见，比如在背景中可能出现的侍女的幽灵或者变形的软木塞。韦斯特偶然做出的有如X射线穿透般的精准描述，揭示了作品中各种安排和不同设计背后的根本原因——即作者创作的最原本的动机。如果菲茨杰拉德对财富的迷恋部分源于他所坚持的"一个富裕城市里的穷孩子，一个富裕男孩学校里的穷孩子"，那么对他而言，优雅与不雅、美好与凡俗有时是非常相似的，这一点也就不足为奇了。在可以比较的体裁中，当他著名的描写浮华的抒情类作品，接地气地与现实和真实的东西直接关联时，能取得不错的艺术效果。有一个很好的例子能证明这一点：从《了不起的盖茨比》的象征性地理位置来看，盖茨比大厦的意义不仅在于它"庸俗的华丽"，还在于它与威尔逊车库的垃圾灰堆相邻相近，这是一种悲剧性的距离。到了写《夜色温柔》的时候，这种地形上的诡计已经被微妙地溶解掉，并在心理上内化了，那些抒情而美丽的东西变得稀散和轻薄，断断续续地在绝望和凄凉中闪烁。

此时我需要回头谈谈我计划在巴黎写的那部小说。我本来想从《夜色温柔》中汲取一些要素，然后根据自己的需要做一些调整，写一本关于失败的书，将之描绘成人生中有如田园诗般的时期——但我一直没有写成。当被问到自己的工作习惯是否有严苛规律时，我总是回答说：有人提倡作家就应该对自己的感受不管不顾，每天必须在办公桌前煎熬六个小时，我对这一观点一直非常反感。我一直坚持想写就写，不想写就不写的自由。然而，我无法在计划的巴黎小说上取得任何进展,这确实让我怀疑自己可能太没有自律性,太自我放纵了。也许我是受到了街头萨克斯艺人阿特·派普(Art Pepper)所代表的那种艺术创造性的诱惑,他声称自己"从未学习,从未实践……我所要做的只是接触它"。我一直告诉自己,也许是要处理的材料太个人化,而我还未准备好如何面对它,但我也担心关键的问题只是自己不够自律。无法完成这本书的事实使我感到一种模模糊糊的失败感,这种感觉是如此笼统,以至于它成了我生活的一部分。然后有一天,很突然地,没有任何有意识的努力,我开始写这本书。它来得相当容易,我很快就意识到,一直拖延着不写这本书的事实——早些时候无法开始写作——后来却成了创作中的积极要素。在这段时间里发生的各种事情都在这本书中找到了它们的合适位置,其中最重要的是我对摇头丸的体验,对迷幻药的认识。众所周知,菲茨杰拉德是个酒鬼。在作品《夜色温柔》中,酒水像河水一样浸润了整个故事。那时,酒的魅力和承诺早已消散。在当代背景下,这种魅力和承诺只能由药物提供,因此,在我的作品《巴黎的恍惚》(*Paris Trance*)中,所有人物都自然而然地依赖迷幻药。

罗斯玛丽在戴弗家做客的第一天晚上,客人们聚在一起共进晚餐:"他们在餐桌旁坐了半小时,接着发生了一种很容易察觉的变化,大家一个接着一个都放松了,大家放弃了成见,也放弃了焦虑和怀疑,现在他们只是最好的自己和戴弗的客人。"作品中接下来描写了很有名的一幕：

> 黑暗的空气中有萤火虫飞舞，一只狗在低矮和遥远的悬崖边上咆哮。桌子看起来像一个机械装置的舞台一样向天空升起，使周围的人感到在茫茫的黑暗宇宙中彼此孤独，只有食物为他们提供滋养，只有光温暖着他们。麦基斯科夫人发出一种奇怪的沉默的笑声，仿佛这是一种信号，表明人们已经完全脱离了世界，戴弗夫妇突然变得异常温暖、兴高采烈，开始活跃气氛……就在那一瞬间，他们似乎单独或一起和餐桌上的每一个人说话，向客人们保证他们的友好，显示他们的热情。有一刹那，看他们夫妇俩的脸，就像可怜的孩子们仰望着一棵圣诞树，表情里充满了期待。

当代文学中出现了很多描写人们依赖迷幻药的情景，但没有一个能超越这一场景的呈现。《夜色温柔》中的一些细节——迪克总是戴着手套，或者拿着拐杖——把它与同一背景下诞生的爵士乐时代的古装剧紧密地联系在一起，但也正是这样的场景，展示了一种与这个时代背道而驰的、永恒的品质。

酒精会使人昏昏沉沉，最终会破坏身体；同样，随着时间的推移，迷幻药也会削弱服药者最初的感受狂喜的能力,摇头丸引起的血清素泛滥,最终会导致血清素彻底耗尽。就好像有一种特定而有限的幸福,而迷幻药能使人很快地耗尽这种快乐。我书中的主角卢克,就用一年的时间挥霍掉了一生的幸福。按一般的评判,卢克无疑是个失败者,但我也想说,失败的卢克也以某种特殊方式忠实地完成了自己的命运。当读到彼得·马西森[①]的《雪豹》(The Snow Leopard)时,我对这一概念的信心得到了进一步加强。具体而言,让我坚信这一点的是这部书里引用的荣格关于"人格发展"的一段论述:

> 许多人坚持走自己的路但最终都会被毁灭,这一事实并不具有特别的启示……一个人必须遵守他自己的律法,就好像是有一个后台程序一直在向他窃窃私语,告诉他选择一条新奇和美妙的道路……唯一有意义的生活……是个人绝对和无条件地为实现自己独特的律法而奋斗的生活……如果一个人的行为不遵循他自己独有的法则……他就还没有意识到自己生命的意义。

荣格的这一段阐述又明显地来自尼采,就是那篇《作

[①] 彼得·马西森(Peter Matthiessen,1927—2014),美国小说家、自然学家、作家。

为教育家的叔本华》（*Schopenhauer as Educator*）的文章，被收录在《不合时宜的沉思录》（*Untimely Meditations*）之中。有时，影响太大的思想，要对其追根溯源颇为不易。我自己有一种模糊的认识，即一个人的失败不单是因为他不能实现自己的潜力，原因也许恰好相反，是因为他有能力更深入地触及这一潜力。我之所以有这类想法，可能是因为长期接触尼采的思想而受到了影响。同样，这个想法的根源也可能来自那些记忆中早些时候关于《夜色温柔》的模糊解读。另一方面，也许是因为这种想法一直潜伏在我心里，所以我一开始就很容易受到这部作品的影响，到后来又倾向于以这种特殊的视角看待迪克这一人物。

既然我已经完成了属于自己的《夜色温柔》版本的小说，也尝试着在写作中实践了自己关于人生和失败的理论，那么这之后，我必定将发生在迪克身上的一切都理解为人生坍塌的反面：他已经超越自我意愿的觉醒，体现的是一个坚定挺立并坚持自我意志的灵魂。这就是为什么迪克的失败伴随着一种肯定感，他实质上并没有辜负自己的命运，而是尽力地实现了自我价值。当 E. M. 齐奥朗谈到菲茨杰拉德在欧洲的时代，他和其他人一样都精准地抓住了《夜色温柔》中的神秘要点。他认为那段时间是"七年的浪费和悲剧"，菲茨杰拉德自己也是这样描述的：那段时间里，"他们沉溺于各种奢侈生活，仿佛被一种秘密的欲望所困扰，将自己折腾得筋疲力尽"。在其他地方，齐奥朗似乎没有特别提到菲茨杰拉德，他写道："倾向于追问内心的作家……会将失败置于成功之上，甚至会去追寻失败，因为失败是更根本的不可回避的，它让我们看到真实的自我，允许我们以上帝的视角来审视自己，而成功则会拉开距离，将我们与最深处的内心和任何深层次的东西分离开来。"

从更世俗的层面来看，迪克就像是成千上万的普通大众，他们最终能勉强实现的结果比他们曾经承诺的要少得多。但更不寻常的是，尽管早期的成功经历了巨大的弯路，他也一直在孜孜寻求属于自己的"错综复杂的命运"。要完成这一任务是特别艰巨的，因为不像妮可"自身包含了命运的末日"，根据菲茨杰拉德的笔记，迪克是"可能性的超人"，他拥有一系列的天赋和机会，或者可以稍微换一种说法，他那些天赋必然也必须得到释放。首先，他必须放弃自己早期想要成为一名优秀精神病医生的抱负，他原本立志"成为大概有史以来最伟大的精神病医生"。在妮可的财富带给他的富裕世界中，他必须让自己的理想慢慢消散。当然，他具有"优秀品质"和"非凡的个人魅力"（菲茨杰拉德的笔记是这样描述的），这一点确保他成为里维埃拉一个虚拟的普洛斯彼罗（Prospero）。从这种境况出发，到他人生最终到达的小镇，并不需要挥霍生命，而是需要坚定的意志。从表面上看，是软弱缺乏力量导致他浪费了自己的才能，但后来的他进一步成为了毫无魅力的酗酒者和偏执者，不断地争吵和自我放纵，这一方面是一种堕落，另一方面也是一种升华，即荣格所说的，是对自己的个人法则或者"后台程序"的自然回应。他与罗斯玛丽的风流韵事是一种迟来的圆满，这与其说是对妮可的背叛，不如说是对自身冲动的忠诚，这是一种长久埋藏在身体中想要毁灭自己的冲动：

"我们不能再这样下去了，"妮可建议道，"我们能吗？你到底是怎么想的？"见到迪克没有反对，她吃惊地继续说："有时候我觉得是自己的错，是我毁了你。"

"那我已经被毁掉了，是吗？"迪克愉快地问道。

"我不想那样说。但你以前希望创作，现在却要把一切粉碎。"

在用这些宽泛的词语批评迪克时，妮可在发抖。但之后迪克漫长的沉默，让她觉得更加可怕。她猜得出来，在沉默后面，在那双冷酷的蓝色眼睛后面，有一股力量和情绪正在酝酿……好像有一个无法预测的故事，一直在迪克的内心默默讲述。只有当故事突破表面而展现在生活中的某些时刻时，妮可才能从中管窥一些零星的细节。

接下来几页，迪克的声音变得"平静"了，他脸上露出了"甚至是超然的表情，没有一丝妮可所预料的烦恼"。然后，菲茨杰拉德给了他一种抒情式——几乎是一种署名式——的祝福："他离开了她，走向星光闪耀的非洲。"

从这个角度来看，这段极度羞辱的插曲——当他未能完成一项"仅在两年前还能轻松完成"的体操特技时——实际上是一场决定性的胜利。早就已经有传言说"迪克不再是一个严肃的人"，似乎是为了证实这些谣言，他让自己遭受了一种悲剧式的嘲讽。他三次尝试做爱——在第三次尝试时，他"连一个纸娃娃也举不起来"——三次他都没能勃起，这种性无能已广为人知，让他颜面扫地。从此以后，妮可对他表现出"轻蔑"的态度，"他所做的一切现在都让她生气"，甚至已经没有什么东西还能让任何人喜欢上他。但他也就此获得自由，再也没有人能挡住他的路。他终于解脱了，完满地实现了自己真实而悲惨的命运。

写于2001年

拳击文学

传统意义上，拳击手对卑微的写作艺术并不感兴趣。但长期以来，作家们一直对高尚的格斗艺术非常着迷。乔伊斯·卡洛尔·奥茨（Joyce Carol Oates）就认为，阿里对弗雷泽拳王争霸赛的第一场和第三场"堪比文学巨著《李尔王》，把人类饱受折磨的勇气和韧性提高到了古典悲剧的水平"。诺曼·梅勒——他最好的书可能不是《裸者与死者》（*The Naked and the Dead*），而是对拳王阿里和他的陪审团主席在扎伊尔偶遇的报道《战斗》（*The Fight*），据说这篇报道的写作初衷是为了向哈兹里特致敬——认为重量级的拳击冠军能"获得一种不朽的内在生命，就像文学巨匠海明威、陀思妥耶夫斯基、托尔斯泰、福克纳、乔伊斯、梅尔维尔、康拉德、劳伦斯或者普鲁斯特一样"。如果真是如此，在梅勒提到的那些文学泰斗中，有一个人的内部生命确实像那些重量级拳击手一样，那就是海明威。

"我悄然出击,首先干掉了屠格涅夫先生,然后用尽全力,成功击败了莫泊桑先生。"海明威曾经这样吹嘘,"我和司汤达先生打了两场平局,我感觉自己在最后一场比赛中略有优势。但肯定没有人会让我和托尔斯泰先生打一场,除非我疯了,或者我状态确实越来越好。"

迈克·泰森(Mike Tyson)在印第安纳州的一所监狱开始一项别具一格的阅读和学习计划时,表达了对海明威的欣赏,敬仰这位作家能挑战办不到的事情。泰森还引用了爸爸喜欢的拳击术语来称赞海明威:"他使用简短而尖锐的词语,就像我们使用勾拳和上勾拳。"鉴于泰森在新闻中重新唤起了人们对文学的普遍兴趣,我们有必要对这位有如拳击手般的作家在美国小说中的形象进行一次选择性的梳理和审视。在这一过程中,我们也会谈到现代美国作家关注的一些中心议题。

海明威的作品《我们的时代》(*In Our Time*,1926)中的故事《勇士》(*The Battler*)是美国文学史上重要的里程碑,故事讲述了尼克·亚当斯在被一辆货运列车抛下后,摇晃着站了起来,见到一张油灰色的脸,"奇形怪状,残缺不全"。这个人发现尼克一直盯着自己,就问道:"你不喜欢我的锅吗?"接着,他逼着尼克走近再看仔细一点。

> 那个人只有一只耳朵,头部的一侧则变得又厚又紧。本来应该是另一只耳朵的地方,长着一个类似于

树桩的东西。

"见过这样的耳朵吗?"

"没有。"尼克说。这使他有点不舒服。

"我可以接受,"那人说,"你认为我接受不了吗,孩子?"

"你当然能!"

"他们都想打垮我,"小个子男人说,"但他们伤害不了我。"

结果,尼克发现自己偶遇的这个人就是艾德·弗朗西斯,一个著名的职业拳击手。后来,当艾德大喊大叫地纠缠着尼克,折腾得他不知所措时,一个名叫巴格斯的黑人同伴出现了,他让艾德最终平静下来,冷冷地躺在地上。艾德为何如此疯狂?尼克想知道答案。"他被殴打得太多了!"巴格斯解释道。

殴打不只是海明威一个人的创作主题,这其实是贯穿在所有美国小说模式中的一条生动而血腥的线索。美国文化中流行着一种信念,即每个人都有上升空间且有可能取得最后成功。大多数优秀的美国作品都需要实现对社会的承诺,要遵循被压迫者、被打压者和失败者的路径去发现"通往真理的道路"〔这里我借用了雷蒙德·卡佛(Raymond Carver)作品的标题并进行了适当修改〕。在汤姆·琼斯(Thom Jones)的作品《安息的拳击手》(*The Pugilist at Rest*，1994）所描述的故事中，叙述者对着一张提奥根尼（Theogenes）的照片深思并反省道："结果就像现在一样，暴力、痛苦和肤浅的生活成了人生规则。"

琼斯有意识地继承了海明威的文学创作思想，他认为殴打不仅仅是文学唯一的主题和旋律，还可以被看作一种**道德规范**："我在拳击中亲眼见过很多这样的人，了解到一次毁灭性的殴打有时候确实能带给人巨大的好处。"就像华兹华斯遇到了吸血鬼，尼克也意外地遇见了勇士，这次偶然相遇使他深受启迪并开始改变，虽然在身体上他毫发无损。在琼斯的作品里，我们听到了真实的声音，即被打伤的人发出的声音："我的肋骨断了三根，鼻子被打断了，眼窝子也破了。我流了两个星期的血，一直发烧，精神错乱。我以为自己要死了。一旦受到这样的打击，你就会对上帝产生恐惧。"这一简单的变化和差别实质上意味着一个人相当重要的成长。

自海明威，特别是福克纳以来，美国小说界的一大工程就是构筑一个无知者的文学语体。这个目标实现得如此细致、成功，以至于当今（美国小说界）一些最动人的声音都是那些描写失语状态的。一段时间以来，（文学上追求的）永恒高雅的理想现在已经被永远抱有缺憾但同样难以实现的观念所磨灭了。回头看看这句"你不喜欢我的锅吗？"，其目标就是精心雕琢出一种失语状态。

要达成这样的目标，海明威的故事中所遇到的那种有力的拳击手，正如大家所说的格斗游戏中的角色一样，显然非常有用，那些斗士成了作家自己创作事业的戏剧性投射。

《安息的拳击手》赤裸裸地证明了这一点。琼斯大部分故事的主角都是一名越南老兵和职业拳击手。主人公从越南战场回来时安然无恙，战争的经历只是为他在拳击场上贴上"标签"而已："感觉就像对手用圆头锤子敲我的脸；有时又像他在把灯泡往我脸上砸。"接着，他赢得了这场比赛，但由于被殴打，他患上了"一种左颞叶痉挛，有时也被称为陀思妥耶夫斯基癫痫"。拳击把他的生活搞得一团糟，他的大脑被砸得粉碎，但这竟然使得他加入了陀思妥耶夫斯基联盟（至少从癫痫的角度看是这样）。

在《安息的拳击手》中提出的关键难题具有示范性，因为在这部作品的字里行间找不到任何区别优秀和愚蠢写作的标准，而其实这两者一直纠缠在一起，互相支撑。文艺批评的裁判喊着"休息！"，但没有用，因为哑口无言是对真实性的保证，而真实性是判断质量的标志。殴打不仅被当作文学主题、旋律和伦理，还甚至成了一种美学托词和文学引导原则。

琼斯的重要性在于，他允许我们推断和描绘当代美国文学理想的困惑，即作家们一方面希望自己根本不能写作，另一方面又渴望**仍然能找到创作空间**。

平尼·本尼迪克特①最终**找到了**写作的空间,这一点毫无疑问。他的小说《上帝的狗》(*Dogs of God*,1994)将"勇士"的教训提升到形而上学的暴力水平。在一段令人产生幻觉的开场白中,主角古迪发现自己陷入了一场无休止的战斗。甚至在两个拳击手都弄瞎了眼睛之后,比赛还在继续进行:"我们站在彼此对面,隔着一手臂的距离,用力抽打对方,甚至都不想躲开或者阻挡对手的拳头。我们的眼睛受到了重击,看不清光线,只有拳击手套来来回回沉重地落在身体上。我砸向他,他捶打我……就是凭借这一点,我们知道两人都还活着,这也是我们唯一需要了解的真相。"

但书的结尾是一场不戴手套的赤裸裸的拳击,这场打斗的描述最能说明问题。古迪有足够的技术,**但必须保守**地使用重拳出击,因为他的手很容易就会受伤。他用右拳击中并打昏了对手:"这次出拳干净利落、威力无比,在自己的手被打断的那一刻,古迪感到一阵得意忘形的快感。"奇迹般的是,他的对手竟然设法继续参加了第三轮比赛,而古迪不得不接受一些文学描述给予的严厉惩罚:"他现在闭着一只眼睛,同时能感觉到另一只眼睛已经开始肿了。没有人在他身边处理他眼皮上面疏松的肿块,或

---

① 平尼·本尼迪克特(Pinckney Benedict,1964—),美国小说家。

者给他任何安抚。"他最后终于出招,用凶狠的左拳收拾了对手,但同时也打断了自己的左手。

古迪赢得了这场战斗,但代价是牺牲了双手。这之后,他甚至连啤酒罐都拿不住——更不用说一支笔了。他的一只眼睛也瞎了,自认为是视网膜脱落造成的后果。因为作家的创作困境,我们几乎不希望作品中能有一个更生动的比喻。我曾说过,像本尼迪克特这样的作家,创作目标实际上是要写出一篇散文。可以说,这篇散文经过了精心的打造,几乎达到了完美的境界。要想作品成功并赢得读者,语言表达就必须分裂。语言的明晰和精确与它的自残倾向是同义的。换言之,语言的力量与它的自残能力密不可分,前者实质上依赖于后者而得以实现。

最能说明问题的是,在本尼迪克特和琼斯两人的作品中,主要角色都要面对更大、更强的对手,他们原本没有权利和这些对手在同一竞技台上。"我不该和他打,"琼斯的一名拳击手在谈到殴打他的对手时说,"比赛一开始,其实就已经预示着结束。"古迪因为拳击减了大约四十磅的体重。无论如何,两位作家都投入了某种战斗。他们克服重重困难最终取得了胜利,但在打斗的过程中遭受了无法补救的损伤。哈罗德·布鲁姆(Harold Bloom)对于影响力所带来的焦虑的巧妙理解提醒了我们,作家们是如何克服他者对自己产生的巨大影响并进行创作的。如此看来,如果我说海明威在文学抱负方面的拳击比喻已经被其对手无意识地吸收,这一说法并不算不切实际。对前面提到的两位作家而言,他们的对手就是未被击败的像海明威和福克纳那样的重量级拳击手。不管怎么说,美国作家——至少对于白人作家而言——仍在面临这些强大对手们摩拳擦掌的随时出击。

写于1994年

理查德·福特[①]:《独立纪念日》

理查德·福特作品中的叙述者弗兰克·巴斯科姆放弃了严肃的写作,成为了一名体育专栏作家。这实际上也是福特自身的写照。直到成为像巴斯科姆一样的体育专栏作家,福特才让自己进入大作家的行列。

在作品《体育新闻记者》(*The Sportswriter*,1986)的零散片段中,弗兰克回顾了他已经放弃的文学生涯。他曾经出版过一本很有"前景"的小说集《蓝色的秋天》(*Blue Autumn*),后来开始写一本他从未完成的小说。小说要讲述的是一名在丹吉尔港的前海军陆战队员的故事;弗兰克从未去过丹吉尔,但他"以为那里应该就像墨西哥"。在他三十好几的时候,看着被遗弃在抽屉里的文稿,他对

[①] 理查德·福特(Richard Ford,1944—),美国小说家。《独立纪念日》(*Independence Day*)是其代表作之一。

自己曾经如此守旧而实在的努力也感到困惑不解。

这非常准确地说明了福特此前两部作品出现的问题。《一片真心》(*A Piece of My Heart*，1976) 和《最后的好运》(*The Ultimate Good Luck*，1981) 这两本书都是在福特的第三本专著《体育新闻记者》成功面世后紧接着在英国出版。《一片真心》因为拙劣的公式化情节而使他陷入低谷，该书不过是在平庸陈腐的故事中注入了被弗兰克称作"生硬的空虚感"的情绪。

> "我不热。"他说道，继续将头埋在手腕中，吐了一口痰到泥土里。
>
> 她安静了下来，他也决定让事情停歇一会儿。
>
> "我在等。"她说。
>
> "在等什么？"他问道……
>
> 她坐在那里，一动不动地凝视着马路上长长的弧线，深深地吸了一口气。

将故事发生的背景设置在墨西哥南部的瓦哈卡州（或许是像丹吉尔那样的地方），《最终的好运》这部作品遭遇了更大的困难——"奎因希望能将钱尽快存起来"——但更加觉得空虚，因为"钱让他很紧张，钱这玩意儿太重要了，不能随便玩"。奎因是越南战争的老兵，在故事开头的几页里，他带着一个刚认识的女孩去看拳击比赛。"他希望这场比赛结束,以便有更好的拳击手加入进来,墨西哥人也希望这样。"那个拳击手只有一只眼睛睁开,但奎因连眼都不眨一下。比赛结束后女孩就在他房间里与他性交,之后就有了很多脏话和枪击。顺便说一句,在这两部早期小说中,香烟从来不是"熄灭"或者被"掐灭",而是被"捣碎"的。

按照弗兰克·巴斯科姆的理解,福特早期作品中故事的问题在于,他总是能"看到"自己所写的东西的侧面,就像读者在他的第一本书中看到的那样:当美国男性作家带我们去看一场拳击比赛时,大家通常是为了看他们和海明威如何较量。然而,弗兰克在写有关体育报道的文章时,却发现了一种完全属于他自己的风格,"一种毫无掩饰的声音,希望通过直接运用事实来揭示简单的真相"。对福特而言,你可以这样说,突破就是效仿弗兰克写作。如果一定要在福特写作的这一阶段找到海明威风格的影响,那就是约翰·契弗(John Cheever)所说的体现在你能在所有海明威作品中闻到的——孤独的味道。

作为一名作家,福特通过作品传达的信息总是有一种情绪、一种决心。他的小说总是引向一种广义上处理事物的普遍方式,但他一直试图通过生活在边缘的人物来实现这一点,就像巴斯科姆未完成的小说中的主人公一样。与弗兰克·巴斯科姆一起,福特能够跨越一切事物的中间阶段最后实现自己的抱负:他出生于世纪中期,属于中产阶级家庭（他早期作品的主角经常是流浪者），住在城乡中间的郊区，在旅途中间经常停滞不前。出生在"1945年的一个普通现代人"，他现在是一个"普通的市民"，过着"像所有人一样默默无闻的平常生活"。多年前，在海军学院里面，他还"多少有些超越普通人"的优越感。但不管怎么说，对他而言，"普通"是通过努力而获得的一种状态，这种平凡被赋予了非凡而准确的意义。

在郊区，空虚并不难获得，但表现微妙，甚至可以控制。当小说在耶稣受难节开篇时，弗兰克和他的前妻在他们死去的孩子的墓前。整本书都围绕着这一损失展开——丢失了孩子、妻子，还有文学的抱负，书里还谈到了弗兰克的"可怕的、灼热的遗憾"，这份遗憾为它提供了每天基本的膳宿，但同时也一直威胁要破坏弗兰克的日常生活。在这部小说的非凡成就中很重要的一点就是，对弗兰克来说，无法区别承认和逃避。在书中接近400页的结尾处，福特一直保持着一种语调，其中均匀分布着麻木、舒适、荒凉和满足这些感觉，这不仅体现在每一个场景中，而且体现在每一句话、每一个**单词**中。这种复杂的自相矛盾会产生巨大的、令人压抑的悬念——我们永远不知道最小的行动的后果会在哪里结束——让读者极其轻松又极端疲惫地赞赏这部可怕的近乎喜剧的作品，并达到一种恰如其分的复杂状态。

续集《独立纪念日》在弗兰克所谓的"存在时期"中

找到了他。他放弃了体育新闻的严肃写作，现在他从撰写体育报道改行开始出售房地产。他已经四十多岁了，仍然住在新泽西州的哈达姆（住在他前妻的房子里），做着自己平凡的工作：收取房租，或者尝试向几个生活越来越不幸的客户展示房产，有时也像体育记者一样，为一周后的假期做做准备。不过这一次，他没有和女性朋友在一起，而是陪着青春叛逆期的儿子。

由于福特对这部小说的定位如此精确，在1988年7月4日的一个周末，随着选举的临近，你起初也许会认为弗兰克就像约翰·厄普代克的兔子，将成为美国更大的历史和政治命运的一枚试金石。但这不是他的意图，或者最多只能算作一个被不经意实现的目标。福特把一切都压了下来，把行动固定在一个特定的历史时刻，因为他需要紧紧抓住他的小说，同时允许弗兰克的独白随波逐流。从大多数标准来看，《独立纪念日》是一部离题的小说；相比之下，《体育新闻记者》这本书则是被作者用钢丝拉紧的，情节相互纠缠。福特在《独立纪念日》中的悬疑版本就是让事情悬而未决，他似乎是有意无意、马马虎虎、随意偶然地把故事讲了出来。当灾难降临和小说要结束时，结局的痛苦加剧，因为所有额外的情节已经在不知不觉中堆积和连接成了无伤大雅的圈套。只有在那一刻，你才意识到，叙事的线索实际上是步步为营地逐步被设计和慢慢延展的。

但这是一项冒险的工作。有时,《独立纪念日》推进故事发展时显得过于接近它描绘的平凡。当弗兰克向我们建议他行程的每一个转折和变化——"多达80辆,数不清的汽车都向东涌去,然后向西涌向哈肯萨克市,又多了17辆车穿越过帕拉莫斯,再次来到花园州北路。但很奇怪这里的交通居然不算繁忙;穿过里弗埃奇、奥拉德尔和韦斯特伍德,还有两个纽约线的收费站,然后从东到尼亚克和塔潘兹,从塔里敦下来……"我们停止思考,让故事的全部细节一股脑儿地冲向我们,不考虑他究竟要去哪里。他引着我们快速地穿过市区,经历了一次"旁观者之旅";他屈从的要么是一种详尽的速记,要么是一种高度缩略的普通书写:

> 经过关闭的PO、法式海湾,几乎空无一人的奥古斯丁客栈,咖啡馆,广场周围,经过新闻信箱栏杆、劳伦-西文·德尔办公楼,花园州立S&L、睡意蒙眬的研究所和总是正式开放,但实际上深刻关闭的第一长老会,在那里的欢迎标志上面写着:生日快乐,美国!★5K比赛★他可以在终点线帮助你!

换句话说,弗兰克作为叙述者如今有了额外的意义,尽管其叙述只占半个页面,但他并不在意这个。在这种半隐身状态下,他其实很高兴;沿着破旧的公路懒洋洋地往下走,见到女孩蹬着高跟鞋大幅摇摆的身躯,他的心会"嘣嘣"跳起来。如果散文像这样展开,很容易被读者听到叙述者的声音,而你必须仔细倾听,以防弗兰克慢言细语的叙述使你昏昏欲睡,否则你就错过了重要的转折(措词的变化)。在这段被引用的行程中,其实读者看不到任何一个具体的计划,但福特正是通过这些紧密衔接的日常琐事,捕捉生活的插曲,这些描述有时过于模糊和流动,甚至很难被称为情绪,但这些平凡琐事整体上体现出作者"存在时期"没有特性且缺乏固定风格的特点。

弗兰克作为叙述者的声音也非常灵活多变(这正是小说《体育新闻记者》的一个突破)。在毫无征兆的情况下,叙述者的声音可以冒着显得荒唐的风险,在回归单调乏味之前像里尔克那样大喊一声:

> 看到医院里经过无菌消毒后的颜色,那冰冷的表面,以及耳目所及之处一切那样严肃、无味,像阴阳两仪般不停单调有序地轮转,我的心就开始颤抖……一切都凄惨、绝望地为什么东西而存在;没有什么东西因为自身而存在,或者更确切地说,没什么东西不为其他东西而存在。一篮红天竺葵会被人拽走,一期《美国宠养鸟》杂志会被人像扔苹果核那样扔来扔去。一本《物业指南》,一叠《飞燕金枪》的电影票——在有人从垃圾堆里找到它们之前,人们对

它们的兴趣不会持续五分钟。

对于幸运的美国作家来说,占主导地位的叙事声音是如此贴近叙述故事中人物角色的生活!弗兰克的前妻一度抱怨道:"每次我跟你说话,都觉得一切都是你写的。""那太可怕了,不是吗?"然而,也可以反过来看待这一点——弗兰克写的每件事听起来都像是书中的人物所说的——也因此变得一点也不可怕。想想詹姆斯·科尔曼①为了缩小叙事与对话之间的差距,不得不让自己挤进故事圈所作的努力;然后想想福特,还有那种介于两者之间的、灵活而通融的叙事声音,那些声音不管放在引号里面还是外面,都适得其所。

和《体育新闻记者》一样,《独立纪念日》的大部分活动都由弗兰克和他偶遇的人们的坦率交谈组成。故事中的人物——即使是那些像坦克斯先生这样跑龙套的角色、"被他的大胳膊夹住"的戴腕表的搬家工人,还有弗兰克总能为之安排一些任务的厨师沙尔,他们都能够自然地走进作品中,并在瞬间变成生动的存在。这些角色甚至不需要为了出现在作品中而获得存在:当弗兰克通过电话查看答录机上的留言时,一个废弃的汽车旅馆大厅突然就有六

---

① 詹姆斯·科尔曼(James Kelman, 1946—),英国小说家、诗人。

七个人挤在一起，所有人都几乎搂着他向他耳语。虽然没有绝对把握，但据我所知，福特是第一位挖掘这一相对较新的创作技术的小说潜力的作家。

我之所以提到这些信息，是因为它们以可以想象到的最集中的形式，显示了福特是多么善于以寥寥数语传达全部的生活。在《体育新闻记者》中，弗兰克和近乎自杀的熟人沃尔特·卢克特进行了交流，两人都用彼此的教名结束了自己想说的一切内容，没有什么比这次交谈更能显示弗兰克与世界的分歧和连接。福特还有一种不可思议的诀窍，他知道如何让角色所说的话以某种形式**包含**周围环境的光线或天气：用一种声音暗示一个手势，再用一个手势暗示一种心理状态。我印象特别深刻的一个例子出现在《野生动物》（*Wildlife*）中，这是一部几乎无可挑剔的短篇小说，1990年出版，正好发表于两个巴斯科姆的故事版本中间。故事中，十几岁的叙述者看到自己母亲在和爱人通电话，"她将电话线缠在手指上，在与他交谈时，通过门缝偷偷看我"。（美国的写作和表演艺术之间的联系可能比我们想象的更紧密。）这本新书充满了这样的时刻——这些时刻，场景的心理动态被几个简单的动作所实现——比如弗兰克周旋于几个越来越绝望的购房者周围，他们正在接近"房地产崩溃"状态：

"也许我们应该考虑租房子。"菲利斯茫然地说。

我在自己的镜子里看到了她,保持的姿态像一个失去亲人的寡妇。她一直盯着隔壁那家轮毂罩集市。尽管那些轮毂罩在微风中闪光并发出叮当的响声,但淋雨的院子里其实看不见一个人。她可能把某些东西看作是对其他东西的隐喻。

然而出乎意料的是,她坐在前面,将一只厚实的手套放在乔裸露而多毛的肩膀上,这让他像被刀刺一样地跳了起来。尽管他很快察觉到这是一种团结和温柔的姿态,笨拙地伸出手去抓住她的手……这是婚姻的基本姿态,是我不知为何错失、让我后悔和悲伤的姿态。

这样的段落提醒我们,虽然福特是进口到英国,然后由格兰塔出版社包装而成的时髦的"肮脏的现实主义"作家,他的成绩却主要与那些一直保持一定质量的小说相关。事实上,弗兰克和他的儿子保罗的旅程都非常自觉地将《独立纪念日》定位在美国小说的传统中,并含蓄地将这一传统拉向福特自己最偏好的领域。

从哈达姆出发,他们一直赶往库珀斯敦,可以说一直走到了美国小说的黎明时期。在那里,詹姆斯·菲尼莫尔·库珀[①]以几十个不同的版本被保存在皮袜礼品店和猎

[①] 詹姆斯·菲尼莫尔·库珀(James Fenimore Cooper, 1789—1851),美国作家,浪漫主义代表作家。

鹿者旅馆里，而弗兰克和保罗也在那里住过一晚。弗兰克对从哈达姆出发的旅程中所体验到的地貌感到震惊，同样让他惊讶的是，"三个小时后，你就能站在长岛海峡波浪拍打的海边，像杰·盖茨那样凝视着灯塔，射下来的那束光能吸引你走近，或者远离你的命运，但同样在三个小时后，你也会赶去喝鸡尾酒，那里接近年迈的纳蒂（Natty）旗开得胜的地方——但这两个地方相距遥远，如同西雅图和得克萨斯州的韦科市那样天各一方"。

当然，在这两个文学的南北极中间，是新泽西州的哈达姆市——福特在那里确立了自己在文学上的卓越成绩。这相当于说他就在那里——这是我不会反驳的说法。福特不仅如此丰富地运用了传统的写作工具和艺术品质，更重要的是，他还提醒我们，这些品质本身是难以超越的。你可以像乔伊斯、福克纳和他们的后代所尝试的那样去努力跳过这些传统，但是你却无法使它们更加完善。

写于1995年

詹姆斯·索特[①]:《猎人》与《光年》

詹姆斯·索特是战后美国文学的大谜团。他被誉为"作家中的作家"(这一方面说明他获得了最高的文学荣誉,另一方面也默认他从未取得过任何商业成功)。他的作品经常被低估,但偶尔也会被过高地评价。英国版的《卡萨达》(*Cassada*,该书于2000年首次在美国出版)所提供的作者信息是这样解释的:"随着他的第二部小说于1961年出版,索特作为作家的声誉得以确立。"据索特本人说,在1997年的回忆录《燃烧的日子》(*Burning the Days*)中,第二部小说"消失得无影无踪"[《卡萨达》实际上是他第二部小说的改版和重版,最初是以另一个标

[①] 詹姆斯·索特(James Salter, 1925—2015),美国小说家。《猎人》(*The Hunters*)是他的第一部小说。《光年》(*Light Years*)是其长篇小说作品。

题《肉体之臂》(*The Arm of Flesh*)出版的,这让事情变得更加复杂]。《燃烧的日子》被一些美国著名作家的赞美之词所点缀,其中包括理查德·福特,他评价说"每个句子都显示,索特是语言大师"。因此,在第一次发现索特作品中出现下面这些句子时,我感觉很奇怪。有些表达看起来很不得体,仿佛作家的文体特点使他意图传达的部分内容与语言的句法要求不一致:"钢框架里有一部电梯,我们曾经乘坐电梯而上,也许一切发生在我的想象中,甚至整个威严的视野都是想象。"这样的评价当然不算一个决定性的判断,但的确需要一段时间才能感受和适应他行文中不够稳定的节奏。围绕着索特的名声和创作技巧的不确定性,因为作品《一场游戏一次消遣》(*A Sport and a Pastime*, 1967)的出版得以进一步升级。索特这部最著名的小说讲述了一段在法国的热情洋溢的性爱经历,却是随着时间的推移而表现最差的一部。

所有这些都使得《猎人》与《光年》作为企鹅出版社现代经典的重刊倍受欢迎,这是一个值得评价和庆祝的原因。《猎人》是索特的第一部小说,以最简洁的方式体现了他的写作才能。这部作品取材于他自己的战争经验,他曾经作为飞行员在朝鲜执行战斗任务。空中的战争与地面上近似于内战的战斗同时进行,飞行员们相互竞争,以达成梦寐以求的五项特技,这将使他们成为王牌飞行员。他们内心中存在着相互矛盾的诉求:一方面,他们想要确保战友们的安全,这是飞行员的"神圣"职责;而另一方面,他们要体现个人的胆识——甚至是鲁莽——就必须击落米格战机。这种内心的矛盾带来一种威胁,几乎要摧毁故事的核心人物克莱夫·康奈尔。

在《燃烧的日子》中,索特回忆起一个朋友对他的建议:"故事的最初形式应该是有人说:'我当时就在现场,这就是我所看到的。'"一开始写作,索特就知道作为一名战斗机飞行员的经历会给自己讲故事提供重要的直接经验和力量来源(这部小说的高潮场景涉及回忆录中简要提到的一桩事故,当时两架飞机因为燃油不足被迫滑行返回基地)。早些时候,在学习驾驶飞机的那段时间,索特就已经开始迷恋著名的作家兼飞行员安托万·德-圣-埃克苏佩里(Antoine de Saint-Exupéry):"我最钦佩的是他的知识,是他思想的完整性,而不是他的功绩……我会紧随其后效仿他。"[这种传统——或者更准确地说是一种发展轨迹——最近被杰德·梅库里奥(Jed Mercurio)进一步推广。他在小说《攀登》(Ascent, 2007)中的一部分关于在朝鲜战争时驾驶米格战机的苏联飞行员的描写,可以看作是一种对索特的评论(抑或是宣战?)——索特的小说大概是梅库里奥写作的模板和灵感来源。]《卡萨达》的核心故事集中于一个事件,在某种程度上,这一事件是一种对于危机的重新加工。危机取材于圣-埃克苏佩里基于想象在作品《夜间飞行》(Night Flight)中所描绘的场景,当时两架飞机滑过了起落跑道,因为黑暗和乌云遮拦与地面失去了联系。小说《猎人》直接提到了这位大师,借用他的作品《风、沙和星星》(*Wind, Sand and Stars*)中的抒情诗体(如"云海之下,是一种永恒"),并将之转换为喷气机时代的暗语、正义事业的曙光:"当他们在永恒的海洋上空执行任务时,除了飞行开始和结束的时候,从来没法看清地面情况。"这并不是说索特没有自己的抒情天赋。他自己的飞行经历、天空的奥秘,对于驾驶螺旋桨驱动的双翼飞机的飞行员而言,仍然令人陶醉和充满了神奇的魔力。

突然,佩尔在三点钟大声喊叫起来。克莱夫看了看,一开始不知道是什么,往远处望去,发现正在下着一场奇异的梦幻般的小雨,一些银色的东西摇曳而下。那是一群从空中翻着跟头掉下来的坦克,燃料和蒸汽从坦克上面流了出来。克莱夫抬头看了一眼并数了数,有十几架甚至更多飞机在降落,像微弱的哭声慢慢趋于平静。大量的坦克意味着这些都是米格战机。他再次抬头搜索了一下天空,却什么也没看见。

这一段落的展开非常有特点:将驾驶舱内程序式的对话化解为具有抒情色彩的唤起读者情绪的文字,然后使其作为数据被识别和吸收,即被读者计算、加工和回味。在小说的开头，在克莱夫作为乘客前往朝鲜的飞行途中，当他从机舱窗户向外凝视时，索特就强调说："他透露出的显然是飞行员的眼光，他看到了充满敌意的山脉，注意到没有完好的地标，但也有几个平坦的地方能在紧急情况下着陆。"克莱夫后来竭尽全力想弄清楚自己看到的"梦幻雨"究竟是什么东西，他还想在空中找到自己认为肯定存在的米格战机，但结果都一无所获。通过这样的情节安排，索特其实在暗示故事主角的性格中存在潜在的缺陷。对于飞行员来说，眼睛就是一切："事实已经一次又一次地证明，谁能看得最远。"克莱夫的僚机驾驶员以及对手佩尔的视力非常好——"他能从4万英尺之外发现鸟巢"——这简直就是一种超级视力。

小说中的一切都是以战斗机飞行员的世界观和语言呈现出来的（如飞机几乎总是被称为船！）。毫无疑问，这是有史以来最伟大的飞行小说之一。然而值得注意的是，不管如何精心和忠实地呈现驾驶战机的情景，更重要的一点是：飞行本身不仅是目的，还是对人物性格的考验，是对一个人面对命运如何反应的测试（这里同样能找到对圣-埃克苏佩里作品的回应）。你尽一切所能去控制正在发生的事件，但在某些时候——回到《燃烧的日子》——你发现自己只能"面对不可改变的"事实。被困在驾驶舱里，像一个"独处于深海中的潜水员一样"深感孤独，飞行员在被孤立的经历和考验中达成——或失去——自身的优雅和尊严。这是索特通过孤独达成辉煌的伦理的核心，也是兰德（Rand）自我绝对定义的一部分。兰德是他后来的小说《独唱的面孔》（*Solo Faces*，1979）中的主角，故事中，兰德一直努力改变自己的社会地位："有比城市生活更伟大的东西，它比金钱和财产更伟大；有一种男子气概，是永远不能被剥夺的。为了这种男子气概，一个人什么都可以抛弃。"

然而，就算这些文字仍存在着模棱两可的地方，对于兰德来说，他仍会因为获得认可而感到欣慰："一种与众不同的感觉萦绕着他，他也因此过上了不同的生活，而这种与他人的区别意味着一切。"克莱夫和其他飞行员也是如此。他们的杀戮必须被记录在镜头里，或者由其他人做担保以获得确认。克莱夫渴望得到公众的赞扬，认为五次杀戮的记录能让他获得殊荣。只有获得了这项荣誉，才有可能拒绝功勋的诱惑；失败感像诅咒一样纠缠着他，直到实现梦想的那一天。在东京休假时，克莱夫向一个遇到的女孩解释说："真实并不总是来自诚实的男人。"在一个决定性的转折中，他最终通过一种谎言抵达了自己的真实时刻。在整片天空"寻找命运和信仰"失败之后，他最终在"地面上"找到了它们。他的胜利在于获得了自己最追求的东西，然后自愿放弃这些——以及所有本该随之而来的赞誉。

从这个角度来看，就免不了自然而然地把索特在《猎人》中虚构的飞行经历看作他后来作家生涯的预言。克莱夫渴望成功,不管是在与外界隔绝的孤立的驾驶舱内,还是通过同事的钦佩和赞美。当索特完成《光年》时,他"想要获得荣耀",渴望赞扬,一种"广泛的赞扬"。在某种程度上,这一梦想在美国得以实现。这本小说在英国的出版得益于格雷厄姆·格林(Graham Greene)的介入,他的"评价高于其他英国批评家"。这些可不是无关紧要的闲言碎语,因为在《光年》中,索特塑造的一个角色就赤裸裸地谈到了这个问题:"我真正想知道的是,"内德拉问道,"名声是决定伟大的必要成分吗?"这个问题也一直困扰着克莱夫,同时让内德拉的丈夫维里震惊地意识到自己的不足:"名声不仅是伟大的一部分,它有更大的意义。它是证据,是唯一的证明。其他所有的东西都是徒劳无用的。而获得名声的人是不会失败的,因为他已经成功了。"从普遍意义上来看,这也解释了为什么在创作早期就大获成功的菲茨杰拉德,能够在后来失败的假象中沉沦跋涉。对于索特而言,这提供了一个不寻常的具有戏剧性的例子,即一个作家的作品和声誉能够邻接,彼此作用,相互启发。

如果说《猎人》是索特最完美的小说,那么《光年》就是他最奇特、最复杂、最雄心勃勃的成就了。它描绘了一对年轻夫妇在纽约州偏远北部的田园诗般的生活(夫妇的名字是内德拉和维里,这可能是文学中最令人恼火的有名字的人物吧）。他们的生活沐浴在一种家庭的、俗世的清新光辉中，这种光辉照亮了飞机上的飞行员（就这一点而言，或许也照亮了山上的兰德）："秋天的早晨，最早的晨光，树梢上方的天空显得苍白、纯净，比以往任何时候都更加神秘，这样的天空让敢死队飞行员晕眩茫然，也让天文学家无法工作。天空中昏暗地闪烁着最后两颗星星，就像散落在海滩上的硬币一样模糊。"起初，小说中弥漫着一种经济的、家庭的富足气氛。故事在1958年面世，和作品《一场游戏一次消遣》类似，多年来这部小说以一种非常简单的方式获得读者的垂青。维里总是开车进出曼哈顿上班或吃饭。今天任何人一想到这一点，肯定都会感到恐惧。但早在20世纪50年代末和60年代初，通勤地段还不像现在这样如此拥挤，这一情况绝对令现代人羡慕不已。

这部小说充满了强烈的紧张感。看到季节迅速流逝，目睹叙事如此铺张，读者会觉得无比惊讶。维里和内德拉的婚姻关系变得越来越紧张，这充分显示其实压力从一开始就存在；事实上，这种压力与婚姻表面或背后呈现出的完美密不可分。这对夫妻都有各自的情人，两人的孩子也已经长大，共同的朋友或者已去世，或者直接从视野中消失了，他们夫妇最终也离婚了，分别移居到了国外，但小说仍然持续跟踪描述他们的生活。以一种异常奇怪的方式，索特对作品中人物角色的呈现似乎既有决定性，也有偶然性和不确定性。如果我们把伊恩·麦克尤恩（Ian McEwan）视为运用一种新奇手法的大师，即能把每一条线索和暗示都整齐地塞进故事中，又能在后续的章节中轻松地把它们绑扎在一起，那么《光年》就显得一片混乱，好像一篇充满了漏洞的草稿，一直等待能得到有效的弥补，但到小说最后也没有实现。故事中的关键事件还没有深度挖掘或者找到解决方案，新的情节就已经开始，但我们有时根本不知道它们如何结束，甚至不了解它们是如何一步步发展的。然而，读者确信作品中存在这些明显的不足，对于作者的犹豫不决，读者也能提出非常坚定的针对性意见。

对于自己在《燃烧的日子》中不同寻常和奇怪的故事驾驭风格，索特提供了一个重要的指导性解释。1972年，他完成了一份65页的提纲：

> 我紧张但兴高采烈。我知道自己想要什么：我就是想总结对生活的某些态度，其中包括婚姻持续时间太长的观点。也许，我也在思考自己的婚姻。在我的内心深处，这是一次对过去的追忆，一次最后的深刻忏悔。有一句源于让·雷诺阿（Jean Renoir）的诗句打动了我：生命中唯一重要的东西就是那些你留存的记忆。这就是解释一切的钥匙。我的那部小说是一本关于纯粹回忆的书。作品的一切都表现为作者的声

音，都体现在作者自己的叙述方式中。

考虑到作者的这一解释，这本书的怪异之处便开始消失，它的缺陷也成为了作品最基本和全局设计的一部分。故事变成了一种特殊的、由决定性的重要时刻组成的、轻描淡写的叙述，这是一种徐徐推进的提醒方式，告诉读者某些时刻既然已经如此紧张，其后果便已经不值得作者重述。

索特有足够的理由相信自己进行的写作尝试意义重大，但他很难说服一位出版商理解并同意他的意图。当作品最终完成并被接受时，索特在《燃烧的日子》中解释说，他的编辑补充了一条说明，轻松地总结了他作为美国大师模棱两可的文学地位：这是一部"绝对了不起的书，从各方面看也许都是如此"。

还记得内德拉关于名声和伟大的关系提出的问题吗？从这个问题和维里对此的反应来看，由于《光年》成为了现代经典，索特的名声也因此被改变。但事实远非如此简单，小说的文本本身，每一页里面的文字，也因索特的名声而有了微妙的变化。如此看来，他的编辑在评价其作品时用到的"可能"这个词完全可以删除了。

写于2007年

丹尼斯·约翰逊[①]：《烟树》

谁会想到丹尼斯·约翰逊的作品里竟然有这么一本巨型的重量级小说呢？他的最后一部作品《世界之名》(*The Name of the World*)只有短短的120页，却仍然成功进入了每两年评选一次的《爱尔兰时报》国际小说奖的最终候选作品名单。稍微考虑一下这一事实，这部内容单薄、没有情节、表面上粗制滥造的作品，面临着来自伟大作家迈克尔·翁达杰（Michael Ondaatje）和菲利普·罗斯（Philip Roth）充满实力的竞争，竟然成为了2000年至2001年两年以来出版的最好的英文小说之一。该书之所以如此吸引人，似乎正是因为它出自一位不同寻常的作者。从某种程

[①] 丹尼斯·约翰逊（Denis Johnson，1949—2017），美国小说家。《烟树》(*Tree of Smoke*)是其长篇小说作品，曾获美国国家图书奖。

度上来看，这位作家根本不知道如何写作，但他又确实知道自己在做什么。《耶稣之子》(Jesus' Son)是他最著名的作品，这本书更加简略，罗列了一系列因为吸毒而身体虚弱的失败者的故事，故事以拘谨而混乱的文字展开，充满了超脱、抒情，甚至是腐朽的文字："我的女人们现在在哪里呢？她们那甜美而湿润的语言和风格，还有院子里那片半透明的绿色里出现的神奇冰雹？"看来，这的确是一个具有明显美国特色的作家：一个超自然的文盲，一个垃圾场的天使。

不用多说，约翰逊肯定不是每个人都会喜欢的作家。在我向读者推荐了《世界之名》之后，一位非常有文学修养的朋友回复了一封电子邮件——主题是"品味的修正"。邮件比较了约翰逊自我描述式的"狂野话语动物园"和贝娄(Bellow)无休无止的自我辩解。然而对我来说，这种比较分析的效果适得其反：在我心中，贝娄立刻就像乔治·艾略特(George Eliot)一样变得经典而受人尊敬。

现在我们谈论的是它在某些方面如何类似于维多利亚时代的小说：长达600页，有无数的人物，还设计了一个情节，为美国参与东南亚各种事务的争议性神话提供了答案（这里的东南亚主要是指越南，也包括菲律宾的很多地区）。情节之所以能成为一把非常现代的解题钥匙，是因为随着每一次的故事转折，承诺的启示都被更加安全地隐蔽起来。我们这里谈论的是美国中央情报局CIA，或者更广泛地说，我们谈论的是一项文学使命，这一使命吸引着我们比较德里罗、罗伯特·斯通（Robert Stone）、康拉德（尤其是结尾时我们会讨论更多），当然还有格雷厄姆·格林（其角色还很难让人判定他是一个安静抑或是丑陋的美国人）等伟大作家。

无论小说的故事被概括得多么广阔，它最终都被卖空。这一现象始于1963年，这一年里没有人在乎拉金、切西尔海滩、查泰莱夫人，《烟树》也只是像中情局项目的秘密一样不为人知。小说中的斯基普（Skip）是一名地位不确定但工作认真的特工，正在为上校工作，这位上校碰巧也是他的叔叔。斯基普和凯西发生了婚外恋，凯西是基督复临安息日会的成员，她的丈夫（也是她的助手）遭人绑架，也许已经被杀害了。事情已经过去了很多年，历史——就像他们过去常说的狗屎一样——已然发生。上校的行事风格，和库尔茨的处事方式一样，显得越来越荒谬。马丁·辛（Martin Sheen）在《现代启示录》（*Apocalypse Now*）中的那句著名台词对约翰逊也非常适用："我根本没有看到任何方法。"故事中处于决策地位的是深陷困境的休斯顿兄弟〔他们曾在约翰逊的第一部小说《天使》（*Angels*）中出现过〕。一位名叫澄的北越人曾试图暗杀上校，他现在正被招募成为双重间谍，但与此同时，澄的暗杀行动是由同一个人策划的，他是一个德国人，1963

年曾用防空飞弹在菲律宾杀死过一名牧师。二十年后,在亚利桑那州,休斯顿兄弟……啊,还是算了吧,我不想重述这些细节了!俗话说:"没有火,哪会冒烟?"但在这部作品里,你会因为"烟雾之树"而看不见森林的全貌,也看不见其他任何东西。

人物和事件在枝繁叶茂的叙事中若隐若现,写作显得特别单调乏味。行文陷入了一场似乎被施了魔咒的平庸泥潭,对话除了提供维持自身继续前进的动力之外,对作品似乎没有任何贡献,但是……

不管别人如何评价我作为一个读者的水平,我决然的舍弃能力是无可争议的。我可以放弃任何一本书——但从来没有考虑过放弃这部作品,即使它看起来漫无目的。尽管有些时候,故事似乎已经无法继续,就像一条被植被掩盖的小路,已经让人辨不清方向,但小说仍然保留着自身独特的不太稳定的牵引力,徐徐进展。

为何会有这样的效果呢?因为在任何时候,小说都能跌跌撞撞地进入最尖锐的焦点时刻;某种接近事实的真相似乎就近在咫尺。让我举一个小例子简单比较一下。在艾伦·霍林赫斯特(Alan Hollinghurst)的《咒语》(*The Spell*)中,我们了解到故事中的人物在午餐时喝了酒,感觉有点"兴奋"。这里,大量丰富的内容与"兴奋"这个被完美选择的词语达到了惊人的一致。这是约翰逊对檀香山一名上岸水手所做的同样的观察:"他在海滨漫步,啤酒击中了自己的头部。"（同上）现在想象一下啤酒"击中"头部这一说法体现的模糊的准确性，然后将之无限扩大为作品《烟树》整部小说的庞大叙事。像这样的例子有好几处——"他就站在热带晨曦中那片打碎一切的灯光下"；"黑暗浓烈得可以喝下去"；"从枯木燃烧的死灰和垃圾中冒出的烟，带着传说的气味，甚至还有鸡粪的味道"——你永远也猜不到这些奇特的句子将在什么时候出现在你面前。我阅读时跳过了一些章节（主角的名字让读者敢于这样做），但后来又总是情不自禁地回到开始跳跃的地方，重新认真地阅读。

约翰逊戏剧化的世界观的核心是这样一种信念：那些损坏的、受到伤害的、受压迫的对象，最有能力**实现**——或者说最能**承受**得住——对读者的启迪。这就像是对丛林法则的一种颠覆，因为丛林里的树木总是争先恐后地向空中生长，争夺阳光。但对约翰逊来说，真正的启示并非来自高处，而是来自世俗的底层，来自堕落的沼泽和泥潭中，所以其作品中有时会出现极端的丑陋和恐怖时刻。一条蛇——"比任何一条都长，比所有蛇加在一起都要长的带着斑点的大蟒蛇"——试图逃脱追捕它的人："他跑过去，拿着铁叉狠狠地砸下去，希望能套住爬行动物的头，但却失手刺入了蟒蛇更深的脊骨处，这样，那条蛇用可怕的力量将铁叉手柄从他手上挣脱，扭曲着被刺穿的身躯，把铁叉拖进了灌木丛里。"1968年，一名美国士兵想剜掉一名越共囚犯的眼睛，詹姆斯·休斯顿（James Houston）——这个角色在道义上大致相当于那个在《李尔王》中试图阻止格洛斯特失明的奴隶——大声叫喊道："把它给那个混蛋，让他大喊大叫吧！"受到这样的鼓励，士兵"抓住男子吊在紫色视神经旁边的眼球，扭动红色的带着静脉的一边，让眼球回头看着空空的眼窝和颅底的肉浆。'好好看看你自己，你这个混蛋。'"不久之前，詹姆斯刚从一场枪林弹雨中走出来，自那以后"他看到的每一张模糊的年轻面孔似乎都向他传递着兄弟般的爱意"。但后来他朋友受伤了，被送进了医院，"像弗兰克斯坦怪物的碎片一样躺着，等着电击苏醒，然后走完魔鬼一般困惑而痛苦的一生"。从这个意义上说，这部作品也是一个怪物，由大量的零件（很难说哪些是必要或者多余的）结合在一起，带着一种无情而疯狂的目标，它因自身损坏的电路的冲击而不断重新获得生命。所有这些都与那种无情的疯狂的目标感结合在一起，而且为了更好地达到效果，还引用了阿尔托（Artaud）和齐奥朗的评价。

约翰逊的影响无处不在，他是一位无比勤奋的艺术家。这就好像他和句子表达之间的扭曲关系——他并不真正了解一个具体的句子应该是什么样子，但他非常清楚如何处理它，并能够在结构层面顺利运作。《烟树》就像《白鲸》一样，故事铺陈得繁复杂乱。任何远离了英国小说那种"卷帘医院角"流派的东西都是难以想象的。《烟树》这本书犹如一张大而脏乱的床,一旦你在上面安顿下来,绝不会着急想走。

写于2007年

伊恩·麦克尤恩:《赎罪》

伊恩·麦克尤恩的小说作品之所以迂回曲折,诀窍就在于刺激读者产生一种质朴而持续的幻想。当他描写"一杯啤酒"时,我们不仅仅能看到饮料,甚至会因为共鸣而愿意将之一饮而尽。让读者立刻沉浸其中的小说《爱无可忍》(*Enduring Love*)中描述的热气球事故(这是他基于真实事件的系列影像记录作品改写而成的),就是一个了不起的例子,但他也有一种将虚构事件具体地呈现为故事的能力,这使得他作品的每一个细微之处都充满活力。小说的心理敏锐性总是来源于对精准描述的现实的忠实度。毋庸置疑,现实越是令人不安或扭曲(在早期的故事和小说中有明显体现),麦克尤恩就越是要求读者为之进行细致的调整。因此,清晰的表述会进一步加强,而不是解决道德困境和怀疑。这就是为什么小说的主题[除了那部令人愉快地忘记的作品《阿姆斯特丹》(*Amsterdam*)]能引起读者的广泛共鸣,并长久逗留在他们的记忆中。这一点已经超出了小说干净利落、无懈可击的情节安排。换句话说,麦克尤恩是一个非常传统的原创者。

刚开始阅读《赎罪》的时候,我感觉它并不太像麦克尤恩的作品。故事的开头一点也不吸引人,没有出现读者预期的清晰的聚焦情节,小说前70页左右的篇幅给人一种冗长而变幻不定的总体印象。人们渴望见到电影式的清晰画面以及聚焦式的对话和行动,但这样的插曲在读者和小说人物的眼前根本没有出现过。

不像马丁·艾米斯或者萨尔曼·鲁西迪(Salman Rushdie),麦克尤恩更像一位低调隐形而非时尚华丽的设计师。但即便如此,他作品中苍白无力的限定词和被随意处理的副词(如一片"轻轻地摇晃"的水面、荨麻因"害羞而低垂"的头部)还是让我惊讶不已。此外,用来提炼这一场景——即1935年一个闷热的日子里,塔利斯家族在他们的乡间别墅举行的一次聚会——所使用的语言过于泛滥,结果反而导致其遮蔽了场景本身。

各种人物自由地来来去去,但小说在这一点上似乎主要是因为受到了文学的影响。弗吉尼亚·伍尔夫可以算这一方面最主要的代表性作家。这种写作技巧与其说是一种意识流,不如说是"一种缓慢的联想漂移",一种"似乎没有发生什么事情的盘旋静止状态"。这本书后来以《地平线》(*Horizon*)的编辑西里尔·康诺利(Cyril Connolly)

的一封信为幌子，对作品的开头部分（至少是对作品最初的文稿）进行了自我批判："由于没有向前推进的故事，这样的写作显得有些矫揉造作。"事实上，在两次大战之间，由于另外两位小说家的意外卷入，麦克尤恩的故事终于获得了所需要的动力。

《赎罪》展示的故事中，塞西莉娅是家里最大的女儿，我们想象自己就住在她家的房子里。她和罗比住在剑桥镇，罗比是塔利斯家的管家，他的教育由塞西莉娅的父亲资助。在一个闷热的日子里，他俩都意识到了有某种电流——或是仇恨，抑或是一种不可调和的吸引力——在彼此之间传递。罗比试着用一封信表达自己的想法，他在信的末尾潦草地写下了赤裸裸的欲望："在梦里，我吻了你的阴部。"事实上他后来放弃了那份草稿，打算再写一份，表达得更含蓄一些，但不慎选择通过塞西莉娅未成年的妹妹布里奥妮把信转交给她（这一点倒是非常符合弗洛伊德的性心理学对这些字条的分析），结果布里奥妮私自打开并阅读了信件。塞西莉娅和罗比两人之间这种牵线搭桥的沟通所带来的后果，是一种以不平等方式带来的解放和牵连。劳伦斯所说的与性有关的"肮脏的小秘密"玷污了塔利斯的世界，或者说——正如劳伦斯所坚持的那样——揭示了这个世界是多么的肮脏。这就像是麦克尤恩早期故事中的淫秽片段，被涂抹在布莱兹黑德庄园的墙壁上。

不久又发生了另一场危机，这场危机源于E.M.福斯特笔下的印度。塞西莉娅的表妹萝拉在房子的地板上被性侵；萝拉自己不知道是谁干的，但布里奥妮——一位有抱负的作家——说服了自己和其他所有人（除了塞西莉娅）相信，罗比就是罪魁祸首；这无疑又加重了他之前的罪行。与马拉巴尔洞穴事件不同，这个案件不会以撤回而告终，工人出身的性侵者罗比最终被判有罪。

在故事的第二部分，小说开头的那种柔和的朦胧笔触让位于尖锐而生动的描述，故事集中讲述了罗比后来在英国的敦刻尔克大溃败中的经历。麦克尤恩在这里充分利用了自己的优势，这位获得高度评价的小说家将他的研究运用到了一种既有效又熟悉的有关叙事策略的操作模式中。在罗比正在形成的疲惫受伤的历史观的折射下，一系列生动的细节和遭遇陆续展开，以表现他对生活的退隐和放弃。在残酷的战斗环境中，布里奥妮毫无动机的犯罪行为显得微不足道："但在这个时代，到底什么是罪过呢？罪是廉价的，无处不在。每个人都犯了罪，但又没有人真正有罪。"同样，塞西莉娅不惜与家庭作对，和工人阶级出身的毕业生罗比结盟，这一故事很好地预示了英国的部分民主化趋势，这是战后的社会动荡引发的必然结果［吉米·波特（Jimmy Porter）在战后的舞台上，同样强烈地体现出了那种压抑却炙热的怨愤以及与社会格格不入的流离感］。

小说的第三部分又回到了伦敦。在那里，布里奥妮正在接受训练成为一名护士，帮助救治来自敦刻尔克战场的大量伤亡人员。就在这里，麦克尤恩控制着发自内心的震惊，为故事找到了落脚点，作者档案式的想象力在这一特定的历史场景中被完全证实。由于受伤、残疾和死亡的画面恐怖地堆积在布里奥妮的眼前，描写这些场面的文字中，再也找不到作品开头部分的简略风格。她松开了病人头上的绷带，发现那人可怕的脑浆似乎要倾倒在她的双手中。对战争受害者的这种无私奉献，会洗清布里奥妮先前犯下的罪行吗？她的赎罪取决于罗比的生存吗？或者，通过最终实现自己的文学抱负，通过一部像我们正在读的小说一样的书，她能够实现**赎罪**这一目标吗？谁又能为小说家赎罪呢？作家像上帝一样有能力创造和改造世界，这是否意味着没有比他更高的权威可以进行进一步申诉呢？

这是一种对赎罪的范围、雄心和复杂性的赞扬和致敬，因为很难在不让读者提前了解从而影响体验故事的情况下，充分展示小说中发生的具体事件。一言以蔽之，我们最初对麦克尤恩写作风格的疑惑，害怕他不能有效控制其材料的担心，实际上都为了实现作者更大的目标起着各自的作用。一方面，麦克尤恩——回头看看早些时候我们曾经暗示的一些东西——把自己的名字以回顾历史的方式写进了30、40年代英国小说家的万神殿。当然，他也在致力于完成更多的事情，希望展示和探索成熟的布里奥妮所发现的一种更大的"转变……在人性本身中起作用的力量"。伍尔夫和劳伦斯的小说不仅记录了这种转变,他们在实现这一目标方面也发挥了重要作用。麦克尤恩用自己的小说展示了这种主观或内在的转变——以**现在**的视角来看——是如何与20世纪历史的更大进程互动的。在创作《法国中尉的女人》(*The French Lieutenant's Woman*)这部小说时,约翰·福尔斯(John Fowles)时刻提醒自己,这"不是维多利亚时代的小说家忘记写的东西",而是"其中某个作家没能表达出来的东西"。一种类似的冲动也是作品《赎罪》背后的承诺:它不是一部缅怀式小说,让人回味那些令人安慰且充满确定性的过去,而是一次创造性的探索,尝试将英国文学传统中起决定性作用的那一部分,有效地延续和拖曳到崭新的21世纪。

写于2001年

洛丽·摩尔[①]:《门在楼梯口》

尽管洛丽·摩尔的小说在评论界享有很高的地位,但她终究没有创作出一本大部头小说,以供文学批评家来评判作家,尤其是美国作家的写作艺术。但这一点很重要吗?这一事实会不会削弱她的影响力?答案是肯定的。1986年,摩尔发表了长篇小说《字谜游戏》(*Anagrams*),但故事的三分之一被收录进去年出版的《小说集》(*Collected Stories*)中,这一点稍微削弱了作品自认为具有的统一性。1994年,小说《谁将开办青蛙医院?》(*Who Will Run the Frog Hospital?*)面世,这部作品虽然不错,但结果仍然差强人意,这就好像一位想要上升重量级别的拳击手,身体活动轻盈就得为体形不够庞大做出补偿。除了长

[①] 洛丽·摩尔(Lorrie Moore,1957—),美国小说家。《门在楼梯口》(*A Gate at the Stairs*)是她于2009年出版的长篇小说。

度的改变，这些故事变得更吸引人、更庄重、更深邃，而且——确实变得——**更厚重**，但也许因为作家过于巧妙地适应了简洁的规则，她的声音和才华都受到了限制，因为有些东西已经被定义和衡量成**不能尝试**。"我不能这么做"，著名的故事《那样的人是这里唯一的居民》（*People Like That Are the Only People Here*）中心烦意乱的母亲如是说："我能进行类似的有趣的电话对话，我能**审慎地讽刺白日梦**，我能尝试幻想构建亲密生活的基础……"因此，即使是崇拜她的读者，也会为她的第三部小说感到既兴奋又恐惧。这是好事吗？摩尔能证明她能创作重量级的作品，不成为"更少"的同义词吗？

没错，这件事确实不坏，摩尔也的确能证明自己。如果你准备好了在评判的标准和挑剔性方面做一些调整的话，那么你就可以坐下来，慢慢阅读《门在楼梯口》，享受人生的闲暇时光。这种评判标准的调整也被称为"吉米克里瑟让步"——不过这样说我肯定暴露了自己的年龄。

摩尔生于1957年，她作品中的叙述者塔西正在回顾"9·11"恐怖袭击事件发生后不久的那个时代，那时她还是一个在美国中西部特洛伊镇上学的孩子。她所谓的写作时间集中在二十多岁，但从作品的声音来判断，或者从某种程度的**眼光**来看，她已经成熟得像自己的母亲。

洛丽·摩尔的人物和故事总是呈现出轻飘飘的虚幻。她的第一部小说集《自助》（*Self-Help*）处处闪烁着智慧和悲伤。作品《字谜游戏》中的笑话出现得太密集了，读者偶尔也会对那些妙语感到厌烦。这样看来，作品中的人物塔西有一定的幽默感并不令人感到意外，但对于一个自称"刚从童年"走过来的年轻人来说，她似乎超负荷地承载着四分之一的成年人生活。有几次，她谈到了"我们这一代"人的怪癖——比如，"这一切不是'糟糕'就是'棒极了'"——但这些正是打动摩尔和我们这一代人的地方。

这是一个很棘手的问题，这部成年小说过度老化的主要症状同时也是其效果的内在表现。早熟让你六岁就能弹钢琴，但智慧——例如"后悔的前半生"这样的表达常常出现在小说中——只会在生命后期出现。正如布莱克所言，你可能会在荒凉的市场上突然找到智慧——但很少有人去那里买到它。

这并不是为了尽量减少塔西在小说所述的短暂时期内所经历的一切——她所遭遇的悲痛和目睹的悲伤。由于缺钱，她找到了一份耗时耗力的兼职工作，即在一对收养混血儿的中年夫妇家当保姆照看孩子。书中的大部分内容，都是关于塔西与养母萨拉和她的养女埃米在一起的细节。埃米的到来，或者说非法进入——结果证明这个词比人们想象的更贴切——一个白人占绝对优势的小城，这促使萨拉组织了一系列的晚间活动，营造出特洛伊小镇一种田园牧歌式的氛围，而其他的混血家庭也都整齐划一地效仿萨拉所呈现的种族关系。

神经过敏、精力旺盛的萨拉经营着一家可笑的高档餐厅，塔西的爸爸种的土豆就卖给这家餐厅。在圣诞节，塔西回到了自己的家族农场，发现哥哥罗伯特已经坚决地准备参军。在这本书紧张推进——有些地方甚至华丽得不可思议——的最后阶段，她将会回到那里。因此，小说的直接焦点——大学城的生活——是以周围巨大的草原为背景展开的，一系列的艺术段落捕捉到了季节和不断变化的单调（在这本书中，摩尔非常有意识地继承了维拉·凯瑟[①]的写作风格）。

塔西了解到，绝望意味着"把一个小世界当成一个大世界，同时把一个大世界当成一个小世界"，但当小和大没有区别时，当校园和草原同样沦为不可调和的气象和历史原因的牺牲品时，如何能避免这样的错误呢？

但是，让我们暂且留意这些细小的地方，用摩尔的眼睛去观察那些极端荒谬而高清晰度的细节：冰毒成瘾者的嘴巴里"扭曲碎裂的牙齿，就像附着在牙龈上的贝壳……"；看起来像"'耳朵'里抽出一张字条"的幸运饼干[②]；塔西在深夜偷窥到了美妙的婚姻生活，因为她无

---

① 维拉·凯瑟（Willa Cather, 1873—1947），美国作家。著有13部中长篇小说和3部短篇小说集。
② 幸运饼干是一种美式的亚洲风味脆饼，里面藏有类似箴言的字条。饼干呈菱角状，此处的"耳朵"即指代这种饼干。

意中听到萨拉对丈夫说:"你把洗碗机最上面的架子倒空了,但没有把底部倒掉,所以干净的盘子和脏的餐具都混在一起了——你现在想做爱吗?"作品中有很多诸如此类的东西,既可爱又敏锐,但也有一种天马行空、充满毁灭的感觉,即"充满了悲伤和真理",从过去逐渐累积而来,也隐隐呈现在未来。

过去的创伤结果都是萨拉的经历,虽然它会玷污此刻,并传染给埃米——她演讲时说的第一句话就是"哦!":"她已经知道事情的声音和语言都出了问题"。可以说,未来的历史已经潜伏在罗伯特去阿富汗参军的岗位上,而塔西正在约会的巴西男孩——结果是一个令人难以置信的小伙子——的呈现方式竟然……

但这正好说明了问题,不是吗?尽管某些作品(毋庸置疑的最好的作品)不会因为剧透而受到损害,但批评家们也不应该提前透露故事的情节。第一次阅读《门在楼梯口》时,人们可能不会感到沮丧,但会对摩尔那种固执而懒散的行事方式感到有些不耐烦。第二次阅读作品时,你已经知道接下来将要发生什么。当你放弃自己的成见,跟随着小说不同寻常和独一无二的节奏持续下去时,就会发现作品其实已经在接近杰作的边缘颤动,尽管它最后没能成功。那种颤抖的淡淡的不确定的感觉,就像"房间里摇曳的烛光"。考虑到摩尔对一部长篇小说的要求犹豫不决,以及对作品所进行的长期酝酿,还有她对问题的最终反应和解决方案,这种不确定性的出现是自然而然、无可指责的。摩尔对叙事运动不感兴趣,她一边推进自己的故事,一边又似乎让它向旁边漂移、向后回溯,有时甚至停滞不前。在塔西与萨拉的第一次谈话中——小说中的这一处,按照惯例规定,这一场景和这些人物在读者心目中应该被固定下来——塔西却回忆起父亲"喜欢沿着乡间道路开着他的联合收割机,故意阻碍交通的情景;他曾向我妈妈吹嘘说:'我让他们集合在长达17英尺远的公路上。'"过了一段时间,他又可能补充说:"他们中没有一个人想去别的地方,他们很高兴一起沿着公路兜风。"

写于2009年

唐·德里罗:《欧米伽点》[1]

唐·德里罗辉煌的职业生涯几乎在二十年前就可以说到达了欧米伽区域[2]。在一波红得发紫的小说《名字》(*The Names*,1982)、《白噪音》(*White Noise*,1985)、《天秤座》(*Libra*,1988)出版之后,他的第十部作品《毛二世》(*Mao II*)因太过于自我,以至于让人怀疑他肚子里究竟还有多少货。而《地下世界》(*Underworld*,1997)的出版为人们的疑惑提供了答案。这部作品以其鸿篇巨制和受到的持续热棒,对读者的怀疑进行了史诗般的回击。在如此宏大的叙事之后,《人体艺术家》(*The Body Artist*)就像是剧烈运动后的放松活动。但不幸的是,他的下一步作品《大都会》(*Cosmopolis*)表现出的是一种高调招摇的自娱

---

[1] *Point Ovnega.*
[2] 欧米伽区域,即"顶峰"之意。——译者注

自乐。《坠落的人》(*Falling Man*)则部分地回归形式——如果人们对于有关"9·11"事件的主题没有更高的要求的话。

德里罗的新小说《欧米伽点》将道格拉斯·戈登(Douglas Gordon)的装置艺术作品《24小时惊魂记》(*24-Hour Psycho*)(于2006年安装在现代艺术博物馆展出)作为开头和结尾。在《24小时惊魂记》这部作品中,希区柯克电影被慢放了,需要花上一天一夜的时间才能看完。"演员的眼睛在他瘦削的眼眶里缓缓移动","处于不知道接下来她会发生什么的具体过程中的珍妮特·李(Janet Leigh)",其中所展现的神秘之美得到了非常清晰的表达。以德里罗的偏好,他当然被这个作品的深刻意蕴所吸引,作品揭示了电影、感知和时间的本质。他——一个身份不明的参观者——被"彻底改变了的时间平面"迷住了:"可看的东西越少,他就看得越仔细,他看见的也越多。"这篇前言和结语构成了一篇评论某一艺术品的现象学文章,该艺术品是最近少有的承受得起**概念性**这个前缀词的艺术品之一。然而,只要有人这样说,就会有人问。这种对显而易见事物的令人信服的质疑将如何因为它是小说而不是论文得以受益呢?后轮盘戏式的悬念——"他看到两个人进来,年长的那个人拄着一根手杖,穿着一套看起来像是在旅行的衣服"——和第三人称思维的缓慢迂回的推进("他第一次明白了……"),这样的编排设计有什么好处呢?

答案就在小说的中间部分,就像夹在一块虚构的细长三明治中间的肉。原来那位拿着手杖的老人是一位学者,他曾与五角大楼合作进行"风险评估"(德里罗作品中经典的职业),为美军准备入侵伊拉克的行动提供理论指导。那个年轻人吉姆·芬利是另一个大家熟悉的德里罗笔下的人物类型,他试图说服埃尔斯特参加自己想拍的电影。他们两人就这样来到了索诺兰沙漠,一起住在一所房子里,大部分时间都坐在露天平台上,喝着酒,操练着德里罗式的语言(有时听起来又好像麦米特的戏剧语言!)。埃尔斯特的女儿杰西也加入了他们,那几乎形成了一幅田园风光的画面——"浩瀚无垠的夜空,徐徐移动的月亮"——没有一丁点潮湿的舒适惬意。行文中甚至有一种情色的暗示——"空气中弥漫着一种随意的煽情性躁动"。后来,杰西遭遇了一些事情,或者也没发生什么事。男人们在找她。沙漠向他们逼近,他们就像一片古老荒凉的球门区。

在这点上,值得一提的是,戈登创作了另一个拉长时间的装置艺术品,埃尔斯特和吉姆本来几乎可以开车去看。这个名叫《5年飞车而过》(5 Year Drive-By)的作品被安装在靠近二十九棕榈村的沙漠里,出展了仅仅七周的时间,它将《搜索者》(The Searchers)的部分故事情节实时地再次展现出来——这五年正是约翰·韦恩寻找被绑架的侄女所花的时间。画面以约每20分钟一帧的冰河速度①展开,它让《24小时惊魂记》看起来就像启斯东警察②,甚至可能满足了埃尔斯特对缓慢时间的需求。

他来到美国西南部,是为了逃离这座城市那种"没完没了的倒计时"——那种加速的分秒必争的城市节奏。在沙漠中,他能感觉到"时间在慢慢变老,并且异常古老。时间不是按天来计算。这是一种深邃的时间,划时代的时间"。吉姆带着他去看《24小时惊魂记》时,他就有这种预感。他把这种经历比作"看着宇宙在70亿年的时间里慢慢死亡"。

埃尔斯特和芬利的一举一动都经过煞费苦心的梳理、升华,并从一系列行为中被剥离出来:"他停下来,喝了一口,又再次停下。"其目的似乎是让文章的节奏慢下来,让它像戈登的艺术品一样,一帧一帧地,甚至一句一句地缓缓停下来。其结果,无论是在空旷的沙漠,还是在现代艺术博物馆内,就是形成了一种矛盾混合体般的艺术风格:一种是直白的风格——"他当时想的就是这个。接着他想梳头"——一种是铺陈的风格——"他没有带梳子。他只得等到他走到镜子面前时,用手轻轻抚平头发……"

对话也是一样,就像是咒语一样的呼唤和回应。回应

---

① glacial rate,形容速度极其缓慢。——译者注
② Keystone Kops,比喻动作缓慢、效率低下。——译者注

接过呼唤的话头,然后又反馈回去。

"好吧,我们去兜兜风吧!"
"我们去兜兜风!"他说。

并不是说这些教堂礼拜式的二重唱缺乏目的和效果:

"热。"
"没错!"杰西说。
"说出那个词。"
"热。"
"感受它的冲击。"
"热。"她说。

这样的语言是不是有很强的催眠效果?的确如此,只要你忘记了《名字》里那些致命的文字诱惑。

"你感觉到了吗?感觉到了就告诉我。我想听你说。说热,说我两腿间湿了,说两腿。真的,我想让你说出来。**长筒丝袜**。小声说出来。这个词是要小声说的。"

"太他妈多回声了。"埃尔斯特在一处突然大声说道。

埃尔斯特自己看起来——听起来——就似乎是早期小说中那种孤魂野鬼般的角色。《欧米伽点》中一些精彩的片段不断地让你想起一些旧的精彩片段，然后让你发现旧的片段其实更加精彩。杰西说她喜欢"电视上放的那种男人给女人点香烟的老电影。在那些老电影里，男人们和女人们，他们似乎都这样做"。这很好，但不如这句神来之笔〔出自《美国人》(*Americana*)〕来得巧妙和有趣："在那些英国老电影中，人们总是承诺战争一结束就在维多利亚车站会面。"

芬利想拍的这部电影就是让埃尔斯特直接对着镜头说话。"只有一个男人和一堵墙，"吉姆解释道，"这个人站在那里，叙述整个经历，所有浮现在脑海中的事情。"所有这些都是在"一次连续拍摄"中记录下来的。这是大卫·贝尔（David Bell）近40年前在《美国人》里面所谈过的东西的翻版："一种'独白'，一种反传统的电影。单镜头位置，面无表情的演员。拍摄的镜头延伸到了时间上的极限。"大卫认为这种艺术形式"部分是梦，部分是小说，部分是电影"，这听起来又像是对小说《欧米伽点》的预言性总结。

这个小说的标题来源于哲学家德进日（Pierre Teilhard de Chardin）。埃尔斯特有好几次提到过他，简述了他关于"意识"如何"慢慢积累……开始自我反思"，直到最终到达欧米伽点的观点。

我们以前也多次发现过与此类似的地方。"电影不仅仅是20世纪的一种艺术。"导演沃尔泰拉（Volterra）在《名字》中如此解释，"它是20世纪思想的另一组成部分，是从内部观察到的世界。我们已经到了电影发展史的某一个点上。如果一个东西可以拍成电影，那么电影就蕴含于这个东西本身。"而较为局限的文学领域，是德里罗强力宣示主权的地方。他重构了事物，或说重塑了我们对事物的认识，以至于"德里罗"现在已经蕴含于事物本身。摄影师和电影制作人通常按他们心目中的世界形象来重塑世界，但在文学界这只有少数小说家能做到——海明威是其中之一。和海明威一样，德里罗已经把他的句法铭刻于现实（这是追求鲜明风格的欧米伽点计划所带来的反弹式回报），成了"回旋式夸张手法"［这一词出自《身体艺术家》］和"被消解的逻辑"那种标志性行文模式的囚徒。《欧米伽点》以思考一部经典电影的重拍开始，还没来得及铺开情节，就在对其全部作品的反思中结束。在德里罗的全部作品中，《欧米伽点》是最新的一部，也是对以前作品的一次最新回响：是一次"最后的闪光"——我们以前也曾经达到这个高度——也许并不是最后一次。

写于2010年

《龚古尔兄弟日记》[1]

在开始采访尼科尔森·贝克[2]之前——贝克写了一整本书《你和我》(*U and I*)探讨这一主题——马丁·艾米斯提醒我们,作家的生活"全是焦虑和雄心壮志"。现撇开别的不谈,龚古尔兄弟的日记提供了焦虑和受挫野心的大型档案。埃德蒙(Edmond)和朱尔斯(Jures)兄弟开始写日记,记录对他们来说非常重要的时刻,即1851年12月2日,他们的第一部小说得以出版。不幸的是,这对法国来说也是一个重要的日子:拿破仑三世通过政变夺取了政权。在整座城市实行军事管制的情况下,他们备受期待的首次亮相几乎没有产生任何影响。因此,这些日记储

---

[1] *The Goncourt Journals*.
[2] 尼科尔森·贝克(Nicholson Baker, 1957—),美国小说家、散文家。

藏了他们所有的痛苦、沮丧和失望，他们遭受了"与无名之辈艰难而可怕的斗争"：有伤尊严的批判、作品销售不佳、评论家们的背信弃义、朋友们不劳而获的成功（有些作家，比如左拉，就因龚古尔兄弟宣称开创的技术而备受赞誉）。碰巧的是，缺乏成功只会增加兄弟俩价值被忽视的挫败感。安德烈·纪德（Andre Gide）在日记中透露，"想要读他们的一页书是不可能的，他们对自己的好感不会从字里行间流露出来"。他指的是龚古尔兄弟的小说（现在几乎完全被遗忘了），但这种受伤的自尊感极大地增加了写日记的乐趣，兄弟俩也因此被人们永远牢记。"设想一本以黑色忧郁深受读者溺爱欣赏的陀思妥耶夫斯基小说，上面签署了龚古尔兄弟的名字，这将会导致多少类似的批评啊！"这还是1888年的情况。到了1890年，随着埃德蒙意识到自己的一生都奉献给了"一种特殊的文学，一种给人带来麻烦的文学"，他的语气变成了一种喜剧般的顺从（日记中有很多喜剧性的成分）。

其实这种境况不仅仅限于龚古尔兄弟俩。他们的朋友也经常互相指责对方的成功，或者抱怨自己的失败。左拉的名字"在全世界都有回响"，尤其"难以取悦"。他永远"对自己的巨大财富感到不满"，觉得"比最可怜的失败者更不快乐"。（这一点也得到了艾米斯的回应。具体来说，他震惊地发现诺曼·梅勒"虽然在电视上频频抢人眼球，却有一种尖锐的被忽视感"。）

原谅这种不断提及名人名字以抬高自己身份的作法——在这种情况下，这不可避免，也是恰当的。大量著名的名字使得最平庸的条目也显得引人注目："门铃响了，来者是福楼拜。""波德莱尔就坐在我们的邻桌。"

即使是那些只在镜头前露面进行友情客串的人，也会通过与最近发明的相机相匹配的精度呈现出来。对波德莱尔的一瞥还在继续："他没有系领带，衬衫领子在脖颈处敞开，刚剃了头，就像要被送上断头台一样。"与照片不同的是，这些文字描述出的画面是随着时间的推移而发展和变化的，这取决于相关人员的财富和健康状况，以及他们与日记的作者之间不断变化的关系。这个日记项目背后的部分目的在于展示龚古尔兄弟俩的朋友——他们很多碰巧都是那个时代的伟大作家——"事实上，他们常常穿着睡衣和拖鞋出现。"有一次，一位同行的客人被福楼拜"粗鲁放纵而无节制的本性"所震惊，但是读者很感激龚古尔兄弟能够亲眼目睹这样的事情，甚至是（尤其是）当这些文人之间的对话变得——就像往常一样——"肮脏和卑鄙"时。在所有关于通奸、妓女、性病和酗酒的讨论中，也有一些文学讨论——不仅仅是关于"患有便秘和腹泻的作家拥有特殊才能"的话题。

这些日记里掺杂着大量一针见血的观察。第一次听到福楼拜读作品《萨拉姆波》（*Salammbô*）时，兄弟俩失望地发现他"看到了东方，更重要的是看到了在阿尔及利亚集市伪装下的古代东方。他的一些效果很幼稚，另一些则很可笑……没有什么比没完没了的描述更让人厌烦的了，对人物丝丝入扣的刻画，还有对每一件服装造型的浓缩式表现"。兄弟俩经常激烈地参与辩论，有时甚至亵渎神灵地坚称"雨果比荷马更有才能"。但大部分时间，他们都如墙上的苍蝇，急切地渴望沐浴在大师的光辉中；他们庆幸自己能亲自见到福楼拜，能聆听福楼拜阐释为何《杰斯丁》（*Justine*）的作者让他惊讶不已："在萨德的作品中没有一棵树，也没有一种动物。"

当他们见到小说《包法利夫人》的作者时，他已经是一位著名的作家，已经是像"福楼拜"一样成功的文学巨匠了。其他人如"奇怪的画家德加（Degas）"，进门时并不太引人注目，没有任何后来因名声而赋予他们的光环。当他们第一次遇到自己的"仰慕者和学生左拉"时，左拉给他们的印象是"一个疲惫不堪的师范学院的学生，既表现出意志坚定，又显得微不足道"，但"充满了生气，拥有非凡的决心和旺盛的精力"。（这一情景还有一个更近的类似的例子：克里斯托弗·伊舍伍德[①]在1948年4月记录了一个名叫戈尔·维达尔的"年轻人"介绍自己的故事。这个年轻人让伊舍伍德"有时想起泰迪熊，有时又想起鸭

---

① 克里斯托弗·伊舍伍德（Christopher Isherwood，1904—1986），英裔美国作家。

子",但显然他是"一个精明的经营者",有极大的勇气和"自我宣传的欲望"。)

许多人都在日记中来来回回地出现,但有一个在日记中简直不值一提(至少在这次项目的选择中确实如此)的年轻人持续发展,最终在文学界崭露头角。1885年,当亨利·詹姆斯遇见埃德蒙("和他那些肮脏的小伙伴们")时,就被他身上"某种反常而令人不快的东西"所震撼。在一篇进一步扩展的冗长的对日记所做的评论中,詹姆斯表达了自己的迷惑,他不理解为何这些"愤怒的神经官能症状患者"的"弱点""在他们看来竟然是光荣的源泉,甚至是痛苦的大众兴趣的来源"。事实上,他们并没有表现出如此病态或神经质的样子,这在某种意义上证明了龚古尔兄弟观点的正确性,即他们的心神不安是现代性的表现。自诩为"现代神经官能症的施洗者约翰"自豪地称自己是"第一个写关于神经的文章"的人。

这种主张所体现的"无耻的虚荣心"惹恼了罗伯托·卡拉索①——他在作品《卡斯奇的废墟》(*The Ruin of Kasch*)中,坚称是从波德莱尔身上体现出了"神经紧张和现代性发出了具有决定性的声音"——但是,龚古尔兄弟在表达那种正在浮现的不安和焦虑情绪的方面,无疑起

---

① 罗伯托·卡拉索(Roberto Calasso, 1941—),意大利作家、出版商。

了重要的推动作用,而这些都成为了20世纪文学的主要内容["我们就是未来!"朱尔斯曾经对圣伯夫(Sainte-Beuve)如此呼喊]。

根据苏珊·桑塔格的说法,最令詹姆斯觉得反感的是,后来的文学界给了尼采、克尔凯郭尔和卡夫卡等人一种权威,即"他们的不健康才是真正的健康,甚至传递着他们的信念"。在这张即将在积怨的重压下呻吟而抗议的桌子上,龚古尔兄弟为这种假装的不满做出了署名式的总结:"有些时候,面对我们的庸碌无为,我也思考这是不是说明了自己骄傲而无能,确实非常失败。但有一件事使我确信自己的价值,那就是不断折磨我们的无聊。这一点甚至成为了现代人类品质的标志。"后来,这一基调再次反复出现在其他作品中,像费尔南多·佩索阿[Fernando Pessoa,在其作品《不安之书》(*The Book of Disquiet*)中所写]、齐奥朗、罗兰·巴特等伟大作家,他们把疾病和无聊当作孪生主题结合在一起,通过作品探索无聊是否已成为歇斯底里的表现形式。

一种超自然的形而上学的病态心理与实际身体疾病所造成的黑暗阴影紧密联系在一起。1861年,他们的朋友亨利·穆杰(Henri Murger)去世,引发了兄弟俩对于死亡的痛苦思考:

> 晚上工作后的狂欢,一段时间的宴请活动后,随

之而来的贫穷时期，被忽视的发疹病例，无家可归的生活起起落落，没有宴会的晚餐，去一趟典当行之后喝杯鸡尾酒带来的慰藉。让一个人筋疲力尽的每件事，都灼烤着他，最后要了他的性命。一种违背一切身体和精神卫生原则的生活方式，导致他在42岁就早逝，再也没有足够的力量去经受其他磨难；他只能抱怨一件事情，就是房间里腐肉的味道，但那也来自自己腐烂的身体。

我们再一次看到，这段话引起的共鸣远远超出了写作的时间和环境。若稍微改动一下零散的细节，龚古尔兄弟为《波西米亚之死》（The Death of Bohemia）所写的挽歌，对于19世纪中期的巴黎，完全可以被解读为上世纪70至80年代南·戈尔登（Nan Goldins）关于下东区[①]照片的一篇注解文章。

让穆杰丧命的叫不出名字的疾病很少见，有些不可思议。梅毒倒是如此的普遍，以至于1877年莫泊桑起初甚至"骄傲"地宣称自己染上了"与众不同的发疹，终于患病了！"到那时，埃德蒙已经有七年的时间来哀悼他心爱的兄弟的死亡。朱尔斯也死于梅毒，他的过世使得埃德蒙

---

① Lower East Side，纽约市曼哈顿区东河南端一带，犹太移民聚居地。——译者注

不同寻常地开始"诅咒和厌恶文学"。面对朱尔斯的身体机能和心智能力逐渐崩溃的状况,埃德蒙细致地描述了兄弟经历的病情和痛苦,并决定放弃日记的写作。

然而,每天记日记的习惯并不容易被打破,埃德蒙很快就回归到了原来的写作习惯。随着普法战争的爆发、巴黎的围攻,以及人民公社的建设,这些宏大的历史事件击碎了日常的造访记录、偶然的观察和反思。后朱尔斯时代的日记还像以前的记载一样奇怪多元,引人入胜,令人叹服。我特别喜欢描述"战斗的狂热"的片段:德吕蒙(Drumont)已经完全陷于这种狂热中,"自然对他来说只不过是一种争取荣誉的场景设置而已。当他在索伊斯租到房子的时候,大声惊呼:'啊,现在有一个真正的花园来进行手枪决斗了!'"但是这些后来的章节又增添了另外两个复杂因素,因而显得非常有趣。

早在1867年,兄弟俩就反思了所有快乐的短暂:"每件事都是独一无二的,一生中没有什么事情会发生不止一次。某一个女人能在某一时刻带给你肉体上的愉悦,某一天你也许能吃到精致的菜肴,但以后再也无法重复这些美好的时刻了。没有什么是可以重复的,一切都具有独特而无与伦比的特性。"自然而然,这种对所有体验的不可重复的独特性的肯定,进一步鼓励埃德蒙继续回忆和遐想,尤其是已经不在人世的兄弟不能再与自己分享、记录和分析的这些体验。随着埃德蒙年龄的增长,他也越来越被记忆所吸引。尽管他丝毫没有减弱对周围事件的快速反应，但这些总是一直与过去的事件争夺注意力。他曾一度回忆起被自己诱惑的一个16岁的处女："她是一个奇怪的生物，当我们一起做爱时，那个女孩的脸色表现出欣喜若狂的苍白，但她的身体被动而毫无反应，除了那双蓝色的大眼睛里装满表情，还有她的心跳，其他什么也感觉不到。"后来这个女孩成了埃德蒙一个朋友的情妇。再后来，因为"想引导她堕落"，他安排女孩和朱尔斯上床厮混。"我哥哥疯狂地爱了她几个星期后，觉得她太忧郁了，甚至有些可怕，她做爱时会陷入一种死气沉沉的状态，那双大大的蓝眼睛带着一种遥远的神情，哥哥最后抛弃了她。"杂志上满是记录气氛、心理学和手势动作细节的笔记——这种原材料一旦被加工，就可以变成小说；他们也充满了即兴的厌女症。在这里，就像小说的幽灵，一部黑暗色情的成长小说，在形成的过程中就立即被压抑，开始不请自来地在杂志的书页中出现。

第二个导致日记后半部分的质量与众不同的原因是：1886年至1887年，埃德蒙开始极不情愿地出版它们。因此，不得不对从那以后的日记做出调整，以适应以前发表的日记是如何被大众接受的——无论是评论家还是曾经被提及、描述或引用过的人。换句话说，日记开始关注自身。日记以这种过时的方式让自己流行起来，实际上冒着很大的风险。值得一提的是，在1967年发表的一篇文章——《法国文学：新小说理论》中，戈尔·维达尔就表达了自己的惊讶，"与大作家罗伯·格里耶（Robbe Grillet）和娜塔丽·萨洛特（Nathalie Sarraute）最具有共同点的作者"竟然是"现在已经过时的埃德蒙和朱尔斯·龚古尔兄弟"。

许多人感到尴尬、不安、愤怒。他们觉得龚古尔兄弟的日记记录了他们说过或提及过的事情，而这是一种背叛。但如前所述，这恰恰是日记的魅力和其有价值的一部分。1940年7月5日，克里斯托弗·伊舍伍德读完这些日记时，毫不怀疑它们在这方面的重要性："在这里，流言达到了诗歌的警句意义。写下一本这样的日记是真正地为未来服务。"这种认识很可能是作者坚持写日记的动机，而日记也的确获得了类似的价值。换句话说，就好像日记的出版引发了人们的讨论，这样似乎反而又增添了日记的内容，且在尔后继续引发相同的反应。所以，从某种意义上说，随着日记不断增加人物、读者和供稿者，其内容和影响也在持续不断地扩展和延伸，这种现象从19世纪一直延伸至纪德、伊舍伍德、维达尔及其以后的作家。

显然，龚古尔兄弟的日记对于历史学家和传记作家来说都是一种难得的珍贵资源，但并不是每个人都同意普鲁斯特小说《追忆似水年华》中的叙述者在《时代》杂志上的结论："龚古尔（埃德蒙）知道如何倾听，就像他知道如何发现一样。"由于小说和现实之间有着众所周知的紧密联系，这种角色参照本身就不可靠，也难以被人接受。结果，纪德在1902年1月的一篇日志中记录的一段对话引起了争议："'根据我所能证实的资料，'雅克·布兰奇[①]评论说，'没有什么材料比他们的日记更不真实的了。'"布兰奇声称自己完全记得龚古尔兄弟伪造的某些对话，他断然反驳普鲁斯特："我向你保证，纪德，他们不知道如何倾听。"

布兰奇继续滔滔不绝地评论，列举了越来越多的例子，结果却被《造假者》(The Counterfeiters)的作者釜底抽薪地加以反驳："但要我说，日记记载的从各种各样的人嘴里说出的话，不管在你看来是多么虚伪，几乎从来都不会让人失去兴趣。你要注意一点，因为你越降低他速记员的地位，就越能成全他作为作家和创造者的身份。"

我们只知道在这一争论中，纪德陈述了最后的观点，但他提醒我们，我们在这里处理的不仅仅是一份资源，更是一部简明扼要的文学作品。兄弟俩在1864年也如此宣称："一本书绝不是天生就是杰作，而是逐渐发展为不朽的作品。"对于一本日记来说，成长的过程无疑会更加艰难，因为它起初就没有企图要作为一本书被完成。日记中有一些不完善和轻率的行文，在艺术性和主题组织方面也

[①] 雅克·布兰奇（Jacques Blanche，1861—1942），法国画家、艺术家。

会有所欠缺——事实上,所有这些使阅读日记变得充满乐趣的要素,都阻碍它成为一部杰作。虽然这些日记中的主要人物圣伯夫认为这些材料只适宜放在"书桌最低的抽屉里",但龚古尔兄弟的日记最后却值得被放在书桌最高的位置。

写于2007年

丽贝卡·韦斯特:《黑羊与灰鹰》[①]

导游手册的作者不应具有艺术个性。他(她)须要完全受制于书中所描写的地点;在理想情况下,他(她)只是一个匿名但可靠的讯息渠道,提供关于公共汽车时间、住宿地点、博物馆开放时间的可靠信息。但从另一方面来看,正如摄影师迈克尔·阿克曼在他的专著《虚构作品》(*Fiction*)一书中所声称的那样:"客观的地点并不存在;关于一个地方的概念不过是它在我心中的主观印迹。"

旅行文学一直在以导游为代表的景点论和以阿克曼为代表的唯我论这两个极端之间蓬勃发展。在提供公共汽车的时间信息方面,最优秀的旅行作家也只能提供有限的可靠信息,但在描述一个特定国家的公共汽车的永恒状况方面,他们是可以做到相当准确的,或者说至少他们能够真

---

① *Black Lamb and Grey Falcon*.

实表达他们与这些公共汽车的关系。以作家劳伦斯为例，他对场所的反应既迅速又深刻。编辑和出版商同时敏锐地意识到了这一天赋，劳伦斯也急于将其转化为经济优势。

1921年，当丽贝卡·韦斯特在佛罗伦萨拜访诺曼·道格拉斯[①]时，听他开玩笑说，即使劳伦斯只在城里待上几个小时，他也可能已经在打磨一篇文章，准备"尽全力详尽地描述了人们的性情"。在韦斯特看来，这"显然是一件愚蠢的事情"，但道格拉斯的推测是正确的：他们来到劳伦斯的酒店，发现他果然正在写文章。当时，韦斯特认为劳伦斯对佛罗伦萨的了解还不够，还"不足以使他的观点具有真正的价值"。直到劳伦斯逝世后，她才意识到作家"在那一刻写下的是自己的灵魂状态"，而且只能用象征性的语言来表达。就这一目的而言，"佛罗伦萨城和其他城市一样，都具有丰富的象征意义"。

这是韦斯特1931年所写的文字，那时她还没有踏上她第一次的南斯拉夫之旅。后来去往南斯拉夫的经历成为她的作品《黑羊与灰鹰》的经验基础，但对她自己的代表作来说，这种认识转变的意义非同寻常。事实上，相对于她完成的著作的规模，她本人对南斯拉夫的经验还是显得单薄了一些。正如当时著名的巴尔干权威伊迪丝·达勒

[①] 诺曼·道格拉斯（Norman Douglas，1868—1952），英国作家。

姆[1]尖锐的评论所言,"小说家韦斯特小姐仅凭一次到南斯拉夫的愉快旅行就写成了一本巨著,而她以前对这片土地和其上的人民其实一无所知"。在此有必要郑重声明,韦斯特小姐曾三次访问南斯拉夫:第一次是应英国文化协会的邀请,于1936年春天在当地发表演讲;第二次是在1937年春天,她和丈夫亨利·安德鲁斯(Henry Andrews)一起去了那里;紧接着在1938年的初夏,她又第三次抵达了南斯拉夫。起初,她希望尽快写就一份"速写本"。但在第二次旅行的四个月后,这个可能有利可图的冒险就变成了一本"令人讨厌的、复杂的书,而且会引起任何人阅读的兴趣"。

在研究南斯拉夫"漫长而复杂的历史"的过程中,韦斯特澄清了她对南斯拉夫的看法——以及其他很多相关的信息。稍微改动一下伊塔洛·卡尔维诺对罗伯托·卡拉索的作品《卡西古城遗址》的评论,便可以适用于《黑羊与灰鹰》这部作品,所以也可以说这本书讲述了两个主题:第一是南斯拉夫,第二是除此以外的一切。当作品最后发表时,这部巨著共计两卷,足有50万字,韦斯特也发现自己不知道为何竟被深深感动,"从1936年开始,我投入了五年的生命,蒙受巨大的经济损失,弄得自己身心疲

---

[1] 伊迪丝·达勒姆(Edith Durham,1863—1944),英国艺术家、人类学家。

急，目标就是要梳理这个国家的来龙去脉，直到解开最后一个秘密，最后通过一种不同于任何艺术形式和商业观点的疯狂形式为大家展示出来"。随着"搜集的大量材料"的不断增加和变化，这种积累的信息不仅成为了她自己的**灵魂**，而且也展示了一幅极其复杂的画面，描绘了处于第二次世界大战边缘的欧洲的灵魂。结果，她担心"几乎没有人会忍耐它的冗长而坚持阅读下去"的作品，竟成为了20世纪最伟大的杰作之一。

就像这部作品本身一样，作家的名声也很奇怪。韦斯特被认为是英国重要的作家，但如果说她还不被大家认可为第一流的作家，在很大程度上则是因为她的声誉所依赖的大量作品被默认为不够重要，即在形式上逊色于那些展示伟大艺术特征的小说。作为小说家，韦斯特的重要性显然不如劳伦斯、詹姆斯·乔伊斯或者福斯特。韦斯特声称，乔伊斯在《尤利西斯》中展示的天才在于"创造了一种形式，同时耗尽了它的可能性"，而福斯特是"一个放纵的传统自由主义者，脑子里几乎没有智慧"。其实，韦斯特最好的作品分散在报告文学、新闻和旅行文学中——这类在传统上被认为是次要的或非正统的领域。《黑羊与灰鹰》的成功，在很大程度上要归功于她的聪明才智。她用一种灵活的行者无疆的方式，将这种疏散无定的倾向尽情挥洒。这本书显然是一部文学作品，但由于英语文学（至少就散文而言）是小说的同义词——这是一种公认的写作形式，而非某种写作质量——所以这本书被默认般排除在它所属的文学领域之外。而那些明显低劣的作品——小说——在文学教学大纲上的地位往往要比一本笨拙的大部头巨著稳固得多，因为巨著的特质是拒绝去适应，而且有将其他大卷头的书从标准书架顶部移出的危险。一种更激进的危险是整个书架会因此轰然倒地，那么《黑羊与灰鹰》就将从它应有的位置跌落下来，然后被默默地放在一个较低、不那么显眼但更安全的地方。

即使是一些声称这本书是杰作的文学批评家，也几乎没有对这本书为什么能成为杰作做出任何评论。在《在海外》（Abroad）中，保罗·福塞尔（Paul Fussell）对"两次世界大战之间的英国文学之旅"进行了颇受好评的调查，韦斯特不像沃、劳伦斯和格林，她并没有在调查报告中占据一个独立章节的分量，而只是被稍微提及，一带而过。维多利亚·格兰丁尼（Victoria Glendinning）在她为韦斯特所写的传记中，毫不怀疑《黑羊与灰鹰》是"作者生命中处于中心地位的一部作品……丽贝卡·韦斯特在作品中阐述了自己对宗教、伦理、艺术、神话和性别的观点"。但除此之外，格兰丁尼对作品本身没有进行任何多余的评论。难道这本书的宿命就是如此吗？它注定要击退一切试图表达它所激发的敬畏之情的尝试吗？

为了弥补这一不足，让我们不偏不倚地开始重新看待这本书，首先必须承认，这是一本关于南斯拉夫的重要文献。1993年，我在访问塞尔维亚（碰巧也是同样受托于英国文化协会）后读到这篇文章，了解了南斯拉夫——或者说前南斯拉夫——当时的情况。这本书的再版是为了回应韦斯特在某些方面已经预见到的冲突的爆发。在作品的前言中，韦斯特回忆起自己"凝视"南斯拉夫国王的老电影片段，"就像一个老妇人在她的茶杯里解读茶叶"。早在书中第10页，韦斯特就暗示了这部作品的预言性，她写道："每当一位老人因为经营不善，导致一旦死后生意立刻破产时，人们就会习惯说，'啊，某某人真是个奇迹！只要他还活着，就能把一切都安排妥当，可他现在走了，都看看发生了什么可怕的结果啊！'"我还记得，1993年刚读到这篇文章时，我是多么奇怪地迷失了方向。当时，正在发生的各种事件的激烈程度足以让人怀疑，她写的不是弗朗茨·约瑟夫（Franz Josef），而是蒂托（Tito）。书中的后面部分描写了在科索沃的一幕：韦斯特的司机德拉古廷（Dragutin）抓住一个克罗地亚男孩的耳朵，带着讽刺和威胁的混合口吻说："我们总有一天会杀了你们。"即使是在我对塞尔维亚和黑山的有限体验中，也有很多次，在我眼前展开的场景，似乎就是从《黑羊与灰鹰》中忠实地再现出来的。因此，作为一本关于南斯拉夫的重要文献，作为一种永远不需要更新的形而上的《孤独星球》(*Lonely Planet*)，这本书"非常有用"。（正如韦斯特自己所说："有时我们有必要知道我们在永恒和时间中的位置。"）记者罗伯特·卡普兰(Robert Kaplan)对这本书的实用价值提出了很好的建议,他还记得自己在南斯拉夫的任何地方都带着这本书:"我宁愿把护照和钱丢了,也不愿把我那本翻阅多次、写满注解的《黑羊与灰鹰》弄丢。"

如果你不在巴尔干半岛,或者对之不感兴趣,那么书中介绍该地区历史的页面数量可能会让你感到不快。如果这本书写的不是历史,它完全有可能是波兰记者雷沙德·卡普钦斯基(Ryszard Kapusciński)或者哥伦比亚作家加西亚·马尔克斯的作品。让我们回头看看1914年在波斯尼亚首府萨拉热窝发生的那特别的一幕。在刺杀事件发生前不久,奥地利皇储弗朗茨·费迪南(Franz Ferdinand)大公发现,他所在的接待大厅里塞满了被自己一生所猎杀的野兽,"根据他自己的计算",足足有50万只。

> 一个人可以把这个房间的空间想象成塞满了深红色和金色的穹窿和钟乳石,里面有毛皮和羽毛的鬼魂。众多的鬼魂集合成了整个背景:鹿角之间的空气中,塞满了木鸡、鹌鹑、野鸡、鹧鸪、松鸡等;野猪站在一边,愤怒地一排排站立着,宽阔的肚皮底下垒叠着一层层的野兔和家兔。它们那些动物的眼睛,像水一样清澈而黑暗,会明亮地看着他们的杀戮者走向一个与它们自己相似的结局。

当苏珊·桑塔格在萨拉热窝围城期间导演贝克特的作品《等待戈多》时，人们普遍认为在舞台上发生的故事是在向剧院以外的事件提供一种荒谬的评论。在莫斯塔尔的一家咖啡馆里——一个像萨拉热窝一样引起国际社会关注的地方——一个类似的寓言在20世纪30年代出现在韦斯特的眼前：

> 年轻的军官们有节奏地通过一束白光，光柱照射在柠檬绿色的台球桌上，台球发出了压抑的碰击声。那是一种普遍存在的巴尔干情感，一种无能为力、命中注定的情绪。就好像有可能某人走进了房间，他可能会挂断电话，用一种完全可以理解的方式解释，以确保那些听起来不显得荒谬。也有可能桌子边上所有的人都必须待在那儿，直到两个打台球的军官打完一百万场比赛的那刻。似乎他们的永恒命运就会从此决定。似乎这一切都可以被接受，人们会一直坐在那里阅读报纸、静静等待。

韦斯特的意图是"将过去和在过去岁月里创造出的现在同步展现"。她的成就之一是揭示出一种看起来明显与历史无关的时刻——如同被采摘的花朵的香味——也充满着过去的味道。一言以蔽之，地理和历史，并非总是泾渭分明。因此，不管历史变迁带来何种居民，一个特定的地方都会"为当地的居住者镌刻上相同的印记,即使征服者将原来的人群驱逐出去,又引入另一种完全不同的种族和哲学"。没有耐心的读者总想要跳过历史的部分,但实际上这样做不无风险,因为过去——可以叙述的历史——会不知不觉地融入到当下的时刻。最引人入胜的例子是在一场冗长的探讨之后——我觉得确实过于冗长——即在14世纪斯蒂芬·杜尚(Stephen Dushan)的统治时期,关于普里什蒂纳发生的一系列事件的讨论。书本进行到大约二十页之后,我们得知杜尚的死讯:

> 在他生命的第49年,在一个如此黑暗的,迄今为止都无法辨认的村庄里,他死了,死得异常痛苦,好像被毒死似的。因为他的死,许多不愉快的事情都发生了。例如,我们坐在普里什蒂纳,将手肘支撑在一块污渍斑斑的棕色和紫褐色的桌布上,桌上的盘子里有鸡腿,但瘦得皮包骨头,还有一个男人和一个女人朝我们走来。那个女人背上还扛着大半张犁。

这难道不是最大胆的跳跃剪辑和时间转移,最离谱的故事推演吗?而韦斯特并没有就此打住。这对男女的出现,竟促使她将文本回到了这本书的主题之一,那就是男人和女人之间的矛盾关系:"男性主义在任何领域都不受限制,女性被要求做所有的工作,并被拒绝按照她们自己的意愿行使权利,这是令人厌恶的事实。我之所以这样说并非是因为这种矛盾关系对女性的影响,她们总能在自己被迫所做的工作中学会很多东西,而是因为这样会使得男性懦弱无能。"韦斯特仍然没有就此止步,在离开桌子去一趟"土耳其式厕所"之前,她再次把这一景象带回了斯蒂芬·杜尚生前。

地板上的那个黑洞,以及这个地方的某种等级森严的东西,使人觉得粪便被人移走后,就成了一种全新的、充满敌意的、神奇而强大的元素,用黑暗的淤泥和病态的湿气覆盖整个地球……我觉得这地方的污物在玷污我,让我永远也洗不掉,因为它的本质比温和的肥皂和水更强烈①。

韦斯特仍然没有就此打住的意思……让我们回头再看

---

① 比较一下唐·德里罗在《名字》中对"伯罗奔尼撒人的客运站厕所"的描述:"墙上溅满了屎,马桶堵了,地板上、马桶座圈上、固定装置和管道上都是屎。厕所底部周围积了一英寸的尿,在废墟和脏乱中形成了一个小小的沼泽。在寒风中,在温柔甘甜的雨中,这个凄惨的小屋给人提供的是另一种体验。它有一段历史,充斥着驻扎军队、数百年的战争、掠夺、围城和血仇的故事。我踮起脚尖,站在离便池五英尺的地方小便。真奇怪,人们竟然还在使用这个地方。站在那儿,把小便引向那个瓷洞,简直就是为死亡献祭。"

看。这本书无穷无尽的自我激励和讨论的能力，以及它所触及的每件事的含义，是韦斯特作品结构和文体以及写作方法的核心。她得出的任何结论都与它们被梳理出来的过程（这是书中的一个关键词）有关。一些东西引起了韦斯特的注意。比如在第507页的一家餐馆里，收音机里正在播放莫扎特的交响乐，这一事件以生动而直接的方式被传达了出来。在韦斯特阐述和处理这段经历的过程中，她带领我们踏上了一段广阔而漫无边际的旅程，然后再把我们带回最初出发的确切地点或场合。刺杀弗朗茨·斐迪南大公的凶手普林西普（Princip）就这样积极地代表了作者自己的目的："他把自己完全奉献给每一件事，以便能够充分了解它对宇宙本质的启示。"

考虑到这一点，这部作品怎么会不是一本巨著呢？即使是热衷于阅读罗伯特·菲斯克[①]的《文明的伟大战争》(*The Great War for Civilization*)的读者，也可能会觉得，这本书之所以具有令人印象深刻的体量，完全是因为书中包含了大量积累的材料。《黑羊与灰鹰》作为一件艺术作品赢得了它应有的分量。就像奥登在1936年《致拜伦勋爵的信》(*Letter to Lord Byron*)中所写的那样，韦斯特需要"一个足够大的泳池才能尽情发挥其才能"。小说要表达的概念的规模在作品的句法和行文中都留下了内在的烙印。

---

① 罗伯特·菲斯克（Robert Fisk, 1946—2020），英国记者、作家。

从表面上看，《丽贝卡·韦斯特精选本》(The Essential Rebecca West)在经过编辑后选择提供的部分文章既方便又诱人，但在感觉上却违反了美学原则。事实上，把这样一本鸿篇巨制精简成为精华版本是不太合适的。我怀疑，按照韦斯特反复谴责的某种限制性的定义，一些最让我高兴的段落，很有可能被认为是非精华的部分而未被收录。我不想贬低《黑羊与灰鹰》这本关于南斯拉夫的作品的重要性。人们预测这本书是基于"南斯拉夫西部和南部地区的自然形式和颜色与（韦斯特）想象中该地方固有形式和颜色之间的巧合"，但我却不以为然，虽然我所珍视的许多部分都根源于南斯拉夫，但它们并不限于那个世界，为那个地区所独有。举几个随处可见的例子：一匹马因为"情欲上的恐慌"，"不仅在恐惧还在享受中翻白眼，它寻求一种欲望的抚慰，这种欲望显示它清楚地知道自己能得到抚慰，并追求它认为害怕的东西"；这个女人拥有"像伯恩-琼斯（Burne-Jones）一样的美貌，就像她用握紧的指关节在可爱的脸颊上磨出了洞一样"；对穆斯林来说，"完全戒酒的回报似乎是没有酒也能喝醉，这完全是不合逻辑的"。

作品《黑羊与灰鹰》中充满了离题和漫谈的内容——你永远不知道接下来会发生什么——但这并不是说它没有形状。它可能会蔓延扩张——它也确实不断扩张——但首先要记住，被描述为一段旅程的作品，是如何将三段不同的实际旅程无缝地结合在一起的。长时间以来，我们逐渐熟悉了《荒凉山庄》(*Bleak House*)和《尤利西斯》等作品的复杂结构。在当代小说中，我们也欣赏伊恩·麦克尤恩小说中的情节、人物和主题等错综复杂的交织。读者对秩序的期望提出了不同的要求，《黑羊与灰鹰》具有散文中持续即兴创作的统一性和流动性。就像萨克斯管吹奏者或号手一样，在他们的演奏中，真正起控制作用的因素是**音调**，也正是因为这一点，韦斯特能够在不迷路的情况下走得如此之远。这本书大胆地展现了音调如何接管结构的某些承重工作，这对作品的创新性至关重要。在音调的整体稳定性中，韦斯特在不同语体之间轻易移动。她可以诙谐地说："这次访问非常愉快，尽管什么收获也没有，但至少是一次访问。"她还可以开玩笑："'那我们为什么不把书带来？'我丈夫问。'嗯，它的重量刚好超过一块石头，'我说，'我在浴室磅秤上称过一次。''你为什么这样做？'我丈夫继续问。'因为有一天我突然意识到，除了我自己的身体和肌肉关节，关于其他任何东西的重量，我完全不知道。'我说，'我把它捡起来，不过是激发自己对别的东西产生想法。'"她也可以抒情："当我们靠近海岸时，船舱下的水呈现浅绿色，而钻进水里的阳光在水底找到了沙子。"她同时也可以充满幻想："桥的那边，河面变宽了，变成一团黄澄澄的睡莲，两岸分别躺着一排明镜，岸上的柳树正好站立在自身的倒影上，它那尖尖的绿色树梢真是千姿百态，就像静止的绽放开来的烟花，让我们惊叹不已。"韦斯特有时会控制不住自己辱骂他人,就像她在波斯尼亚的一家酒店赶走一个在那里遇到的女人一样:"她很残忍;她简直就是污秽的垃圾。"在如此巨大篇幅的作品中,最令人惊讶的是,韦斯特也展示一种简洁的天赋:"在一个像瑞士的国家,我们再次失败了。""光秃秃的山脉宛如黑夜,高高的山脊上点缀着雪花,落下几滴重如硬币的大雨。"

作品行文的进展有可能被它已准备采纳的大量高级和复杂的意图所阻碍,但最终必须考虑为简洁表达韦斯特的思想留出空间。《黑羊与灰鹰》出版几年后,一位美国编辑本·许布希(Ben Huebsch)建议韦斯特写一本关于大英帝国的书,她坐下来开始考虑这一提议。这本来就是她喜欢做的事,但"在宗教和玄学以外的一些奇思妙想,会让我以一种疯狂的方式投身其中"。她觉得自己对于这样的研究没法做出新的贡献。当然,正是这些让她"疯狂"的要素,让《黑羊与灰鹰》成为一本伟大的思想著作。在结语中,韦斯特评论说,在她十几岁的时候,易卜生"纠正了英国文学的主要缺陷,即未能认识到思想的活力"。她后来以自己特有的激烈情绪断定,"易卜生呼喊着要思想,就像男人呼唤着要水一样,因为他自身缺乏水源"。如果说韦斯特拥有的水源要以加仑计算,那这只是过于保守的说法。《黑羊与灰鹰》以及其他所有作品都证明,作者奉献出来的是思想的洪流。就像劳伦斯一样,我们不可能说感觉在哪里停止,思考从哪里开始。观察和形而上学,思考和对"生活中可见事物"的反应,都在不断地相互渗透。

这本书最主要的思想也是最简单的,它简单到以至于不应该仅仅是"摈弃令人不悦的东西,表现出对令人愉快的事物的偏爱"。问题是,只有一部分人是清醒的。换言之,只有一部分人喜欢快乐和漫长的一天,想活到90岁,然后在我们建造的房子里平静地死去,而这所房子将为我们的后人提供庇护。但另一半的人类都快疯了,他们喜欢不愉快的事情,而不喜欢愉快的事情,喜欢痛苦和黑暗夜晚的绝望,他们想死在一场灾难中,这场灾难使生命重新回到原初的样子,除了那泛黑的地基外,我们的房子也将化为乌有。

就在韦斯特写这篇文章的时候,欧洲正飞速走向这样的一场灾难。1993年,当我第一次读到《黑羊与灰鹰》时,电视屏幕上满是房屋地基被烧黑的景象,就发生在作者所描述的地方。韦斯特本性中具有足够令人讨厌的要素,这使她意识到,认可和确定这种令人厌恶的东西是正在进行的个人和政治斗争的一部分。奥登在他的十四行诗系列《战争年代》(*Time of War*,发表于1938年,当时韦斯特正埋头写书)后附的评论中也呼应了她的这一观点和信念:

理智比疯狂好，喜欢比恐惧好
要是吃难以下咽的食物，还不如坐下来美餐一顿
睡觉两个人总比一个人好，快乐总是最好

在这两种情况下，结论的谦虚证明了它的智慧——反之亦然。《黑羊与灰鹰》是一本宏大、雄心勃勃、错综复杂的书，反复强调平凡与普遍真理之间的亲缘关系。韦斯特坚持认为，为朋友做蛋糕就是"在贝多芬和莫扎特所设定的更高的音阶中试图敲出一个低音"。在黑山，韦斯特遇到一个女人，她正试图理解自己遭遇的许多困难。这次会面说服了韦斯特，让她相信"在未来的数万代人当中，每一代人中哪怕只有一个人不停止探究自己命运的本质，即使命运会持续不断地鞭打和击垮他，总有一天我们也会解开宇宙的谜团"。如果像这样卓越的巨著在一个世纪里出现一到两次，那么我们等待解开谜团的时间就会被大幅缩短，不再漫长。

写于2006年

约翰·契弗:《日记》[①]

大多数读者会通过约翰·契弗的小说读到他的《日记》,这是再自然和恰当不过的。不管他的日记自身具有什么样的价值,这些作品作为出版物的生存能力,取决于作者的小说和故事能引发读者多大的兴趣。根据读者们的观点,他们对作品的忠诚度已经被测试过了。作者女儿苏姗(Susan)的回忆录《黑暗前的家园》(*Home Before Dark*)和儿子本(Ben)编辑选择的信件,进一步刺激了读者对这些日记的好奇心。正如约翰·厄普代克认为的那样,这是"在契弗逝世后对其快速的隐私侵犯";但面对冷酷无情、充满悔恨的《日记》,这种侵犯倒是显得谦逊而谨慎。[②]

[①] *The Journals.*
[②] 行文中,我们用"日记"指代未经编辑的契弗写下的那些原始材料,用带书名号的"《日记》"指代选择编辑后的出版物。——原注

40多年来,契弗一直把他心肝受损的灵魂交付给每天的自我治疗方案。

所有这些材料——回忆录、信件、日记,以及把事情带到最新状态的布莱克·贝利(Blake Bailey)的传记——通常被认为是怀旧式的回顾,证明伟大的作品业已发展繁荣。在这种情况下,一定程度的震惊并不罕见。就契弗的日记而言,这位受人尊敬的作家形象与日记反映的真实人物之间有巨大的鸿沟。"刚刚手淫过的作家(他记录了自己的这一习惯),在绝望或无聊时的胡乱书写,或在等待撞到酒瓶时偶然的欢愉兴奋",在某些方面看来,是契弗深感沮丧的缘由。

但是《日记》以另一种更具颠覆性和复杂的方式,干扰了读者的预设。因为契弗属于那种极少数的奇怪作家——我们脑海中立刻想到的是类似克里斯托弗·伊舍伍德和龚古尔兄弟这样的作家。他们私人的、未发表的作品中所包含的内容非常有质量,甚至优于那些他们去世后才出版的作品。我想更进一步地说,契弗的这一日记选集代表了他最伟大的成就,以及他有关文学生存的核心观点。

契弗总是对自己的写作表示怀疑。早在1959年,他就发现自己早期的故事"过于轻松随意",很快就想要摆脱那种"无足轻重的作家"身份。读《裸者与死者》时,他对自己"才能的局限性"感到绝望;他崇敬贝娄,仰慕他,对厄普代克既嗤之以鼻,又顶礼膜拜,他焦躁不安地讽刺罗斯和其他人"玩弄着臭手指写作,我宁愿欣赏夜空美丽的星辰"。不足为奇的是,这些文学上的不足之处总是因一种受伤的防御机制得以缓和。坚定地根植于"优雅的传统",他对"乡村俱乐部设置"的"过时幻想",实质上默默指责了"加州诗人"肆无忌惮的过度行为。

事实上,有些小说——比如1962年的故事《世界的愿景》(*A Vision of the World*)——比人们想象中或者记忆中的要陌生很多。虽然很多故事都是在郊区上演,但它们通常都有"紫罗兰味道的噩梦"属性,这也正是契弗所推崇的纳博科夫在作品《微暗的火》(*Pale Fire*)中表现出来的东西。

《日记》不可避免地揭示了许多最终将在小说中进一步成长的胚芽。早在1972年,我们就可以观察到作者酒醉时微微瞥了一眼《猎鹰者》(*Falconer*),那一眼过于随意,以至于当契弗清醒时,"它似乎没有多少意义"。在作品《贾斯汀那之死》(*The Death of Justina*, 1960)中,作者思考了"灵魂如何不离开肉体",但"在肉体被分解和被忽视的每一个腐烂阶段中徘徊不去"的问题,这在前一年的日记中能找到几乎一字不变的记录。在你读到《日记》中带星号的这段背景文字——契弗已经醉倒了,他一边擦干餐具,一边想着死去的母亲——故事里的力量被削弱了,因为这些知识已经巧妙地渗透到叙述中去了。这种情况经常出现。我们在小说中所欣赏的事物——对"洒满大地的阳光"的关注，对心理细节的生动描述，包括令人兴奋的抒情表达，对上一次宿醉的怀念，对下一场狂饮的期待，这些都直接挥洒在日记的字里行间。

《日记》还包含了许多暗示，这些暗示都有悖于我们对作家契弗的期待。他从事一些原始雕刻，这一点倒是不足为怪——"星期天下午，我唯一的弟弟来拜访。有人告诉他，如果继续喝酒他就会死，但他仍然喝醉了。"——但我们肯定不会期待他回顾1963年的谢伊体育场，期待着德里罗著名的《地下世界》的开幕：

> 我认为，美国作家的任务不是描述一个女人在通奸时望着窗外的雨所产生的疑虑，而是描述四百人在灯光下伸手去拿一个界外球。这是一种仪式。裁判在裁判席上筛选球员的灵魂；当一万人在八楼的底部走向出口时，微弱的雷声响起，广阔的迁徙体现了道德判断的全部意义。

契弗在这里描述的是一种美国特有的发展轨迹。就像有关"遵纪守法的谋杀犯"这样的片段，或是遇到一位老同学及其妻子，都是卡夫卡可能会写的那种简短寓言。假如后者晚30年出生在希迪山或者布里特公园的话。

现代欧洲文学中的神经衰弱——在卡夫卡的《日记》中达到强度极限点的一种压力——可以被轻易排列在克尔

凯郭尔1836年的《日记》的引文中:"我刚从一个聚会回来,聚会上我是核心和灵魂人物;我一开口便涌现出无限智慧,所有人都冲我开心欢笑,羡慕不已——但我走开了——这里的破折号应该和地球的轨道一样长——还希望能一枪毙了自己。"

契弗非常熟悉这种20世纪中叶遗留下来的浸满杜松子酒的多愁善感:"你在鸡尾酒会上喝得太多了,也说得太多了,你对某人的妻子动了手脚,你做了既愚蠢又淫秽的丑事,希望自己早上醒来时死去。"在《日记》的首页,契弗记录了自己在大斋节第二个周日去教堂的一次郊游。这被认为是威斯特彻斯特正常生活的一部分,但他感到一种可估量的恐惧,感受到了被罚下地狱的威胁,害怕自己是一个站在"上帝的怜悯之外"的罪人。他所处的环境也许看起来是受外界限制的——马丁尼、游泳池、草坪——但它表现出无限的简洁,正如克尔凯郭尔的破折号。这是一种具有舒适特性和熟悉度的环境——在早晨的烤面包和鸡蛋中,按常规安静地编排一行行文字的方式——其实是一种更大的痛苦的一部分。契弗在渴望光明和抵制黑暗的诱惑(酒精、肉体的欲望)之间来回摇曳,他有一股毁灭自己的冲动。更微妙的是,他感觉到"生命中最奇妙的事情是我们几乎没有发掘自我毁灭的潜力"——这种感觉同时以一种"向内生长"和"向外延伸"的广博规模呈现出来。

任何看过《日记》的人都会很快注意到,契弗连续不断地记录的光影和风景,都能引起读者独特的共鸣。当他明显地谈到"光的道德品质"或"一种情绪的黑暗"时,人们就会产生愉悦的幻想,想到夏天的暮光之夜,在角落里的药店旁摇曳流动的"光、水和树木"——这些契弗描写景物时的典型特征,便如同一股危险的水流般全部涌现出来。那种"异常的肉体的暗示"永远不会遥远。所有的风景,无论多么如田园诗般的表面,都变成了承载渴望和恐惧的表达方式:"晨光如金币一样耀眼,从东边的窗子倾泻而入。但最令人兴奋的是阴影,是那无法定义的光。"随着岁月的流逝,信息变得越来越清晰,不可避免。在1968年的复活节,在第一次教堂礼拜16年以后,"空墓"和"生命永恒"的思想被淫秽的暗示所打断:"所有那些在厕所墙上涂抹的生殖器图片都不是令人沮丧的堕落的结果。有一些其实是人们高声欢呼的标志。"

如此看来,契弗说自己的天赋被"限制"是不正确的,但就像舌头不停地探查发痛的牙齿一样,他一再强调这个词,也完全是可以理解的。正如他自己在1976年所解释的那样,《猎鹰者》并不是来自他的监狱经历,而是来自他"作为一个男人"经历过的各种各样的"限制"。他没有说出来的事实是——他怎么可能说明白呢?——他对于这种意义给予了一种戏剧化的表达形式,是一种被放大的受限制的体现。理查德·耶茨对《纽约客》出版"质量低劣的契弗日记"的方式感到非常不满——这是一项耶茨永远无法企及的荣誉——但对于契弗来说,短篇小说的塑造要求,他获得的虚构故事的决心和习惯,那些所有让他在《纽约客》中处于有利地位的来之不易的写作技巧,都在阻碍他探索自身存在的深度。只有在没有形体限制的私人化的日记里,他才能做到这一点。如果是在"创作叙事散文",契弗相信"每一行文字都不可能是从心底发出的哭泣",所以他在写作中索性停止了哭泣。但与此同时,在写作日记时,他选择了另一条路径,他哭着留下了"杜松子酒的眼泪、威士忌的眼泪、纯盐的眼泪",不再担心如何叙事的问题。具有讽刺意味的是,尽管他本能地反对凯鲁亚克和"加州诗人"的挥霍卖弄,但他自己最好的作品最终还是来自持续40年、没有考虑任何形式的文字狂欢和放纵,或者说——直到几乎接近最后才得以出版的《日记》。更具有讽刺意味的是:一个如此完美的文学巨匠,竟然是依靠一位编辑在他死后的介入,才最终将这种反复出现的抱怨、"酗酒"和自我哀叹,变成一本拥有巨大叙事力量的作品。这种力量来自三个密切相关的来源。

其中一种力量是关于婚姻的故事,它带有史诗般的阴郁,性欲的封闭("譬如想寻找一个美好的晚安之吻,却发现唯一被暴露的地方是手肘")——尽管这一点很容易被忽视——和带有长久阴影的和谐插曲。第二种力量是作者沉沦于(当然最终摆脱并得以恢复)酗酒——在最初写作《日记》的时候就已经开始了。除非你是一个正在戒酒的酒鬼——因为在这种情况下，你已经获得了足够的经验——当你在晚餐或酒吧喝醉之后回到家时，很有必要阅读几页《日记》中的内容。假设已经到了晚上11点钟，一小时后你就会睡着。但在你打瞌睡之前，想象一下那会是什么样的情景。喝得酩酊大醉——不，可能比这更严重——而且不仅是每天晚上，而是几十年来的每一天里，一整天情况都是如此。（从1968年起，《日记》里就没有不寻常的记录了："亲爱的上帝——还有谁可以？——让我远离餐具柜里的酒瓶，带领我抵制杜松子酒和波旁威士忌的诱惑。早上9点。我想我10点时肯定会屈服，但我希望能坚持拖延到11点。"）这一定是一种精神错乱的形式——尽管这是契弗与许多美国作家共有的一种疯狂。这些无法回答的问题依然存在：尽管酗酒没给他带来任何好处，尽管在1972年，就像贝利所说，他似乎"永久地受到酒精的伤害"，但这是他最终实现的目标中不可或缺的一部分吗？他是否需要迷迷糊糊的精神错乱？这是他创作之旅必备的燃料吗？

第三种力量其实是一种压力，即契弗要克服、满足和理解自己的性冲动。1959年，他决定不让自己成为"一种通过作品向读者泄露讨厌的近乎私密内容的作家"，所以直接地宣告了内心隐藏的确切秘密。事实上，契弗逐渐发现和最终接受他的性身份的过程十分符合20世纪大量的同性恋故事。按照粗略的时间顺序——这中间当然有许多重叠、矛盾和重复——我们可以看到：他青少年时期和朋友们一起骑马玩耍的记忆（用作者自己的话说，就是"随便认识"的朋友）；他如何一直试图通过模仿自省来掩盖自己的魅力，因为他认为如果人们知道这一点肯定会指责他；他在抵制肉体刺激方面的周期性失败——可以预测，这些失败是在产生严重的悔恨和抑制这些冲动的新决心后紧接着发生的（相应地，他对那些都不敢尝试抵制欲望的人愈加厌恶）；他对自己同性恋身份的逐渐接受（我就是同性恋，也很高兴说出来），他认为这一点值得庆祝，并认识到真正的伤害不是由一个人的性取向造成，而是由"一种力量，一种粉碎了这些本能并使其恶化到超出其自然重要性的程度的力量造成的"。

契弗最终适应了自己的性取向，这不仅仅是他个人回归自我的故事。无论是否具有自觉性，他都是一场更大政治斗争的受益者，这场斗争由像他这样的男女发动并由他代表他们进行。1967年，契弗想知道自己是否会"无助地陷入历史和爱情的风暴中"。具有讽刺意味的是，这位自私自恋、唯我主义的据称是"无亲无故的人"的日记里载满了历史，而且是不限于性取向方面的历史。

1962年有这样一个场景，一天结束时，人们离开海滩："对我来说，看到人们拿起三明治篮子、毛巾和折叠式家具，急匆匆地回到酒店、小屋和酒吧，总是一幅动人的景象。他们的匆忙，他们的专注，就像生活本身的疏忽和轻率……"可爱、准确、一针见血，这显示了契弗典型的观察力细致和敏锐。但在它前面还有两句话："和其他许多人一样，我整天都在电视上看格伦环绕地球飞行的节目，我为自己没有工作而自责。一旦这个人开始在轨道上正常飞行，人群就离开海滩。"如此看来，对海滩生活及其后果的永恒描述，是契弗对一个具体而重大的历史事件的呈现。《日记》中大多数条目都缺乏那种介绍性的、帮助确立语境的内容，我们因此要多一份警觉，或许还有不少这样自由浮动的片段，渗透在没有确定日期的历史事件中。除了这一点，再结合这样一个事实，即那些景观和房屋的记录清单，其实都是呈现作者性心理活动变化的编码方式——"杂乱排列"或许是比"编码"更合适的说法——你就会明白为什么《日记》中那么多的片段拥有"比引发它们的（赤裸裸的）事实更神秘的东西"。

在试图定义任何作家的日记的叙事动力时，都存在着一种风险，即对日记的吸引力至关重要的要素边缘化，也就是说，日记中记录的偶然和不相关的东西，不会像流线型叙事过程中必须发生的那样，被作者推到一边。而这种方式往往是日记写作中的核心要素。所以应该补充的是，在去罗马和俄罗斯的旅途中，契弗展示了他自己是一个才华横溢的间歇性旅行作家；是一位坚持不懈、有洞察力的读者，阅读的文学作品比我们想象的要广泛得多（"我读了乔治·艾略特的书,发现自己是一个如此物质化的人,我如此依赖触觉、如此粗鲁,以至于当任何东西被我触摸时——当德隆达最终把手放在桨上时——我都激动不已。")。而且,他最后获得了自己所定义的成功:

> 什么也不掩饰,什么也不隐瞒,写下那些最接近我们的痛苦和幸福的事情;写下我的性笨拙、坦塔罗斯[①]的苦恼、我的极度沮丧——我似乎在梦中瞥见了它——我的绝望。写下焦虑所带来的愚蠢的痛苦,以及这些痛苦结束后我们力量的恢复;写下我们如何痛苦地寻找自我,如何在邮局被一个陌生人危害、在火车窗口看到半张脸,写下我们梦想中的大陆和人口,写下我们经历的爱与死,善与恶,以及预见的世界末日。

写于2009年

[①] Tantalus,希腊神话中宙斯的儿子,因偷窃神的酒食,并把自己的儿子剁成碎块宴请众神而在冥间受到惩罚,永远忍受饥渴的折磨,永远处在恐惧之中。——译者注

雷沙德·卡普钦斯基[①]的非洲生活

假设我们要发射一艘宇宙飞船，目的是与银河系某个遥远地区的居民建立文学联系。如果我们只有承载一个当代作家的空间，我们会派谁去呢？贝娄吗，还是马尔克斯？是阿特伍德（Atwood），还是选择鲁西迪？我会投票给雷沙德·卡普钦斯基，因为他对我们人类星球上的生活提供了最全面、最生动、最真实的（至少部分如此）描述。

三十年以来，他一直是波兰通讯社的驻外记者。在此期间，他目睹了27次革命和政变。虽然他艰难地完成了自己的使命，但他仍然是一名未被轻易麻醉的疯狂的新闻工作者。他突然中断了与华沙的联系，消失得无影无踪，

[①] 雷沙德·卡普钦斯基（Rysard Kapusciński，1932—2007），波兰记者、作家。

"一头扎进丛林,乘着独木舟沿着尼日尔河在水上漂流,和游牧民族一起穿越了撒哈拉沙漠"。1966年在尼日利亚,他"行驶在一条据说白人不能活着回来的路上。我就是要开车去看看一个白人能否做到,因为我必须亲身体验一切"。在碰到第一个路障时,他被打了一顿,但交了过路费后就被准许继续开车。在第二个路障处,他又被打了一顿,全身都被泼洒了苯,但在交出了剩下的钱后,他还是被准许继续开车,而不是被点燃烧死。也就是说,当走到第三个路障时,他已经身无分文,而且身体处于一点就燃、极易起火的状态。但卡普钦斯基幸存了下来,他发回了一份令人毛骨悚然的报道,描述这一路发生的事件,结果收到了一份来自老板的电报,要求他"结束这些可能导致悲剧的壮举"。

但这对于卡普钦斯基来说,不太可能做到。作品《太阳的阴影》(*The Shadow of the Sun*)一书概要性地记录了他在非洲更多的历险故事。在这本书的前几页,他提及自己1962年在达累斯萨拉姆时,听说了乌干达即将独立的消息。他和朋友利奥(Leo)便立即出发前往坎帕拉,途经塞伦盖蒂平原,亲眼见到了那里丰富的野生动物。"这一切简直不可能发生,难以置信。就好像一个人正在见证世界的诞生,那一刻大地和天空已经存在,水、植物和野生动物也都已经存在,但还没有亚当和夏娃。"他们没有地图,中间又迷路了,有时还碰到一大群野牛——"牛群几乎延伸到地平线"。他们不顾一切地继续前进。天气越来越热。"燃烧的空气开始颤抖和波动。"卡普钦斯基开始产生幻觉。当他们来到一个荒无人烟的小屋时,卡普钦斯基已经"奄奄一息"了。他瘫倒在床上,发现自己的手在一条埃及眼镜蛇面前晃来晃去。他吓呆了。利奥小心翼翼地走过去,把一个巨大的金属防毒罐狠狠地砸在眼镜蛇身上。卡普钦斯基同时也将自己的身体用力地冲向防毒罐,于是"小屋的内部瞬间爆炸。我从没想过一个人可以拥有如此强大的力量,如此可怕、巨大、无限的力量"。最后,眼镜蛇死了,他们抵达了坎帕拉。卡普钦斯基仍然神志不清,不仅是因为中暑,还因为他染上了疟疾——脑型疟疾。他刚从疟疾中康复,就得了肺结核……这一切都发生在作品大约20页左右的篇幅之内!

不得不承认,卡普钦斯基是在用小铲挖掘泥土。每隔一页,他就累得"汗流浃背"。他冒着生命危险进入桑吉巴——这自然是另一个意外之举——他试图乘小船溜出去,却被一场不完美的风暴困住,这场风暴将他从面临海浪的悬崖上"推入咆哮的深渊和隆隆的黑暗中"。然后引擎就进了水并熄了火。在撒哈拉沙漠,太阳"用刀子般的力量"照射下来。要是走出阴影,"你会被活活烧死"。在蒙罗维亚,蟑螂"和小乌龟一样大"。"这一切是不是有点夸张?"卡普钦斯基警告我们要提防他的描述,因为他注意到自己有可能对蟑螂的描述"进行润色",这样读者可以选择不相信,因为这"显然不真实"。

然而,这种可能性总是存在的。经验只是一个开始,而一些作家仅靠一点点经验就能应付过去。加缪指出不离开办公桌就可以过一种充满冒险的生活,而与此观点相反的另一个极端是,乔·辛普森(Joe Simpson)能够成为作家,前提条件是他必须亲身套上绳索,飞跃人生的悬崖峭壁。但是,如果一个人有经验,并且拥有完美的智慧和文学天赋呢?若果真如此,就是尼采认为的那种"非常罕见但值得高兴的事":一个拥有完美智力要素的人,他同时具有与这种智力相匹配的性格、倾向和经验。卡普钦斯基就是这样的人。

人们常常不清楚,卡普钦斯基到底是在重复40年前发出的信息,还是只是在记录这些多次积攒的经验。事件的年表存在一种刻意的不确定,顺序也是支离破碎的,不同的对立时态在同一页中争夺统治地位。因此,他的散文具有不稳定的时代性和一定程度的历史反思。上世纪60年代在非洲大陆某个地区发生的事情,让我们得以一瞥多年后在利比里亚或卢旺达其他地区将发生的事件。

罗伯特·斯通曾经将菲利普·古勒维奇(Philip Gourevitch)比作卡普钦斯基,显得过于慷慨了一些。古勒维奇的作品《我们希望你知晓》(*We Wish to Inform You*)的确是一部优秀的报告文学,但卡普钦斯基的作品所取得的是另一个层级的成就。作为一个富有想象力的伟大作家，他不仅对材料进行加工，而且超越了材料本身。卡普钦斯基的作品也许根植于他自己的经历，但其中充满了令人惊讶的离题，一些小散文占据了作品的核心地位，这些小文章的内容可能与如何酿造法国白兰地有关，或者是关于亚美尼亚书的历史，也可以是在谈论任何事物、所有事情。然而，这些表面上的离题之处总是与作品的概念密不可分。在持续的游牧生活中，他描述了真实的地方——比如在作品《另一天的生活》(*Another Day of Life*) 开篇中出现的安哥拉的板条箱之城——这些地方就像卡尔维诺笔下描绘的看不见的城市一样充满幻想。在埃塞俄比亚，他遇到了"一个往南走的人。这的确是人们能谈起的这个人的最重要的事情，即他从北向南走"。这就好像库切的迈克尔·K因迷路闯进了《太阳的阴影》中。几十本迷你小说和它们的角色都短暂地进入到人们的视野，然后继续前行："整个非洲都在不断运动中，在去往某个地方的路上徘徊流浪。"

他的文字简洁而抒情——在正午的麻木中，一个村庄"就像海底的潜水艇：它就在那里，但没有发出任何信号，没有声音，一动不动"——而且常常滑稽得歇斯底里。有时，恐怖让位于荒谬的闹剧，反之亦然。但不管什么时候，他无穷无尽的制造惊讶的能力都占据着主导地位。他是一个坚定不移的见证人，也是一个热情洋溢的文体设计者。

然而，我接触过的许多小说作家似乎都没有听说过卡普钦斯基。在这方面，他是一个被默认为标准的文化偏见的受害者，这种偏见认为，只有小说才是杰出文学和不凡想象力的最崇高的领域。这里，将他的作品与一部颇受好评的小说进行比较，无疑可以帮助我们更好地认识他，这部小说也触及了他作品中反复提及的事件。罗南·贝内特（Ronan Bennett）的《灾难论者》（*The Catastrophist*）以扎伊尔独立前后的历史动荡为背景（不用说，卡普钦斯基当时也在那里），描写了动荡之后的结果，包括帕特里斯·卢蒙巴（Patrice Lumumba）的死。尽管地理位置偏远，贝内特精心创作的小说从未偏离人们熟悉的传统模式。但与此不同的是，卡普钦斯基的非传统方法从文学角度来看是全新的，因为没有人尝试过这种方法。他的材料产生了一种显然特别的审美价值，一种利用可能吞没自己的混乱产生的审美效果。结果——正式的结果——在平衡中永远是不确定的。因此才有了悬念。

《太阳的阴影》也许和《歌之版图》（*The Songlines*）在表面上有相似之处，但前者展现了布鲁斯·查特温（Brule Chatwin）的本色：这是富人卡普钦斯基。卡普钦斯基深谙一切所见事物背后的政治逻辑。他的大胆——体现在现实中和文学创作中的勇气——由其认识所支撑，因为他深刻认识到政治如何使同理心复杂化，以及同情心又如何影响政治的局势。他就在那里，作为一个白人在非洲奔波，这正是很多非洲国家从殖民主义的枷锁中解放出来的时候。但他自己也同样来自一个屡遭邻国帝国野心蹂躏的国家。他知道什么情况下才是"一无所有，徘徊在未知之中，等待历史最后说句公道话"，这也是他在非洲这个悲惨的世界感到自在的原因之一。在其他方面，他是完全陌生的，这使得他企图"寻找一种共同语言"的努力变得更加艰难。对卡普钦斯基来说，并不是曼哈顿或巴黎的防御线"代表了人类想象力的最高成就"，而是一个"可怕的"非洲贫民区——"整个城市竟然没有用到一块砖、一根金属棒，也没有一平方米玻璃就建成了！"不幸的人虽然麻木不仁，却有相当惊人的机智。同样，他也从不贬低他亲眼目睹的腐败和暴力——相反，腐败和暴力的盛行使得幸存下来的善良更加引人注目，显得难能可贵。

"人类更值得钦佩，而不是鄙视"，这是加缪在《鼠疫》中以戏剧化的方式表现出来的伟大真理。在那部《足球大战》(*The Soccer War*)中死里逃生后，卡普钦斯基更加直接地说："这个世界上的确有太多的垃圾，然后突然之间，又出现了诚实和人性。"他在新书中把这一点表达得更简单，也更巧妙。一名司机为他开车后，他总结了自己和服务人员的交往过程，觉得这次最终实现了他渴望的人类关系，即不是严格意义上的经济关系，而是一种富有"柔情、温暖和善意"的人际关系。他并非天真或多愁善感：他的善意是真诚的，是发自内心的——但这只能用钱购买获得。这一点是否妨碍了他看到非洲的真正精神？就在书的最后一页，答案被华丽地揭示了出来。

由于被翻译成非小说类作品，《太阳的阴影》没有资格参加很多文学奖的评选。最好的办法是给他几个诺贝尔奖来解决这个问题——文学奖与和平奖他都受之无愧。

写于2001年